Coleção MELHORES CRÔNICAS

Rachel de Queiroz

Direção Edla van Steen

Coleção MELHORES CRÔNICAS

Rachel de Queiroz

Seleção e prefácio
Heloisa Buarque de Hollanda

1ª Edição, Global Editora, São Paulo 2004
4ª Reimpressão, 2014

Diretor Editorial
JEFFERSON L. ALVES

Gerente de Produção
FLÁVIO SAMUEL

Assistente Editorial
ANA CRISTINA TEIXEIRA

Revisão
CLÁUDIA ELIANA AGUENA

Projeto de Capa
VICTOR BURTON

Editoração Eletrônica
ANTONIO SILVIO LOPES

Dados Internacionais de Catalogação na Publicação (CIP)
(Câmara Brasileira do Livro, SP, Brasil)

Queiroz, Rachel de, 1910-2003.
Rachel de Queiroz / seleção e prefácio Heloisa Buarque de Hollanda. – 1. ed. – São Paulo : Global, 2004. – (Coleção Melhores Crônicas / direção Edla van Steen).

Bibliografia.
ISBN 978-85-260-0949-3

1. Crônicas brasileiras. I. Hollanda, Heloisa Buarque de. II.Steen, Edla van. III. Título. IV. Série.

04-7220 CDD–869.93

Índices para catálogo sistemático:

1. Crônicas : Literatura brasileira 869.93

GLOBAL EDITORA E
DISTRIBUIDORA LTDA.

Rua Pirapitingui, 111 – Liberdade
CEP 01508-020 – São Paulo – SP
Tel.: (11) 3277-7999 – Fax: (11) 3277-8141
E-mail: global@globaleditora.com.br
www.globaleditora.com.br

Obra atualizada conforme o **Novo Acordo Ortográfico da Língua Portuguesa**

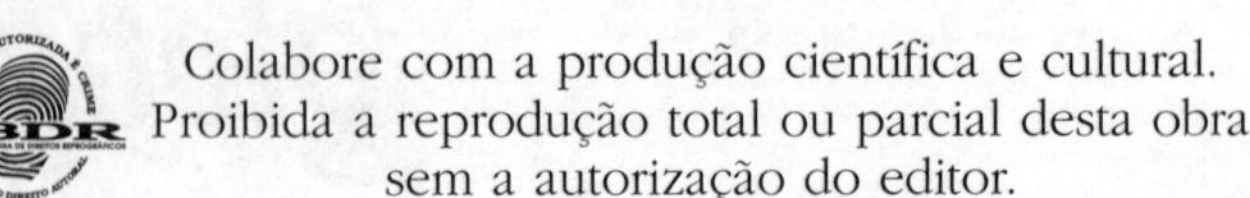

Nº DE CATÁLOGO: **2520**

Melhores Crônicas

Rachel de Queiroz

PREFÁCIO

Rachel de Queiroz é considerada uma das mais importantes escritoras brasileiras do século XX. Deixou sete romances, todos aclamados pela crítica, inúmeras traduções de autores clássicos, peças de teatro, livros infantojuvenis e memorialistas. Teve sua obra adaptada para o cinema e para a televisão com grande sucesso. Foi ainda a primeira mulher a entrar para a Academia Brasileira de Letras.

Dona de tanto prestígio e reconhecimento literário, entretanto, quando Rachel era perguntada sobre sua atividade nas letras, ela não hesitava e respondia: "Antes de mais nada, sou uma jornalista". Essa era sua atividade regular, com a qual sobrevivia financeiramente e através da qual situava-se, muitas vezes com grande coragem, no espaço público.

Rachel iniciou sua carreira como jornalista, ainda muito jovem, com apenas 17 anos, como colaboradora do jornal *O Ceará*, e é aí que publica sua primeira incursão na literatura, um romance em folhetim intitulado *História de um nome*. Ao longo da vida, foi colaboradora regular em inúmeros jornais e periódicos, como *Diário de Notícias*, *O Jornal*, *Última Hora*, *Jornal do Comércio*, *O Estado de S. Paulo* e a revista *O Cruzeiro*.

Sobre sua atividade como jornalista, conta:

> Trabalhei na reportagem e na redação de *O Ceará* e do jornal *O Povo*. Depois vim para o Rio, em 1939,

> e melhorei minha categoria, escrevendo em casa. Eu tinha me casado e não era comum mulher casada trabalhar em redação à noite. Então passei a escrever meus artigos e crônicas em casa. Mas quando era jovem, achava muito bom ser repórter. Infelizmente, durou pouco.

No quadro de sua atividade regular na imprensa, foi na crônica que concentrou a maior parte de sua colaboração. Foi a crônica o espaço onde melhor registrou suas lembranças, opiniões, afetos, indignações. Quase um diário que a acompanhou por 77 anos. Como afirmava Rachel, com frequência, a imprensa era sua "trincheira". E foi ainda neste gênero, entre o jornalismo e a literatura, que a autora mais experimentou os limites de sua escrita.

Rachel, através de suas crônicas, coloca em cena e, sobretudo, em questão um debate recorrente entre os teóricos da literatura que é o caráter literário ou não da crônica, um gênero por longo tempo considerado menor e distante do que se conhece como o cânone literário. A respeito, nos diz Eduardo Portella: "A crônica no Brasil está adquirindo sua soberania. Mas no caso de Rachel, sua crônica é uma entidade autônoma dentro do panorama da própria crônica brasileira".

Vistas em seu conjunto, as crônicas de Rachel de Queiroz denunciam esse caráter de espaço experimental. Algumas são extraordinários perfis constituídos por desenhos precisos de tipos regionais capturados por suas lembranças do sertão ou de personagens eleitos pela cronista em episódios percebidos ao acaso. Outras crônicas são contos estruturalmente perfeitos. Outras, diálogos abertos com o leitor, cenas da vida carioca, reflexões sobre o amor, o tempo e a morte, paisagens, ou mesmo importantes documentos de história, ecologia, folclore. Em todas, a romancista e a cronista, a escritora e a jornalista, se dão as mãos de forma surpreendentemente harmoniosa.

Como a produção ficcional de Rachel teve um grande hiato entre 1939, quando publica *As três Marias*, e 1975, quando volta ao romance com *Dôra, Doralina*, sua popularidade como cronista tornou-se muito grande e consolidou seu nome na imprensa brasileira.

As crônicas de Rachel são fruto da diversidade de suas vivências, como sua experiência no sertão, em círculos literários, na política. É neste sentido que Herman Lima, ao realizar a organização das crônicas reunidas no volume *O caçador de tatu*, diz ter sido atraído pela tentação de "esboçar o mapa-múndi das gentes e das ideias de Rachel".

Por outro lado, a autoridade e amplitude de suas crônicas advêm, sem dúvida, da posição de liberdade que conseguiu como escritora consagrada e como mulher independente, dona de sua pena e de seu destino.

Em 1948, afinal publicava Rachel o seu primeiro volume de crônicas, *A donzela e a moura torta*, cuja seleção foi feita pela própria autora. A esse, seguiram-se mais doze livros de compilação de seu trabalho como cronista na imprensa.

A donzela e a moura torta reúne crônicas que vão de 1943 a 1945, e essa primeira coletânea, talvez por ter sido realizada pela autora, já nos dá as chaves de seu trabalho como cronista.

Para quem se aproxima dos textos de Rachel pela primeira vez, salta aos olhos um diferencial imediato: seu estilo. Desde o aparecimento de seu primeiro romance, *O quinze*, Rachel surge como escritora definitiva, dona de um estilo próprio.

Na época do surgimento de *O quinze*, ao se deparar com aquele texto cristalino, sem rodeios, afirmativo, num certo sentido agressivo do ponto de vista literário, Graciliano Ramos não acreditou ser um texto escrito por uma mulher. Diz ele:

> *O quinze* caiu de repente ali por meados de 30 e fez nos espíritos estragos maiores que o romance

> de José Américo, por ser livro de mulher e, o que na verdade causava assombro, de mulher nova. Seria realmente de mulher? Não acreditei. Lido o volume e visto o retrato no jornal, balancei a cabeça: – Não há ninguém com esse nome. É pilhéria. Deve ser pseudônimo de sujeito barbado.

Foi assim a estreia de Rachel no mundo das letras. Causou espanto e incredulidade aquela mulher que chegava afirmando-se com um estilo direto, quase sem adjetivos, totalmente sem artifícios, de uma naturalidade e convicção inconfundíveis.

Sobre seu estilo, observou ainda Mário de Andrade: "Talvez não haja hoje no Brasil quem escreva a língua nacional com a beleza límpida que lhe dá, neste romance [*Três Marias*], Rachel de Queiroz. (...) Estou apenas exaltando a limpidez excepcional desta filha do luar cearense". Ao que mais adiante iria acrescentar: "A análise de Rachel de Queiroz é curta e incisiva à maneira de Machado de Assis".

Engana-se entretanto o leitor que supõe ser essa uma escrita fácil. Rachel inúmeras vezes relata em entrevistas e crônicas a dificuldade da escrita simples, um resultado que perseguia e ao qual se dedicava com afinco e rígida disciplina. Portanto, sua simplicidade foi uma simplicidade trabalhada, duramente conquistada, e sua fala simples e desarmada revela, antes de mais nada, segurança profissional. Rachel reescrevia seus textos inúmeras vezes à procura de uma "complexa naturalidade", como qualificou seu estilo o crítico e tradutor Paulo Rónai.

Foi dessa combinação entre o estilo direto, a naturalidade narrativa e a busca insistente pelos efeitos literários da oralidade, que foram feitas as inúmeras crônicas de Rachel de Queiroz.

É a própria autora que nos esclarece: "Procuro a linguagem que se aproxima o mais possível da linguagem oral, naturalmente no que a linguagem oral tem de mais original e espontâneo, rico e expressivo".

Reforçando esse efeito de oralidade, a cronista se dirige diretamente, ora explícita ora implicitamente, ao leitor como o fazia seu antepassado José de Alencar em seus famosos prefácios.

Com grande frequência, as crônicas de Rachel logo de início abrem um espaço de intimidade e proximidade quase presencial com o leitor. Na crônica "O senhor São João", ela justifica a escolha do tema de sua crônica dizendo: "Dois amigos me sugerem uma crônica sobre o 'são-joão no Norte', comemorando o dia do Santo Batista./ Essa sugestão me dá oportunidade...". Em "Saudades do carnaval" , interrompe a narrativa para explicar-se melhor: "Ninguém estranhe se eu falo muito em condutor, porque é em torno de bonde, condutor e motorneiro que gira quase todo o carnaval da Ilha". Em outros casos, como em "Guaramiranga", vai mais longe e elege o presidente José Linhares como interlocutor:

> Esta crônica de hoje é – por que não? – dedicada ao senhor juiz presidente da República. Ação nova de minha parte, bem sei, é esta de falar com pessoas de tão do alto; e duvido até se tenho língua capaz de arredondar as excelências necessárias a quem se dirige aos grandes do mundo.

Guaramiranga foi um lugar muito caro a Rachel. Durante a seca de 1919, sua família deslocou-se para lá, pequena cidade formada a partir de um sítio de seu bisavô, para abrigar-se dos efeitos da seca e "esperar o inverno", como se diz em regiões áridas. O presidente interino José Linhares havia também morado em Guaramiranga. Nessa crônica, a autora recomenda ao presidente que, em momentos difíceis de conflito e tensão de seu governo, ele se lembre das belezas e dos bons tempos vividos em Guaramiranga. A crônica é um exemplo expressivo da capacidade de Rachel em criar um clima de intimidade com o leitor e seu objeto. Na grande maioria de seus escritos para jornal, Rachel desenvolve, com obstinação, uma árdua pesquisa de linguagem e busca de autenticidade cujo efeito é esta sensação de proximidade, de credibilidade, na sua relação quase direta com o leitor.

Outro ponto que salta aos olhos na leitura de suas crônicas é um claro acento autobiográfico que percorre, do começo ao fim, as seletas até hoje organizadas a partir de seu trabalho na imprensa.

Nesta direção, é importante ressaltar a presença dominante da identificação profunda com sua terra, o Ceará: "aquele desesperado amor que eu tinha e ainda conservo". Onde quer que esteja, Rachel aparenta sempre falar do ponto de vista de suas vivências originais, de sua ligação visceral com o sertão cearense.

E é ainda a partir desse contato com a terra, com seu povo e de um forte senso de liberdade, que Rachel conquista uma posição que lhe permite não apenas uma simplicidade estilística ímpar, como também desafiar convenções sociais e políticas.

Diz ela em entrevista recente publicada nos *Cadernos de literatura* do Instituto Moreira Salles: "Não podemos esquecer que o Brasil rural foi o Brasil intelectual. De certo modo, ainda somos relíquia do Brasil Império. Os livros urbanos precisaram de um Machado de Assis que era mulato e pobre".

É fascinante observar como mesmo em suas crônicas de viagem, essa memória quase atávica atua abertamente. Em "A caatinga gelada, réplica da nordestina", escrita em dezembro de 1993, Rachel, em Berlim Oriental, se surpreende "de repente no Ceará, tal como deve ele estar agora, a caatinga em plena seca (*hélas*), os esqueletos das árvores, a confusão dos garranchos espetados, as manchas de branco cobrindo irregularmente o arvoredo esquálido". Como explica melhor na crônica "Pátria amada", escrita em 1952, "Pátria só se sente bem o que é quanto se sai dela". Não importa se em Paris, Nova York ou nas inúmeras crônicas de relato de viagem, o fundamental é o sentimento da volta como descreve tão sutilmente em "Chegar em casa". É o sentimento de reencontro consigo mesmo, o sentimento de não perder nunca de vista o ponto da partida que percorre toda sua obra seja nas crônicas, no romance ou nas peças de teatro.

Por outro lado, a fidelidade a essas vivências aliada ao compromisso com a memória nos proporciona uma narrativa de textura densa, espessa, múltiplas camadas, feita de tramas subterrâneas, infinitas.

Dessa trama, surgem perfis definitivos como na crônica escrita em 1943, "O catalão", mestre-curtidor do curtume de seu pai, em Belém do Pará, que parecia aos olhos infantis de Rachel "gigante, terrível, belo e sábio"; ou aquele de "O solitário", personagem típico do sertão, sujeito com ares de lobo solitário, arisco, sem amigos, sem família, que provocava assombro entre as crianças. E ainda o belíssimo estudo de psicologia regional que é a crônica sobre o Padre Cícero, figura cearense emblemática, reconstruído pelo desenho afetivo e personalizado de Rachel. Ou mesmo a paisagem quase perfil em "Diálogo das grandezas da Ilha do Governador", seu xodó, onde morou nos idos de 1940.

A galeria de personagens inesquecíveis, lendas e lembranças da seca, fatos curiosos e flagrantes do cotidiano é a matéria-prima central com a qual Rachel trabalhava suas crônicas e sua *expertise* narrativa.

Por vezes os casos e as lendas recebem a estrutura de contos sem perder entretanto o sabor da transmissão oral desse tipo de narrativa. São inúmeras as crônicas nesse sentido, como "Mapinguari", lenda amazônica que ouvira em Belém, "Um punhado de farinha" ou "Simples história do amolador de facas e tesouras", onde, com desenvoltura de mestre, propõe três finais diferentes.

Outras vezes, comenta o momento político sem, entretanto, fugir de sua chave narrativa. É o caso de crônicas como "Morreu um expedicionário" sobre o peso da sombra e dos efeitos da guerra no espaço privado, ou mesmo de "Retrato de um brasileiro", tipo infeliz nos amores, morador da Ilha e criador de galos de briga, diante do qual, de repente, abre-se "uma perspectiva agradável: descobriu em si certo valor econômico, inutilizado nestes dez anos de ditadura: a sua qualidade de eleitor".

Em todos os textos é fácil perceber-se uma forma bem curiosa de, digamos, objetividade subjetiva, que existe na romancista mas que se torna ainda mais clara na cronista.

Neste sentido, Tristão de Athayde nos oferece um diagnóstico precioso. Diz ele: "Sua observação não é refletida, é direta, e a análise estilística revelaria as qualidades sensoriais daquelas observações".

De fato, o convívio com a série de crônicas escritas por Rachel traz ao leitor a sensação de um desdobrar de casos articulados menos por temas do que por uma atitude sensorial de narrar, por uma falta de pressa, por um contar sossegado, no tempo do sertão. Em "Sertaneja", a perspectiva diferenciada da vida no sertão árido, bem como um correr de tempo bastante próprio, são descritos com precisão.

> Já aqui no sertão os homens a bem dizer se preocupam mais com o céu que com a terra. Pois não vê que é do céu que depende tudo cá embaixo, fartura ou fome, vida ou morte? E não metafisicamente mas objetivamente mesmo. Cearense nenhum é capaz de passar todo um dia sem estudar o céu, com angústia ou com alegria. [...] A gente se senta no parapeito do alpendre ou se deita na rede e fica conversando devagarinho – qualquer assunto manhoso e sem interesse, porque o interesse está mesmo é lá em cima.

O desejo de um correr de tempo ideal é ainda retratado em inúmeras crônicas como "Um alpendre, uma rede, um açude", escrita em sua fazenda do Junco:

> Só a paz, o silêncio, a preguiça. O ar fino da manhã, o café ralo, a perspectiva do dia inteiro sem compromisso nem pressa. Vez por outra um convidado chega, conta as novidades, bebe um caneco de água, ganha de novo a estrada.

Em Rachel, o gosto pela conversa, pela arte de contar, é muito dela mas também traz um quê de regional, alguns traços claramente culturais. É essa a perspectiva dominante em suas crônicas.

É com uma dicção de conversa que relata seus admiráveis casos de amor proibido, como em "A donzela e a moura torta", drama passado num colégio interno entre famílias em conflito; "A princesa e o pirata", de trágico desfecho no mar; a "Tragédia carioca", onde altera seu papel habitual; e, de contadora, passa a ouvinte. Todos se apresentam como casos verídicos, o que sublinha a força da narrativa que vem da experiência, do vivido. Rachel tem muito de sua personagem, a velha Matilde que, "em geral, só conta casos que sabe de ciência própria; lá uma vez é que repete um que ouviu dizer, mas nessas ocasiões sempre se louva em pessoa de toda confiança".

Há ainda um dado no desenrolar de suas crônicas/casos que não é desprezível. Não raro, uma crônica puxa a outra, personagens de uma reaparecem em outra e assim por diante, como em "Rosa e o fuzileiro", uma de suas inúmeras histórias de amor interdito. A crônica relata o caso de uma moça perdidamente apaixonada pelo fuzileiro naval de "dólmã vermelho e casquete com fitas" e que é violentamente agredida por seu pai que se opunha, ferrenho, aos amores de Rosa. Sete meses depois, na crônica "Vozes d'África", a história de Rosa é recontada do ponto de vista do pai.

A cronista Rachel de Queiroz faz lembrar um estudo de Walter Benjamin, "O narrador", no qual o autor mostra que está se perdendo o relato direto feito a partir de experiências vividas ou por via da transmissão oral. Uma narrativa que se apoia na confiança, na verdade que se estabelece pelo contato direto entre o narrador e seu ouvinte. Esse é o tom de Rachel, esse é o tempo narrativo de Rachel. Nesse, não há pontos mortos, a frase flui, personagens e fatos se encadeiam, deslizam de uma crônica para outra, num eterno contar.

Poderia lembrar também a estratégia de Sherazade que desenvolve uma narrativa infinita como arma contra o tempo. Assim como Sherazade, ainda que em direção diferente, o tempo pode ser visto como o *leitmotiv* de sua obra.

No início de suas atividades como cronista, Rachel buscava seus temas nas lembranças de infância, nos tipos que a haviam marcado, ou até mesmo no equivalente dessas experiências na atualidade, como são os vários casos ocorridos na Ilha, revisitados com a dicção e a construção fantasiosa de seu passado no Nordeste. É o caso de "Vozes d'África", assim como de diversas crônicas suas. Ou mesmo o caso, já citado, de descobrir na paisagem berlinense inesperada identidade com a caatinga cearense. Os exemplos são muitos. São as "atualidades passadas", como se referiu há não muito tempo, ao comentar sobre os temas de suas crônicas.

A reflexão sobre o tempo é, ao mesmo tempo, sua grande contribuição literária e sua dor fundamental. A lucidez, muitas vezes desconfortável, sobre o fluir incessante do tempo, acompanhou Rachel desde seus primeiros escritos. É muito interessante observar sua reação diante do sentimento da saudade e das datas emblemáticas do avançar do tempo como o Natal, Ano-Novo, São João. Diante das festas ela as rejeita com um tom inesperado. Na crônica "Natal", ao ser abordada por uma enquete sobre as melhores recordações natalinas, ela, categórica, responde: "Não recordo Natal nenhum". Em "Ao som dos foguetes do Ano-Novo", ela discorre longamente sobre a impropriedade dessa data ocorrer em pleno verão e se coloca frontalmente contra o que chama de "data mal transada". Na crônica "Pici", sobre um sítio de sua família onde passou tempos muito felizes e onde escreveu *O quinze*, logo de início, esclarece: "isso não são recordações literárias, quero falar no sítio Pici". Já em "Saudade", nos conta mais um pouco:

> Conversávamos sobre saudade. E de repente me apercebi de que não tenho saudade de nada. Isso independente de qualquer recordação de felicidade ou de tristeza, de tempo mais feliz, menos feliz. Saudade de nada. (...) A vida é uma coisa que tem de passar, uma obrigação de que é preciso dar conta. Uma dívida que vai se pagando todos os messes, todos os dias. Parece loucura lamentar o tempo em que se devia muito mais.

Não me parece que esse sentimento de recusa diante do que se vive como sendo saudade seja um manifesto a favor de se viver somente o presente. Na realidade, trata-se de uma reflexão sistemática, de cunho filosófico, sobre a questão do tempo. Reflexão que, no final de sua vida, intensifica-se e desliza, sem medo, em direção ao tema da morte.

As duas coletâneas que contemplam crônicas produzidas no período de 1990 em diante, *As terras ásperas* e *Falso mar, falso mundo*, mostram uma narração generosa e profunda sobre a velhice. São crônicas como "A contagem regressiva está correndo", "Não aconselho envelhecer", "Jorge Amado, oitenta anos" ou como em "De armas na mão pela liberdade", história cheia de humor sobre uma senhora de 90 anos que, de revólver em punho, garante seu direito de ir e vir. Um texto quase manifesto contra as atuais campanhas em prol da terceira idade e a favor da liberdade para o idoso. "Ah! como a gente entende a velha pistoleira do Rio Grande do Sul", termina sua crônica.

Talvez o ponto quase final dessa linha reflexiva seja a crônica de 1999, "A cobra que morde o rabo", onde conclui:

> Mas o curioso é que viver não é um aprendizado. Um velho de cabelos brancos é tão inexperiente e crédulo quanto um menino, diante da vida./ Cai nos mesmos tropeços, o menino ao aprender a andar, o velho que já não pode confiar nas pernas para cruzar os passos. E a gente acaba, na vida, no mesmo ponto em que começou. Como a cobra que morde o rabo.

É notável e sempre digna de registro sua habilidade ímpar no jogo de ideias e de linguagem. Essa habilidade, aliada ao desenho sensível de sua longa trajetória de vida, fio condutor do conjunto de suas crônicas, torna a cronista Rachel de Queiroz do mesmo porte que a ficcionista, a primeira grande voz do modernismo brasileiro.

Heloisa Buarque de Hollanda

CRÔNICAS

A DONZELA E A MOURA TORTA

(*Obra reunida*, v. 3, J. Olympio, 1989)

O CATALÃO

Era mestre-curtidor, no curtume de meu pai, em Belém do Pará. Eu tinha oito anos, ele teria trinta e cinco ou quarenta – não sei. Chamavam-no "o Catalão". Usava um grande avental de couro que lhe batia nas pernas e quando se referia a meu pai dizia: "*el burgués*". Manquejava um pouco, resultado de um ferimento recebido num comício ou num atentado. Pois o meu Catalão, naqueles longínquos anos de 19, já era um refugiado. Não poderei dizer se era alto ou baixo, feio ou bonito. Aos meus olhos era um gigante, terrível, belo e sábio. Fomentava motins na fábrica, quase sempre contra o gerente – o meu finado primo Álvaro, cearense magricela, neurastênico e minucioso como uma solteirona. Bastava o Catalão erguer a voz, enquanto remexia os couros, no tanque, logo uma corrente elétrica percorria o pobre Álvaro.

Mas embora hábil em fazer-se escutar, o meu herói desdenhava a amizade dos companheiros – sempre só, "áspero e intratável" como o cacto do poeta. Não sei por que, tomou por mim uma estranha amizade. Talvez porque eu era a única criança que andava ali por perto; talvez porque, enojado dos homens, só tolerasse a companhia das crianças.

Muitas vezes partilhei do seu almoço – às escondidas, é verdade, enquanto papai, que me trouxera à fábrica, se perdia em contas nervosas com o Álvaro, na gerência.

O Catalão punha dentro de uma caldeirinha de ferro peixe seco, carne, feijão, couve e muita água. Pendurava a caldeira numa corrente, deixava-a ferver horas e horas na boca da fornalha. Depois, quando os outros operários saíam para almoçar no botequim vizinho, ou no pátio da fábrica, ele ficava a comer sozinho a sua sopa, com uma negra colher de ferro na mão, sentado no rebordo de um dos tanques de tanino.

Para mim, o Catalão pairava acima de todos os homens por sua sabedoria, a sua coragem, o seu desdém pelos grandes – e desdém pelos pequenos, também. Quando movia as mãos curtidas como a sola com que lidava, de unhas roídas e escuras, quando escandia os versos de uma cantiga que cantava a sós comigo, quando dizia palavrões sobre "*el burgués*" e baixava para mim os olhos, sorrindo – "*Perdona, chica*" –, quando passava entre as correias das polias, entre o bojo rodante das turbinas – atrevido, sereno, claudicante –, eu, que nunca ouvira falar em Vulcano nem em mitologia, tinha entretanto a receosa emoção que deveriam sentir os heróis de Homero ante a presença visível de um deus.

Não sei se era anarquista, republicano, ou o que era. Mas odiava os ricos, os curas, o rei. Ensinava-me a dizer: "Morra Alfonso!" E cantava comigo aquela canção que ninguém mais sabia.

Quando, em fins de 19, vendida a fábrica, nos preparávamos para deixar o Pará, fui procurar o Catalão e despedir-me. Era na hora solitária do almoço e por isso mesmo eu a escolhera. O Catalão passou-me a colher de sopa, ficou a comer o pão molhado no caldo. Contei que ia embora, falei no Ceará. Ele não sabia onde era o Ceará – quase não sabia onde era lugar nenhum, nem queria saber. Para ele só existia a Catalunha. "Morra Alfonso!" Mas falei enfaticamente na "minha terra" e isso o impressionou. Indagou onde ficava a minha terra. Infelizmente as minhas noções geográficas eram mais vagas do que as suas. E apenas pude estender a mão em direção ao mar e dizer com os olhos cheios de água:

– Longe...

O Catalão ergueu-se, foi a uma prateleira num recanto da fábrica, onde guardava o chapéu e o paletó. Trouxe de lá um livro de capa vermelha que ainda conservo, em minha casa. Era um guia de turismo, *La ciudad de Barcelona*, cheio de fotografias e lindos nomes de ruas. Aquele era o seu livro de estimação, eu o sabia. Entregou-me o presente, bateu-me no ombro, empurrou-me de leve para a porta:

– *No me olvides, chica.*

E saiu resolutamente para lavar a caldeirinha na torneira dos fundos da fábrica.

*

Muitos anos depois, nas notícias de guerra da Espanha, li a descrição da morte de dois jovens, fuzilados pelos franquistas. Morreram cantando um hino revolucionário, dizia o repórter, e citava dois versos da canção heroica.

Meu coração bateu com força, lendo aqueles versos: eram os da cantiga do Catalão.

(Rio, novembro de 1943)

O GRANDE CIRCO ZOOLÓGICO

Se o título vale como anúncio, fique o anúncio. Que o Grande Circo Zoológico bem o merece. Tem feras, tem cavalos ensinados, tem globo da morte, trapezistas, meninas do arame, mágicos, acrobatas e três palhaços. Viajando, enche um navio gaiola de cima a baixo. E sua banda de música durante uma semana inteira alegrou toda a solitária extensão do São Francisco.

Foi em Pirapora que entramos em contato com o Grande Circo. Nós examinávamos o gaiola que nos levaria rio abaixo através de Minas e Bahia até às terras de Pernambuco quando vimos uns caminhões puxando cada um a reboque uma jaula. Venciam penosamente o barranco íngreme onde o navio atraca; e lá embaixo, quietas sobre a correnteza amarela, algumas chatas esperavam caminhões e feras.

Olhei pelas frestas de uma das jaulas, cujas grades de ferro tinham tapumes de madeira. Um grande leão, inquieto com aquelas manobras, passeava como um bêbedo pelo pavimento oscilante; a leoa, deitada, entregando ao macho os cuidados com a defesa do casal, olhava-o, amorosa. Leoa feliz! Que estupenda sensação de conforto deve experimentar uma senhora que, a zelar por sua segurança material e por sua paz de espírito, tem nada menos que um leão novo e fero, todo garra, dentes, coragem, e uma esplêndida juba!

Noutra jaula outros leões: um casal velho, conformado; habituado aos desconfortos da vida de circo, às incertezas das viagens, deixava-se estar.

Na terceira jaula, um urso. Parecia um homem: inquieto, com um nervosismo patético brilhando nos olhos expressivos, enfiava o focinho entre os varões e fiscalizava aquele serviço nada satisfatório. Pobre urso solitário, havia de achar estúpidos aqueles homens que o carregavam com tanto trabalho, quando ele muito bem poderia descer sozinho à chata, onde evidentemente estava ansioso para entrar, senão por outros motivos, ao menos para sossegar de vez! A sua cara angustiada parecia a de um alienista aprisionado de surpresa pelos seus loucos.

Afastei-me do urso, envergonhada. Mais além vi onças, jaguatiricas, algumas cobras.

Voltei para o hotel com a cabeça cheia de feras. Sonhei com leões e ursos a noite inteira. No dia seguinte, por ocasião do embarque, tive a honra de atravessar a prancha ao som da charanga do circo, ombreando com o malabarista e sua senhora, loura, grávida, que escalava penosamente a tábua estreita.

E durante toda a semana que durou a viagem, estabeleceu-se, muito sólida e sincera, uma grande amizade entre nós e todo o pessoal do circo.

Não sei se o respeitável público está esclarecido neste particular, mas gente de circo nada tem de comum com gente de teatro propriamente dita. Nem mesmo em matéria de trabalho, de tradição ou organização. E muito menos se lhes podem atribuir costumes equívocos ou ligeiros; as damas são virtuosas, matronais, as donzelas são recatadas e ingênuas como raparigas de internato de freiras.

Um circo é um conglomerado de famílias; cada grupo de artistas é realmente um composto legal de pai, mãe, filharada. E a coisa se explica facilmente: as crianças têm que ser treinadas desde pequeninas nos diferentes exercícios; uma menina de oito anos, por exemplo, já é velha para aprender deslocamentos. Tão longo período preparatório representa um enorme capital, e tempo, e paciência. É verdade que os garotos cedo começam a render; porém mais cedo ainda os pais se aposentam, gordos ou cardíacos, pois aquela dura vida exige demasiado do frágil coração e dos frágeis nervos de um mortal. Claro que esse elo econômico é um fator essencial à coesão da família. E compreende-se que os pais evitem com grande zelo quaisquer desvios sentimentais que ameacem a dispersão do grupo doméstico.

Lembremo-nos, ademais, que os números circenses são quase sempre representados em conjunto. Exigem longos anos de hábito, do que se chama hoje "trabalho de equipe"; se sai um do grupo, como o substituir? E acontece pois que, quando a vigilância paterna ou materna não consegue impedir uma paixão mais assomada num filho ou filha, o casamento se faz, mas o novo membro da família tem de se incorporar à *troupe*, como ajudante, como palhaço, ou, se não der mesmo para nada, fazendo uma pontinha qualquer na pantomima do fim do espetáculo.

Detalhe curioso: não sei se é para manter melhor a união do grupo familiar, não sei se por medida econômica, dado o alto custo das diárias dos hotéis, a verdade é que cada família circense monta casa, organiza um "lar", nas cidades onde para. Levam consigo mesas, cadeiras, camas, louças e panelas. Nos longos dias de bordo, todas as mulheres tinham em mão trabalhos de agulha – colchas, toalhas, almofadas; e nos mexericos trocados entre uma e outra era frequente a acusação: "Fulana é muito ruim dona de casa..."

No nosso circo, por exemplo, posso ir citando cada um dos grupos. Os acrobatas chilenos: o pai, com uma cara de pele-vermelha, curtida e severa; os três filhos, rapagões de ar ameninado; a bela Mercedes, musculosa senhorita que aguentava nos ombros os três irmãos e o velho, na "pirâmide" final do seu ato; e a mãe, bailarina aposentada, que ainda gostava de botar rosas no cabelo e era agora simples *menagère* do bando.

Depois, a família do palhaço: o dito palhaço, o careca mais divertido que já nasceu neste mundo e que só tinha uma raiva na vida: a lenda do palhaço chorão, "cujo coração soluça enquanto o lábio trêmulo gargalha", como diz o soneto. O nosso amigo considerava isso uma injúria à classe e a si próprio. A filha do palhaço é a estrela da companhia. Trabalha no arame, dança e canta, e representa de ingênua nas peças. Tem o cabelo vermelho e uma graça quebradiça de libélula; é altiva, pretensiosa, não se barateia com os estudantes que viajam no navio e lhe atiram olhares complicados. Tem uma concepção astronômica da sua situação de estrela. O rapaz, também filho do palhaço e palhaço igualmente, é o *enfant difficile* da família. Trabalhou de motocicleta dentro do globo da morte, mas sofreu um acidente, fraturou a base do crânio e quase morreu. Voltou ao picadeiro, mas sua vida tem uma sombra: não gosta de ser palhaço, gosta de ser galã. Aspiração legítima aliás, mas que os pais não compreendem, pois um galã não vale nada na frente de um bom palhaço. Já a tentativa de trabalho no globo da morte foi um compromisso para satisfazer as duas partes: nem palhaço nem galã. Mas veio a queda, a concussão cerebral, de novo a roupa variegada de *clown* – e há mais um jovem incompreendido neste vale de lágrimas.

Ainda há a velha chinesa, antiga malabarista, hoje empresária dos netos: a mocinha equilibrista, que parece uma personagem de Lin Yutang, e dois mulatinhos de olhos enviezados, cruza interessante de chinês com mestiço nacional; são respectivamente a menina-cobra e o palhaço nº 3.

Há o dono do circo, que é ilusionista e aviador; há o outro ilusionista, cujo sonho é comprar uma peruca para cobrir a careca durante o espetáculo, e sua esposa, aquela senhora grávida em quem já falei; coitadinha, quase dá à luz a bordo. E dona de três papagaios, um dos quais veio da África num avião militar e só fala língua estrangeira.

Mas a nossa maior amizade se estabeleceu com o domador e sua família. É o domador um homem de poucas falas, baixo, corpo nervudo e magro, olhos parados, boca cerrada como uma risca no rosto. Parece ter nascido domador, mas essa não é a verdade. Começou a vida empregado do comércio numa cidade de São Paulo. Aconteceu-lhe ir uma noite ao circo; e lá do alto do seu trapézio, risonha e cheia de lantejoulas, deslumbrou-o com suas graças uma menina de saiote. Ele, tão fechado e tão seco, apaixonou-se de vez por aquele maiô cor-de-rosa ajustado ao belo corpo aerodinâmico, por aquele sorriso parado que traduzia tensão e até uma certa angústia na hora difícil do duplo salto mortal, quando para a música e o tambor rufa sozinho, surdo e rápido como um coração com medo.

Ele mesmo nos contou isso – sem as literaturas, é lógico. E sendo homem calado e diferente dos outros, em vez de fazer à menina cortesias suspeitas de espectador atrevido, resolveu casar com ela. Pobre dele, não sabia que casar com aquela menina de trapézio lhe seria façanha mais difícil do que casar com uma das grã-finas de *pedigree* dos palacetes paulistanos.

Mas quem muito ama tudo pode. E o caixeiro, desdenhando a mesquinhez do seu balcão, tomou uma resolução de louco: imitando o poeta Manuel Bandeira, "confiou às feras as suas lágrimas" e junto com as lágrimas lhes confiou a sua ousada pessoa; fez-se domador. Sucedia que o domador oficial do circo estava prestes a se aposentar. E o moço, urgido por amor tão grande, depressa aprendeu o insensato ofício, entrou na cova dos leões, aclimou-se, e conquistou a noiva.

Hoje cobra ordenados de príncipe; e a aristocracia do circo, com as suas quatro ou cinco gerações de artistas, sussurra com certo desdém invejoso ante a prosperidade daquele adventício.

Por ele soube muitas coisas acerca dos hábitos e peculiaridades das feras. Mas isso é cabedal que guardo com ciúme para trabalhos futuros. Conto apenas isto: comida de fera chama-se "aranha"; quer dizer, comida de fera é cavalo velho, e cavalo velho chama-se "aranha" na gíria circense. Descobri isso à minha custa, aliás; e ainda me lembro do meu espanto quando a chinesa me contou que o marido, capataz do circo, ficara num dos portos "para matar umas aranhas"...

*

Da despedida do Grande Circo Zoológico me ficou uma derradeira lembrança, que recordo com um sorriso enternecido.

Estávamos desembarcando em Juazeiro da Bahia. Na confusão da descida, enquanto a charanga, tocando *Canta, Brasil!*, estraçalhava a soalheira com os seus metais estridentes, o comandante do navio, junto à escada, ouvia gravemente as queixas de um passageiro: tinha jogado um pôquer na véspera, perdera setecentos cruzeiros... Eram parceiros o dono do circo, o palhaço e o ilusionista... E o homem insistia:

– Setecentos e tantos cruzeiros nuns quinze minutos! O jogo não foi sério! Peço uma providência, comandante!

O comandante, homem prudente, hercúleo *colored* baiano nascido em Bom Jesus da Lapa, que navega no São Francisco desde menino, conhece os canais e mistérios do rio como as palmas da sua mão, e a psicologia dos seus passageiros como conhece o rio, explicou paciente:

– O senhor não tem direito de apresentar queixa; jogo aqui é proibido: olhe o que está escrito naquele quadro, ali no salão. Jogaram, mas escondido. Se eu tomar providências tem que ser contra todos, e o senhor vai no meio...

O homem ficou atrapalhado, medroso, mas resmungava sempre. Então o comandante parece que teve dó e quis consolar:

– Também, moço, que é que o senhor queria? Se meter em pôquer com mágico!...

(Rio, fevereiro de 1944)

O PADRE CÍCERO ROMÃO BATISTA

Os jornais anunciam que será comemorado este mês o centenário do santo do Juazeiro – o Padre Cícero Romão Batista – nascido na cidade do Crato, província do Ceará, a 24 de março de 1844.

*

Ele era feio, baixinho, corcunda. Parecia um desses santos de pau que a gente venera nas igrejas antigas, feitos grosseiramente pelo artista rústico, a poder de fé e engenho. A cabeça enorme descaía no ombro sungado e magro, a batina surrada acompanhava em dobras amplas o corpo diminuto. Só a carne do rosto, muito alva, lhe dava aspecto de vivo; o rosto e os olhos azuis, límpidos e místicos, que se cravavam na gente, penetrantes como uma chama.

O artista que o fez em bronze, na estátua erguida na praça principal do Juazeiro, mostra-o diferente: está ali ereto, acadêmico – uma estátua como há muitas. Quem sabe apanhar a semelhança é mesmo o santeiro anônimo que lhe esculpe religiosamente o vulto num palmo de raiz de cajazeira.

Megalomaníaco, paranoico, gerador de fanatismo, protetor de cangaceiros, explorador da credulidade sertaneja –

de tudo isso foi ele acusado por teólogos, médicos e sociólogos que juntos lhe fizeram o diagnóstico. Senhores teólogos, senhores médicos, quão longe já andais dos belos tempos da fé antiga! Pois quem poderá ser um bom santo sem ser ao mesmo tempo um bom doido – e a melhor definição de um santo não será "um doido de Nosso Senhor"? Tanto o santo como o doido despe a roupa na rua, abandona casa e família, vai comer raízes bravas e pregar à turba ignara qualquer ardente mensagem que lhe consome o coração. É só a essência dessa mensagem e a extensão do seu êxito é que estabelecem a diferença.

Por mim, quero crer que o Padre Cícero, "Meu Padrinho" como o chamávamos todos, foi um santo. Como santo obrava milagres, dava luz aos cegos, matava as pragas das roças, achava coisas perdidas, valia os navegantes no mar.

Houve gente que sarou ferida tocando na chaga uma medalha benta com a efígie de Meu Padrinho. Há até o caso de uma moça roubada, perdida três dias no mato. Ela se valeu do Padre Cícero, que a batizara, e depois dos três dias o homem que lhe fizera mal veio chorando se ajoelhar aos pés do padre, pedindo confissão e casamento.

Tudo isso anda na boca do povo, nos versos dos cantadores, na lembrança de cada um – e afinal, não é nessas mesmas fontes que se colhem os feitos ilustres, contados mais tarde nos florilégios? E em que outro lugar se abebera a história? Em documentos? Mas há tanta carta narrando os milagres de Meu Padrinho! Daqui a alguns anos essas cartas estarão amarelas e roídas de traça, e os estudiosos as manusearão nas bibliotecas, e serão também chamadas documentos... Até estas linhas que escrevo, ou outras que escrevi sobre o mesmo assunto, há uns oito anos, não serão consideradas documentos, lidas em velhos jornais pelos pesquisadores de 1970 ou 80?

*

O Padre Cícero começou sua vida de sacerdote lá mesmo no Juazeiro, recém-saído do seminário. Aliás, custou-lhe muito ser padre; quase o não ordenam. Os mestres alegavam que o rapaz era esquisito e mentia. Mas quem sabe se mentia realmente? As histórias do céu sempre parecem mentiras a quem só pensa na terra. E depois, dentro da alma de um homem, quem tem poder para traçar o limite entre a verdade e a mentira?

De qualquer modo ele foi para o Juazeiro, assim menino, mentiroso e angélico. Tão precário era o seu rebanho que aos domingos cabia todo na capelinha da fazenda e vivia inteiro em seis casas de taipa e alguns casebres.

Lá o encontrou a seca de 1877 – e então nesse tempo de dor e miséria começaram os seus milagres. Inteligência, altruísmo, astúcia (ou, quem sabe, apenas o singelo, o humílimo e sempre miraculoso amor?) foram as suas armas. "Socorrer quem padece, alumiar quem pede luz, perdoar quem erra..."

Da fazenda humilde nasceu a cidade. As seis casas se multiplicaram, e cinquenta anos depois já abrigavam sessenta mil almas.

Lá por 1890, a meio do seu apostolado, sucedeu o caso de Maria de Araújo – uma das suas ovelhas: quando a beata recebia a hóstia das mãos do oficiante, tinha um êxtase, e na sua boca a partícula se cobria de sangue. O Padre Cícero curvou-se ante o milagre: não fora criado e ensinado na crença dos prodígios, na fé cega nos poderes do Alto? E na mesma fé o acompanhou a multidão já imensa dos seus devotos.

Logo chegou a comissão de teólogos e médicos a fim de pesquisar: e – é estranho, mas é verdade – no primeiro momento confessaram todos o milagre. Depois, tornando à capital, admoestados pelos superiores, os padres se desdisseram. Mas não contavam com os poderes de Meu Padrinho e da beata Maria de Araújo. Monsenhor Monteiro, que dissera batendo no peito: "Se eu negar o que vi, ceguem meus olhos!" – ficou cego, e cego morreu. E sina triste e morte aflita tiveram todas as testemunhas do prodígio que mais tarde o renegaram.

Punindo a rebeldia do Padre Cícero, que, a despeito da opinião das autoridades, continuava a ver na beata uma santa, o bispo o proibiu de ministrar sacramentos na freguesia do Juazeiro, exceto em artigo de morte. E, imediatamente, na cidade inteira, quem casava estava sempre *in extremis*, menino só se batizava para não morrer pagão, comunhão só a pediam os agonizantes. A verdade é que na sua totalidade os moribundos saravam. Mas que admirava isso? Eram apenas novos milagres obrados por Meu Padrinho.

Nem missa podia ele celebrar dentro dos limites do Juazeiro. Então o padre e seu povo resolveram construir a igreja do Horto, situada fora da zona interdita, num alto de pedregulhos nus iguais aos do Calvário. E quando as paredes do Horto já se erguiam grandes e espessas como muralhas de fortaleza, o bispo também interditou a obra. O padre era humilde e crente, submeteu-se e abandonou a igreja. Mas não a abandonaram os romeiros, devotos apenas de seu padrinho. E ainda hoje os pés feridos dos peregrinos deixam nas lajes do adro os seus rastros sangrentos; alguns, de fé mais heroica, sobem de joelhos o morro, e é o sinal dos seus joelhos chagados que marca dois círculos de sangue no pavimento de pedra. Ao lado da igreja inacabada, a "Casa dos Milagres" vivia cheia de ex-votos. Viam-se lá cabeças de doido, pulmões roídos de tísico, ventres enormes de hidrópicos, pernas e braços abertos em chagas, olhos cegos, corações feridos – feitos de madeira, de cera, atestando curas miraculosas operadas por intercessão de Meu Padrinho e Nossa Senhora das Dores. Ainda devem existir esses milagres, acrescidos de muitos outros depois do tempo em que os vi, enchendo paredes e prateleiras, pendendo do teto, atulhando o chão, pois o galpão imenso já não os comportava. Ou possivelmente foram destruídos como objetos de idolatria pelos salesianos herdeiros do sítio. Não sei.

*

Quando o conheci, Meu Padrinho tinha mais de oitenta anos; já não parecia um ente humano, mas uma imagem animada, com aquela "fala diferente" a que se refere um cantador; exprimia-se numa linguagem arcaica, preciosa – a mesma linguagem que aprendera no seminário, que deveria ter falado em Roma quando lá foi justificar perante os doutores da Lei a sua crença nos milagres de Maria de Araújo.

Viva o santo Joazeiro
Que é o nosso Jerusalém!

diz o cantador que já citei.

Realmente – Meca, Jerusalém, Benares, a todas essas cidades foi Juazeiro comparada; e a elas se assemelhava, pois era a capital de um culto, a residência permanente de um santo, e em torno desse santo girava toda a vida daqueles milhares de homens. Nem a cidade era outra coisa senão um imenso arraial de romeiros, de peregrinos, vindos dos quatro cantos do sertão, de todos os Estados do Nordeste, e até de Goiás, até do Amazonas e do Acre.

Dizem que os paroaras ricos, nos bons tempos da borracha, davam esmolas de dez, vinte contos, para as caridades do padre. Davam-lhe sítios, casas, roçados; os pobres, que nada tinham, davam-lhe o seu trabalho. E depois da bênção matinal, Meu Padrinho fazia a distribuição dos voluntários que se agrupavam aos centos à sua porta: "Os José vão para a roça de Logradouro, os Antônio vão trabalhar com Casimiro, os Francisco se apresentem a José Inácio nas Porteiras, os de outro nome vão para as obras do orfanato..." E a turba de homens se trançava, cada José, cada

Antônio, cada Francisco, procurando disciplinadamente o seu grupo homônimo, para dar de esmola ao santo o seu dia de serviço.

E recebendo tanto dinheiro – sendo tão rico que o seu testamento transcrito num livro enche vinte e cinco páginas – Meu Padrinho nada possuía de seu. Usava uma batina que de tão velha já era verde, recortada de remendos, curta e humilde como o burel dos beatos esmoleres. Comia apenas leite e arroz, dormia numa rede, morava numa casa de telha-vã. Era unicamente o intermediário das esmolas, o traço entre a mão do doador e a mão do socorrido. Ainda há muita gente viva que disso pode servir de testemunha e não me há de deixar mentir.

*

Quando era a hora da bênção, ele surgia à janela de sua casa, defronte da turba que enchia mais de um quarteirão. Cada um lhe contava aos gritos as suas mágoas, os seus erros, os seus pavores. Um criminoso lhe atirava aos pés o punhal com que matara e confessava o pecado, banhado em pranto. E o padre escutava, consolava, dava absolvição e remédio. Depois, fazendo o sinal da cruz num gesto largo, com a mão trêmula, abençoava a multidão enorme que, ajoelhada, batia nos peitos. E sobre o silêncio, sobre a contrição dos romeiros, ouvia-se a voz do velho, quebrada e lenta:

– Quem matou não mate mais, quem roubou não roube mais, quem tomou a mulher alheia entregue a mulher alheia e faça penitência... Não briguem, não bebam, não façam desordem, meus filhos, que a Luz de Nosso Senhor não gosta de assassinos nem de desordeiros...

Ouvindo isso foi que Luís Padre e Sinhô Pereira, criminosos de muitas mortes, gente que bebia sangue como os outros bebem água, “viram a Luz de Meu Padrinho”, resolveram mudar de vida e foram esconder seus pecados e seus arrependimentos nas campinas distantes de Goiás, lá vivendo em penitência.

*

Quando o Padre Cícero morreu, muita gente pensou que chegara o fim do mundo. Houve quem ficasse doido varrido, e saísse para a rua, uivando como cachorro danado – loucos de medo, de desamparo. Lampião, que adorava o padre, e jamais atacara casa que tivesse quadro com a imagem de Meu Padrinho, ou cristão que usasse no peito a sua medalha, obrigou toda criatura que encontrava a pôr um crepe na roupa, de luto pelo santo. Mais de oitenta mil pessoas acompanharam o enterro. O caixão, arrancado ao carro, foi conduzido nos braços da multidão que se carpia aos gritos, como uns órfãos.

Alguns dizem que o padre está debaixo do chão: os incréus, os materialistas. Porque a gente que tem fé conta que Meu Padrinho, vendo a choradeira do povo, ressuscitou ali mesmo, sentou-se no caixão, sorriu, deu bênção, depois deitou-se outra vez e seguiu viagem dormindo, até à igreja do Perpétuo Socorro. Ficou morando lá, naquela igreja que os padres nunca quiseram benzer. De noite sai de casa em casa, curando os doentes, consolando os aflitos. E se ninguém o vê, na rua ou na igreja, é porque as asas dos anjos, rodeando-o todo, o encobrem dos olhos dos viventes.

(Rio, março de 1944)

DIÁLOGO DAS GRANDEZAS DA ILHA DO GOVERNADOR

"Oh inacessíveis praias!..."
Manuel Bandeira,
"Canção das duas Índias"

Pergunta. – E por que sentias tão fundos anelos pela Ilha do Governador?

Resposta. – Oh, são as inacessíveis praias.

Assim começa o diálogo das grandezas da Ilha do Governador. Diálogo mil vezes incompreendido. Pois quem mora nos esplendores do Leblon ignora a sedução da Ilha. Quem vive entre os arranha-céus da cidade sonha, quando muito, com os arranha-céus de Copacabana. E quem mora no beco só aspira ao beco. Pelo menos é isso que está nos livros.

*

Triste daquele, senhores, triste daquele que põe a sua esperança numa ilha. É uma ilha um pedaço de terra todo rodeado de água, diz o compêndio. Engano, engano. Ilha é um pedaço de terra todo rodeado de impossibilidades.

Primeiro a gente sonha com a ilha, como nos aconteceu a nós. Faz plantas de casa. Escolhe pintos nos aviários. Briga por causa da buganvília roxa ou brique da varanda. Discute as vantagens respectivas do bote a motor e do bote a vela.

Depois entra na fase dos anúncios. Vê-se o *Jornal do Brasil*, sob a rubrica "Ilhas". Céus! *"Terreno maravilhoso, plantado de coqueiros, ambiente campestre a meia hora do Rio." "Elegante vivenda de veraneio, com fogão ultragás, pomar e jardim." "Cavalheiro! Dê um lar aos seus filhos! Na Ilha do Governador, etc. ..."*

Toma-se então a barca. A barca, onde há cantores e cavaquinhos, crianças de roupa de veludo, e onde o homem que vende balas e chocolate parece um mágico com o seu cesto de surpresas. E à beira da água, as gaivotas, contratadas especialmente para o domingo, executam acrobacias sensacionais.

Lá está a ilha Fiscal ainda se lembrando do último baile do Imperador. Depois a gente passa pelos *destroyers* e pelas corvetas. E todos os passageiros se inclinam disfarçadamente à amurada da barca, e fixam nos navios um olhar profundamente conspirativo, sentindo que estão partilhando os segredos de guerra. Olhem os cargueiros americanos lavando a ferrugem, raspando as ostras do casco; até parecem Macunaíma catando os carrapatos à volta de audaciosas expedições. E a gente manda um adeus do imo do peito aos veteranos dos sete mares. Pois ali, no fundo da baía, o mar é sempre o mar, e não constrange falar em "sete mares". Mil mares que fossem.

E afinal se avista a ilha.

Primeiro é uma língua de terra, um esboço fugidio, saindo da bruma matinal. Olha, ali vai ser a ponte! Mas nós nos recusamos a pensar na ponte; o nosso coração de insulares não deseja promiscuidades com o continente. Quer mesmo é o esplêndido isolamento.

Surge o trapiche. Ah, era assim mesmo que eu sonhava um trapiche, igual à "ponte velha" da minha terra, de vigas negras encaroçadas de mariscos.

E então, saltando na praia da Ribeira, entre meninos que vendem camarão e senhoras gordas e funcionários que iniciam uma desadorada maratona cuja meta é o bonde, nós afinal tomamos posse da ilha.

Oh, sim, verazes anúncios! Tem coqueiros, tem sabiás, tem aves-do-paraíso! Tem Dorothy Lamour de sarongue à porta do cineminha, tem milhares de dorothys pelas praias, morenas, mulatas, platinadas. Meu Deus, que sonho! Nem um arranha-céu, nem um apartamento. Velhas casas de beiral com sapotizeiros ao lado e meninos de camisola brincando por perto. Horrendos bangalozinhos suburbanos, tão orgulhosos da sua varandinha "colonial californiana", ostentam tabuletas patéticas: Vila Sofia – Lar de Idelzuith... e aqui, atrás de uma cerca de hibiscos, estrelada de flores exóticas, veio se esconder a *"mulher de verdade": Lar de Amélia. Esta casinha azul, com roseiras à porta, abriga decerto um literato: Mon Repos. Repousa, irmão, repousa!*

Olha a praia do Zumbi! Onde é mesmo que fica o forte?

O canhão enferrujado parece um jacaré cochilando ao sol, na areia. Passa, bonde, passa, que eu vou atrás da minha casa!

Olaria, Cocotá... Ah, lá está uma casa de pedra que parece um castelo no alto do morro. Quero aquele castelo para mim. Depois vem uma porção de casas que parecem armadilhas para compradores líricos que, como nós, procuram um refúgio onde se possa viver feliz, pescando, plantando, criando galinhas, "amando e querendo bem", como dizia Lampião. Aquela casa pequena, com sótão de mirante, reboco descascado, um pé de fruta-pão no jardim varrido e uma cerca de sapatinhos-de-nossa-senhora só precisa mesmo de uma tabuleta, a minha tabuleta: Lar de Rachel...

*

Defronte, um mar de brinquedo alisa maretas de lago no areão grosso. Nem me lembro mais do castelo, quero é esta casa de mirante!

Mas, ai de mim, a casa tem dono. E vamos descobrindo, magoados, que tudo tem dono! Donos ferozes, ciosamente apegados aos seus direitos de posse, não vendem, não dão, nem sequer alugam. São donos, pronto. E tudo é deles!

Aquela casinha velha e branca, com varanda sombria ao lado, que parece o sonho de uma heroína de José de Alencar? Aquela é do médico. E esta outra, sozinha à beira da praia, com o jardim devastado, a cancela caída e uma data em relevo no frontão: 1871? Esta tem a dona na Europa. A guerra a apanhou por lá... E essa outra, meu Deus, tão comoventemente decrépita, com o telhado curvo como o lombo dum velho cavalo de tiro? Essa? Essa tem nove donos... Ainda está em inventário e por ora é casa de cômodos...

E essa fieira de casas velhas? Uma tem um telheiro de palha ao lado com um barco velho por baixo; este chalé se esconde por trás de uma mangueira plantada há trezentos e vinte anos; esta outra é cheia de janelinhas de guilhotina, e esta – quero esta, quero esta! – esta tem um pombal azul, no alto dum poste. O guia, porém, mais proibitivo que o arcanjo com a sua espada de fogo, explica:

– Estas todas (oito ou dez casas) são da viúva Fulana. Estão também em inventário; e quando acabar, a dona vai vender o lote inteiro a uma companhia, para fazer um balneário...

Depois vi um casarão maravilhoso, com varandas acolhedoras como um regaço de avó; decoravam as paredes paisagens de aquarela e havia anões de louça entre resedás, no jardim anacrônico...

– Essa "vai ser" o clube...

Ah, e esta?, tão linda, tão misteriosamente cheia de caramanchões... Esta... o guia desvia a fala de mim, pois só ouvidos de homem podem escutar a informação. Mas não será o que no Norte se chama uma casa de recurso?

Enfim, exaustos, de esperanças mortas, a pensar no dinheiro parco e inútil com o qual sonhávamos comprar um pedacinho de ilha, estiramo-nos na areia. Sinto os olhos rasos de água. Bem o disse o patriota: esta terra tem dono! Se tem! Tem mil donos, tem milhões de donos!

E com o dedo trêmulo, na areia amarela, único trecho hospitaleiro daquela terra inacessível, rabisco este anúncio:

"Compramos uma casa nesta ilha. Pode ser velha. Pode mesmo estar em ruínas. Queremos consertá-la, pisar nos ladrilhos gastos. Pode ter fogão de barro, pode não ter água encanada. Até preferimos um poço: plantaremos bananeiras ao redor. Basta que tenha um telhado, um palmo de terra onde cresça uma árvore, um ângulo de oitão onde se possa criar um galo que cante de madrugada, e uma nesguinha de mar onde boie um caíque... Não é pedir muito, senhores donos. Tanto mais, que pagamos. Pagamos pouco, mas pagamos à vista. Somos pessoas sérias..."

Quando eu ia extravasando mais os meus sonhos impossíveis, uma ondinha, que de tão atrevida decerto também é dona daquele chão, apagou meu anúncio...

Mas aqui o repito, na esperança de que alguma alma caridosa o leia.

(Rio, maio de 1944)

O SENHOR SÃO JOÃO

Dois amigos me sugerem uma crônica sobre o "são--joão no Norte", comemorando o dia do Santo Batista.

Essa sugestão me dá oportunidade para comentar uma concepção muito engraçada que até entre homens e mulheres inteligentíssimos existe aqui pelo Rio e, de certo modo, em quase todo o Sul, a respeito do Norte. Parece que eles consideram o Norte, e especialmente o Nordeste, uma espécie de barraca de pastoril eternamente em festa: no Natal dançam pastoras, no Ano-Novo o boi-bumbá; dançam fandangos e cheganças, dançam os congos as suas pantomimas guerreiras, dançam-se as sortes em redor das fogueiras de São João. Dançam os maracatus no carnaval, dançam de janeiro a dezembro os candomblés. E realmente, enumerando isso tudo, eu que me ia indignando e contradizendo, verifico envergonhada que realmente há muita dança e muita cantiga... Bem, mas de qualquer forma a gente daqui exagera. Leve-se em conta em primeiro lugar a imensa extensão territorial do Norte – aumentada pelas comunicações difíceis. As várias festas em geral são simultâneas, consagram uma determinada época, e o resto do ano é triste e calado. Sergipe é bem longe do Maranhão, Belém fica a mais de uma semana de Manaus. Só o Recife é uma espécie de capital de Maceió e Paraíba, e assim mesmo a distância é suficiente para isolar tradições. Cada um vive a sua vida, celebra as suas festas – e essa entidade bailarina e pitoresca chamada "o Norte" é pura convenção literária de sulistas.

Falei em tantos lugares, e não falei no Ceará, minha terra, porque no Ceará praticamente não há são-joão. Uma fogueirinha, uns fogos de vista nas mãos dos meninos ricos, "baile do chitão" nos clubes (instituídos há poucos anos em imitação aos que se fazem por cá), um raro balão, solto pelo bodegueiro do fim da rua, algum aluá, afilhados e compadres de fogueira, e as clássicas sortes para ver morte e casamento. Mas tudo isso há pelo Brasil inteiro, há aqui no Rio, e feito com mais convicção. Que nós, cearenses, somos gente de pouca comedoria e pouca festança; ainda estamos muito perto do tapuia bisonho, e sempre tivemos poucos negros, que são a alma das festas populares. Português e estrangeiro mal chegam lá e compram uma casa, vão virando cabeça-chata e tendo filho que não cresce mais de um metro e cinquenta. O sertanejo é sóbrio e triste – muitas vezes cético; poucos caboclos vão se dar ao trabalho de cortar lenha no mato para fazer fogueira. Cortar lenha, sim, mas a tantos cruzeiros o metro cúbico, por conta do fornecedor da estrada de ferro. Nem faz balões, nem estrói dinheiro com foguetes, nem guarda receita de quitutes. Lá para minha zona, no município de Quixadá, que já é sertão autêntico, o único festejo popular que apaixona e consome dinheiro e energias é o boi, ou os papangus – vadiação de Natal e Ano-Bom. Essa sim, tem ainda muita força no coração do povo. Tem burrinhas com saia de renda, tem bois com chifres dourados, babaus enfeitados de fita de gorgorão, e os trajos do velho, do mateus, dos papangus são quase tão caprichados quanto os dos cordões de carnaval dos cariocas. Esses contudo não são a maioria, porque a pobreza mais pobre "vadeia" com bois de lençol remendado, papangus de pé no chão, "damas" vestidas numa saia velha e um lenço de chita lhe escondendo os atributos masculinos da cara – pois os costumes não permitem ainda a intromissão de damas de verdade no elenco dos reisados.

Isso tudo, porém, é nas festas do Nascimento. São-joão, meu Deus, é aquela displicência. Nós, em meninos, fazíamos fogueira – exigíamos a cessão de um dos "metros" de lenha que iam nas costas dos jumentos a caminho da estação do trem. E se havia milho-verde, comia-se milho assado à beira do fogo.

Aliás, mesmo nesses tenros anos da infância já as exigências da minha alma eram corrompidas pela literatura. Porque, então, um dos meus livros prediletos era uma tradução portuguesa dos contos de D. Antonio de Trueba, onde se descreviam os folguedos de São João e São Pedro nas aldeias espanholas; e eu tentava obstinadamente adaptar o nosso são-joão sertanejo àquele modelo ibérico. Queria que "bailássemos rondas", fingia com aluá de milho os copos de jerez que eles bebiam nas histórias; punha um cravo no cabelo e oprimia terrivelmente irmãos, primos e moleques, obrigando-os a aprender uns versinhos que vinham no original numa nota à margem do livro, e aos quais ajeitei uma toada de modinha; começavam assim:

S. Juan, S. Pedro,
Sant'Iago in medio...

Mas o que havia de mais abundante nos são-joões eram afilhados. Tínhamos legiões deles, e entre primos e primas havia uma contabilidade ciumenta, para ver quem os conquistara mais, ao pé da fogueira. Ainda hoje tenho afilhados com o dobro da minha idade, que tiram o chapéu, estendem a mão e me tomam a bênção em qualquer lugar onde me encontrem. Não me esqueço de certo dia em que eu ia atravessando a Rua do Ouvidor e um garboso fuzileiro naval cruzou comigo. Para surpresa minha o militar, ao me ver, parou, fez continência, depois arrancou o gorro de fitinhas, ergueu a mão no ar quase numa saudação fascista e disse naquela voz cantada da minha terra, que só de ouvi-la me aperta o coração de saudade:

– Abença, madrinha Rachelzinha!

(Sou a Rachelzinha, pois Madrinha Rachel era minha avó.)

Uns dois impertinentes, ao meu lado, riram. Mas o fuzileiro, imperturbável, recebeu minha bênção, deu e pediu notícias dos seus e dos meus, e passou, tão indiferente ao ridículo quanto um escocês com o seu saiote. Só porque era um naval não ia perder o respeito à sua madrinha de fogueira.

*

Tem gente que não acredita em sorte de são-joão. Quando adolescentes, no colégio de freiras, fizemos sorte de bacia e sorte de clara de ovo. Na clara de ovo saiu que eu morria aos quinze anos – e me preparei para esse fim prematuro; fiz até uns versos de despedidas. Uma vez que não tinha amores, cuidei em morrer como uma virgem cristã, de capela de flores e vestido branco. Vieram contudo os quinze anos, e duas vezes quinze, e ainda estou penando por este vale de lágrimas. Mas na sorte da bacia saiu tudo preto – destino obscuro que teve interpretações variadas. Era morte, casamento infeliz, ou ficar para tia? Num velho livro de sortes, antiga edição portuguesa que arranjáramos não sei onde, dizia assim: "Cara preta na bacia – casamento com homem negro ou mouro". Apeguei-me à ideia do mouro. Fazia-o belo e dramático: para me ajudar a imaginação lá estava, em todo o esplendor shakespeariano, o modelo clássico de Otelo. E vim atravessando todos os revoltos e sofridos anos da vida, guardando a lembrança daquele mouro no coração; com o passar do tempo, cheguei quase à convicção de que os mouros haviam saído da história desde o desastre de Alcácer-Quibir, e esperar por mouros era o mesmo que esperar por D. Sebastião. Felizmente me enganava.

No Pará, quando eu tinha oito anos, deram-me à meia-noite, em véspera de são-joão, um banho de cheiro cheiroso, para ter boa sorte. Mas talvez as ervas fossem fracas, ou minha estrela negra muito forte, porque bastante demorou essa boa sorte para vir. Tomei depois muitos outros banhos de cheiro; tanta macacapuranga, catinga-de-mulata, priprioca, japana, mucuracaá, consumida à toa! – e agora, quando já desenganada das ervas eu me passara para os sais de banho ingleses, foi que a sorte mudou.

Entretanto, o melhor são-joão que passei na minha vida não foi em Belém do Pará, no Cariri ou na Bahia. Faz três anos, foi na cidade de São Paulo, em tempo de frio e de garoa. Era uma sala sossegada; lá fora, no mundo, tragédias públicas e particulares explodiam como vulcões. Mas a sorte da bacia preta se cumprira: ao meu lado estava o mouro – afinal encarnado; rodava o dial do rádio, até conseguir, em vez dos jornais de guerra, um samba de Noel Rosa, aquele tristíssimo *Último desejo*, que começa falando em noite de São João e acaba dizendo: "O meu lar é um botequim..."

(Rio, junho de 1944)

A DONZELA E A MOURA TORTA

Direi, como nos romances russos, que a cidadezinha onde se situava o colégio chamava-se M... Ficava no Cariri, naquela zona quase independente, que a gente não sabe bem de que Estado faz parte, se do Ceará ou de Pernambuco.

Era um internato meio patriarcal, meio casa-grande de fazenda. Não tinha água encanada, não tinha instalações modernas, não exigia sequer uniforme para as alunas. Nas poucas salas de aula (as lições das "menores" eram dadas no refeitório) alinhavam-se umas velhas carteiras coletivas, de dez lugares, com a madeira cortada a canivetaços, um buraco para cada tinteiro, e tendo como assento longos bancos corridos sem encosto. No dormitório, além dos leitos de todos os modelos, de pau e de ferro, penduravam-se aos cantos algumas redes, pois as camas não chegavam para todas, e havia meninas incapazes de dormir senão nas suas redes brancas e cheirosas trazidas de casa.

As freiras que dirigiam o colégio eram estrangeiras, não sei se alemãs ou belgas; suaves e assustadiças criaturas, umas dez, no máximo, perdidas na turba de mais de cem raparigas.

Contudo o pior das alunas não era o número: era a qualidade. A par das garotinhas miúdas, que à noite choravam com saudade da ama, havia ali muita mulher feita, moças de dezoito e até de mais de vinte anos, boas de casar e de ter filhos, que os pais mandavam para o colégio num derradeiro apronto antes de as entregarem aos maridos. Algumas sabiam pouco mais que ler; outras nem isso. Em geral estavam noivas, ou se enredavam numa complicação de amores e de intrigas, de bilhetes e serenatas que aturdiam as pobres freiras – arianas de sangue frio escandalizadas ante aquelas explosões precoces.

Aprendiam as meninas a bordar, as quatro operações, uns longes de francês, e a escrever corretamente uma carta. Aliás não era o ensino o escolho maior das madres. As pequeninas eram fáceis de levar no estudo e as maiores tinham em geral grande desejo de aprender e vergonha das suas poucas letras. O mal que as atormentava estava todo nos ódios recíprocos, nas guerras de famílias cujos rancores vinham ecoar até dentro do internato, dividindo as alunas em grupos adversos – criadas que eram, na maioria, no cultivo de antigos rancores, de vinganças e desafrontas. E acabaram as pobres freiras cansando-se de lutar contra aquelas incompatibilidades feudais, contra aquelas contas de sangue e escândalos. Nem mesmo adiantava fazer com que duas inimigas se abraçassem, em dia de confissão. Na melhor hipótese se abraçavam rígidas, sem perdão e sem calor; em outros casos chegavam a se atracar na vista da madre que promovia a reconciliação. E o mais que se arranjava era estragar com pecados novos a comunhão do dia seguinte. Aos poucos, pois, foram consentindo as mestras em que se formassem no colégio dois grupos distintos e intrigados. No caso do dormitório a arquitetura do velho sobradão colonial que agasalhava o internato facilitou a divisão e lhe encobriu os motivos: não havia nos socavões do sótão uma sala bastante grande para comportar todas as alunas juntas; e assim constituíram-se vários dormitórios contíguos. No refeitório, em lugar da mesa comum dos primeiros tempos, foram as estudantes divididas em três mesas – os dois partidos mais extremados respectivamente à esquerda e à direita, com um grupo de neutras separando-as. Porque também havia neutras: filhas de gente de fora, ou de pequenos negociantes, pequenos proprietários, que não podiam tomar as dores de nenhuma das facções.

Duas eram as principais famílias em conflito, autoras da maior parte das depredações e crimes de morte na zona: os Lopes e os Pereiras. E eram todos primos, Lopes e Pereiras: netos da mesma avó. Fora justamente a herança da velha rica que os inimizara, começando a briga entre dois cunhados, um filho e um genro da defunta; já agora estava a luta na terceira e na quarta geração. Mas dessas circunstâncias de parentesco tiravam eles até orgulho, comparavam-se a famílias reais, sempre aparentadas e inimigas; comparavam-se especialmente aos descendentes da rainha Vitória – netos como eles de uma mesma ilustre matriarca, e que na Guerra de 14 se entredevoraram um na Alemanha, outro na Inglaterra, outro na Rússia, sem contar com os que se espalhavam pelos principados germânicos e pelos reinos dos Bálcãs. E não se estranhe esse conhecimento; sempre os matutos se interessaram pela política e pelos reis.

*

À volta de umas férias de junho, um drama sentimental abalou o colégio: apareceu vestida de preto, de chorão no chapéu como viúva, a flor e herdeira da casa dos Lopes – a linda Guiomar, que em breve deveria casar com um primo. Pois justamente esse primo fora assassinado; matara-o a faca um sobrinho de Sinhô Pereira. Deu-se o crime à saída da missa, mesmo no adro da igreja, que por isso quase ficara interdita. E logo os romeiros começaram a fazer peregrinações ao local onde caíra o moço: – todo mundo sabe que lugar manchado de sangue inocente tem virtude e obra milagres.

Mas Guiomar não conversou acerca da tragédia, não se abriu com ninguém. Voltou às suas aulas, ao seu bordado, e, para grande espanto das amigas, não parou de trabalhar no enxoval, não alterou sequer o monograma do noivo – dois L entrelaçados com que marcava os lençóis. Rezava muito, conversava pouco, ou quase nada. Nunca mais disse o nome de Laurindo Lopes, o frustrado esposo; e entretanto antes, noiva feliz, não falava dez palavras sem uma referência a Laurindo. A lembrança do morto parecia enterrada mais fundo dentro daquele coração do que o corpo dele debaixo da terra.

*

Três meses depois, já em outubro, estavam as meninas na sala de costura, esperando a hora da novena. A cabocla da portaria pediu licença, entrou e entregou à freira um telegrama aberto, mandado pela superiora. Lentamente a madre o leu. Ficou muito pálida e chamou uma aluna das "grandes", Leonor Pereira, mulherão de vinte anos, alta, nervosa, muito soberba: sofria de um estrabismo ligeiro, e por isso as colegas a chamavam de "Moura Torta". A moça chegou tremendo, pois boa coisa nunca é trazida por telegrama. A freira lhe entregou o papel, murmurou umas palavras a respeito dos "desígnios de Nosso Senhor". Leonor leu o telegrama, depois soltou um grito agudo, desumano, e caiu no chão com um ataque.

Tinham morto seu pai, Sinhô Pereira, em plena rua, com dois tiros no peito. Ele nem teve tempo de levar a mão às armas. Caiu de joelhos, e quando morreu – e morreu logo – os cabras que o feriram já tinham sumido a galope numa curva de esquina. Ninguém pôde ou ninguém quis identificar os matadores; sabia-se apenas que era gente dos Lopes.

No chão, a Moura Torta esperneava, apertava os punhos, gritava cada vez mais alto e mais forte. Contudo o seu ataque não parecia doença nem fraqueza histérica de mulher; era antes furor, uma possessão do demônio, um paroxismo de ira.

De repente Leonor soergueu-se, afastou impaciente as meninas e as freiras que a procuravam aplacar. Correu o olhar sinistro pelas caras que a cercavam, procurando alguém. E, lentamente, igual a um bicho que se levanta, calcou com as mãos o chão, ajoelhou-se; e sempre a se ajudar com as mãos, ergueu-se de todo, como se lutasse com o peso da sua dor e do seu ódio. Afinal de pé, encaminhou-se para Guiomar Lopes, que se deixara ficar sentada, bordando os seus monogramas. Tomou-lhe a agulha das mãos, quebrou-a nervosamente entre os dedos; depois segurou a outra pelos ombros, e pôs-se a sacudi-la e a maltratá-la. Guiomar não revidava, procurava apenas fugir, até que as outras meninas a libertaram. Leonor caiu então com um novo ataque, e foi carregada para um gabinete vizinho ao dormitório das freiras. Lá ficou carpindo o seu nojo, recebendo às refeições uma tigela de caldo e uma xícara de café, pois se recusava a comer. Só queria chorar e rogar pragas, trancada no quarto escuro.

Assim passou vários dias. Na terceira noite, a freira que dormia perto da porta do gabinete foi acordada por um estranho rumor; era como um cochicho, um gemido surdo, intercalado com pancadas. Levantou-se devagarinho a madre e foi ao quarto da moça, donde saía o barulho. E tão grande foi o seu susto que nem deu alarma. Ficou olhando e ouvindo, sem saber se tinha mais medo do que via ou do que ouvia.

Sentada à beira da cama de lona de Leonor estava um vulto de mulher, no qual a freira acabou reconhecendo Guiomar, à luz da lamparina que alumiava o Coração de Jesus. Na boca tinha a Moura Torta um lençol enfiado como uma bola; outro lençol lhe amarrava os braços no leito; e nas suas pernas se sentava Guiomar, evidentemente para a conter. Não podia impedir, entretanto, que a prisioneira batesse com os calcanhares na travessa da cama: fora essa batida que despertara a madre. E baixinho, mas não tão baixo que a inimiga ou a freira perdessem uma só das palavras, ia Guiomar dizendo:

– Seu pai morreu, Moura Torta... e morreu por mão de gente minha. Foi direito pro inferno, porque morreu sem confissão. Laurindo ao menos foi morto quando saía da igreja, ainda com a reza na boca... E como morreu seu pai, hão de acabar vocês todos; de um em um... Pensava que matando Laurindo acabavam com a semente dos Lopes... Pois meu pai já mandou buscar no Amazonas o meu primo Luís Lopes, irmão de Laurindo – irmão de Laurindo, ouviu? – e eu me caso com ele no mês que vem. E só vou viver para botar filhos no mundo, ensinar a eles a pegar em arma e liquidar com a raça de vocês, por fogo ou por ferro frio...

A freira gritou, então. Acorreram as outras, libertaram a presa; e enquanto Guiomar era arrastada para fora, a Moura Torta bradou da sua cama:

– É bom que você saiba uma coisa, Guiomar Lopes: que não é só a sua barriga que há de dar filho, não!

*

Ambas cumpriram a promessa. Os oito filhos de Guiomar liquidaram num tiroteio três dos dez filhos da Moura Torta. E os Pereiras então, numa vingança que ainda faz muita gente tremer, tocaram fogo na cidade dos Lopes e mataram até os cachorros na rua e as criações nos quintais. Vi com meus olhos as paredes negras, os telhados por terra, as calçadas cheias de entulho.

Mas já os Lopes estão abrindo outra rua. E nas fazendas dos Pereiras, a apenas cinco léguas de distância, há muito gado, muita madeira, muito cercado de arame, muita coisa boa de destruir.

(Rio, agosto de 1944)

A MAIS GENTIL DAS PRAIEIRAS

Por que não aprendi a tocar violão? Sempre me constituiu motivo de tristeza e humilhação esta precária musicalidade. Uns tocam piano, existe até quem toque harpa. Eu, nem ao violão me afiz. E não se diga que era pouco o esforço de D. Chiquinha, minha mestra. Afinava, afinava, apertava as cravelhas (que ela chamava "craveiras"), dava um dó agudíssimo na prima, depois outro dó grave no bordão...

– Vamos, meu bem.

Eu pegava no violão de luxo que minha madrinha de crisma mandara do Pará, ajeitava-o mal e mal no colo, começava de boa vontade: dum, dum, dum...

– Não! Valha-me Santa Cecília! Segunda! Mude!

E eu: dum, dum, dum...

– Terceira, filhinha, terceira! Puxe o acorde! Falhou...

Ai, música, divina música. D. Chiquinha carpia-se. Tanto sentimento de que ela dava exemplo, tanta devoção empregada à toa. Eu recomeçava, dócil: primeira, segunda...

– D. Chiquinha, fiquei com uma bolha no dedo.

*

Já não sei como a descobrimos, violão debaixo do braço, vestido claro de cassa engomada, pente de tartaruga no cabelo, dente de ouro, espalhando um aroma de erva-de-cheiro e patchuli: decerto andava nas suas idas e vindas de casa em casa de aluno. Cobrava dez mil-réis por mês e mais o dinheiro do bonde. Duas aulas por semana.

Professora de violão, o seu sonho secreto fora sempre o violino, entretanto. Nas prateleiras da sua sala, a meio de cadernos de modinhas, frascos de vidro, estampas de santo, uma velha xícara de porcelana dourada, latas de biscoito que encerravam misteriosos tesouros, guardava ela o seu estradivário – uma rabeca de cego, fanhosa, inválida, metida numa remendada mortalha de veludo azul. Em certos dias de bom humor e segredo, ela cerrava a rótula, pegava comovida o arco e executava ao violino a valsa dos *Sinos de Corneville*. Meu Deus, como eu achava lindo!

Fora aliás desfeita da sorte aquele meu fracasso, porque eu me supunha dotada e alimentava ambições. Chegara até a pensar, não digo em concertos, mas num brilhante recital de caridade em que aparecesse de vestido comprido (teria então uns doze anos) e, num belo contralto, cantasse ao violão certo tango argentino da minha preferência. Mas tudo neste mundo são vaidades: jamais atingi o tango argentino.

Voltando a D. Chiquinha: morava numa casinhola à rua do Pajeú. O riacho banhava o quintal abandonado onde um pé de urucu crescia selvagem. O urucu vermelhava e empretecia à toa, pois D. Chiquinha, com a sua alma de artista, não cuidaria em planta tão culinária. Sua vida toda mal chegava para a música. Pior que o quintal era a casa, mais dos ratos e das aranhas do que da dona. Às vezes, no meio de uma lição (quando excepcionalmente dava aulas em casa), algum ratinho atravessava a sala: D. Chiquinha punha a mão no peito e soltava um grito afinadíssimo. Depois comentava:

– Ouviu? Até mesmo assustada e sem querer, eu só grito em lá menor...

De corpo era mulata e gorda. De alma era loura e etérea – um puro gótico. O instrumento plebeu que ensinava constituía para minha mestra uma fonte de dissabores. A começar pelo apelido que lhe davam: D. Chiquinha do Violão. Quando alguém o repetia em sua frente, ela corrigia logo, irritada:

– Chiquinha do Violão, não senhor. Francisca dos Santos. Violão não é meu dono. Aquele que foi meu dono há muito me abandonou...

Falava assim, como uma letra de modinha. Moça na sua boca era virgem, vontade era anelo, lua era a pálida Diana. Isso mesmo: mais de uma vez a ouvi falar na pálida Diana. E entretanto mal assinava o nome e só lia letra grande. Como aprendia essas coisas não sei. Decerto de ouvido, do mesmo modo por que tocava.

Por música clássica não tinha interesse, ou antes, a ignorava. Para D. Chiquinha, a mais requintada manifestação de arte era a serenata. E dentro desse critério me ensinava visando talvez fazer de mim o que ela já fora em moça – a musa de todos os seresteiros da cidade.

Sim, não só objeto passivo de canções e arpejos noturnos mas musa ativa e colaborante. O seresteiro dizia da calçada a sua trova, e lá da penumbra da alcova a donzela tomava do violão e na mesma toada respondia. Eram essas as suas lembranças mais queridas, aqueles duelos musicais, canta tu de lá, canto eu de cá – e entre os dois o grupo desvanecido dos comparsas que ajudavam no acompanhamento.

Numa dessas serenatas conquistou marido. Parece que era branco e, naturalmente, bebia; não fosse violeiro e boêmio. Bebia e espancava D. Chiquinha, batia-lhe nos ombros roliços, no peito de pomba apaixonada. Enganava-a. Dedicava a outras julietas o seu violão e as suas noites de lua. E ela só fazia chorar e amá-lo mais, "nos haustos da paixão". Afinal, cansado dos haustos, o infiel evadiu-se para destino ignorado.

D. Chiquinha o esperou duas noites e dois dias. No negro princípio da terceira noite, recebeu das mãos de uma rapariga da rua, "uma meretriz da esquina", a aliança de casamento que o ingrato devolvia num escárnio derradeiro. Então as lágrimas foram lhe rolando dos olhos. Pegou do violão e cada lágrima foi se virando numa nota – as notas da valsa que ficou sendo para sempre a sua obra-prima e que ela batizou *Separação*.

... Mi, fá, mi... assim começava a valsa. Senhor, como eu a detestava! Aquelas três notinhas odiosas tiradas na prima com o dedo mínimo: mi, fá, mi... depois: lá, si, lá, sol... Quando eu arrancava a custo o lá – si – lá – sol, D. Chiquinha acudia:

– E o bemol, meu amor, bemol?...

Isso era na lição de solo; nos acompanhamentos, a nossa favorita era a modinha *A mais gentil das praieiras*. Dessa eu gostava muito. Porém a mão rebelde não me acompanhava o entusiasmo. Tão duro, insípido e inodoro era o acompanhamento que D. Chiquinha, num gesto dramático, encostava a mão rechonchuda ao peito azul do meu uniforme de colégio:

– Onde está esse coração? Será que ele não bate? Sentimento, filhinha, sentimento!

Tomava então o instrumento, que ao seu contato se transformava; e ficava sendo ela própria a mais gentil das praieiras, "louca por seu pescador"...

Pobre D. Chiquinha, quanto a desolava não descobrir jamais este meu escondido coração, incapaz de bater em lá menor! O dela, não só em lá menor mas em todos os tons maiores e menores vibrava como uma harpa eólia. Por isso mesmo rebentou exausto. Disse-me alguém, há alguns anos, que a encontraram morta no tijolo da sala, de saia branca e cabeção de renda. Parece que morreu quando arranjava o cabelo, pois tinha, na mão fechada, o pente de tartaruga. O médico diagnosticou *angina pectoris*.

(Rio, novembro de 1944)

MORREU UM EXPEDICIONÁRIO

Foi batizado aqui mesmo, na Igreja de São José. O padrinho lhe deu de presente duas libras de ouro, dizendo que eram para fazer uns botões de punho, quando ficasse homem.

Como todo menino, sofreu a sua enterite e quase morreu de coqueluche. Também quase morreu afogado, aos onze anos de idade, num piquenique com banho de mar em Jurujuba. Teve sorte, foi escapando. Um anjo de menino não era propriamente. Gazeava aula, atirava pedras nos pardais da rua, de caminho para a escola, e certa vez fez malcriação à professora de Ciências. Mas diziam em geral os mais velhos que tinha bom coração.

Gostava muito da mãe, coitada, que, por esse tempo já viúva, trabalhava nos Correios e Telégrafos, tirando do emprego o necessário para criar o filho. Mas no período que medeara entre a viuvez e a nomeação, ela, aperreada de contas, andou empenhando tudo que lhe restava: os cordões de ouro, o relógio do falecido e até as duas libras do menino. Foi aí que ele confirmou ter mesmo bom coração: objetou apenas ao saber do caso das libras: "E agora como é que eu faço os meus botões de punho?" Mas vendo que a mãe não respondia, foi para a calçada jogar gude com os meninos da vizinha.

Ainda hoje, passados tantos anos, a mãe guarda num cofre de lata as cautelas de todos aqueles penhores jamais remidos. No fundo do coração alimenta a esperança de que aquilo conserve o seu valor – não lhe foram dadas como recibo de todo o seu ouro?

Voltando ao menino: teve a sua fase de futebol e mais tarde o que se poderia chamar a fase das ideias gerais. Isso aconteceu quando estudava nos últimos anos do curso secundário, na aula noturna. Não que fosse um intelectual. Mas interessou-se pela guerra na Espanha e por Hailé-Selassié.

Também se interessou muito pelo Campeonato Mundial, pelas glórias de Leônidas nos gramados europeus e o desgraçado desenlace do jogo com os italianos. Foi mesmo o drama esportivo da Taça do Mundo que lhe propinou os primeiros venenos de curiosidade internacional.

Mas no fundo o nosso rapaz era uma alma lírica. E, curioso para quem lhe conhece o fim: carecia de pendores guerreiros. Fez o seu serviço militar no Tiro com pouco entusiasmo, mais por obrigação. Felizmente os exercícios não lhe tomavam todo o tempo; davam espaço para o namoro e para o cinema – ou antes, para namoro e cinema juntos, pois as duas atividades se completavam. Triste de quem não conhece o prazer requintado de ver na tela uma bonita cena de aviação ou de *G-men*, ou mesmo uma cena de amor – apertando no escuro a mão da namorada, sentindo no rosto o cheiro dos seus cabelos.

Graças a Deus o nosso menino conheceu isso tudo. Sabia arrancar da vida as suas coisas melhores – o prazer da velocidade na motocicleta de um amigo, o prazer do mar e do sol nas manhãs de banho no Flamengo, os prazeres do amor, da luta e do esporte... E em dose devida, também, os prazeres da inteligência. Creio que já disse que não era um intelectual. Sim, mas há gradações. Bem que lia os seus livros e até entrara para sócio na livraria de aluguel. Todas as manhãs, no bonde de Catumbi, de casa para o emprego (entrara também para os Correios e Telégrafos), tinha sempre um livro aberto na mão. Primeiro atravessou a longa série dos Pardaillans, onde, adolescente, aprendera as boas regras da cavalaria, o valor da bravura, e desafogara todos os seus recalques de menino urbano. Leu livros de detetives, onde aprendeu que o crime não compensa. Não gostou de Machado de Assis. Preferia romances de ação. As sutilezas da inteligência o enfastiavam um pouco, e lhe pareciam meio impudicas aquelas especulações feitas dentro das almas dos outros.

Quando rebentou a guerra, tinha dezoito anos. Se aos quinze sofrera pelos espanhóis e pelos pobres negros da Abissínia, sentia agora uma intensa cólera contra os nazistas: grandes alemães enormes e brutos, com as suas botas quarenta e quatro pisando terra, pisando gente, pisando na vida de todo o mundo. É verdade que com as contradições daquele seu coração lírico, a que já aludi, não apreciou devidamente uma surra num alemão a que assistiu em frente a um bar do Méier, nos dias exaltados dos afundamentos. Talvez houvesse lido excessivamente os seus Pardaillans. O fato é que tomou depressa o bonde, pensando: "Só gosto de luta leal".

No dia em que o Brasil entrou na guerra, ele estava com a mãe, na sala, ouvindo o rádio. A velha fez o que costumam fazer mulheres nessas horas: chorou e foi rezar no quarto. O moço ficou sozinho, num estado de exaltação indefinível. Guerra. A palavra ainda não lhe significava nada de imediato e pessoal – era ainda uma coisa longínqua, abstrata. Jamais vira guerras senão no cinema ou nos livros. Matar e morrer. Sim, teria agora que matar e morrer. Ia fazer vinte e dois anos.

Apresentou-se como voluntário. Tinha como companheiros um homenzinho barrigudo e conversador que receava não ser aceito, mas fazia questão de cumprir o seu dever. O outro era um moço taciturno que não quis explicar nada.

Custaram um pouco a aceitar o nosso rapaz. Bem, não fora criado com vitaminas nem ginástica sueca. Menino modesto, seu corpo crescera sozinho sem se preocupar com as medidas de tórax indispensáveis aos que vão para a guerra. Precisou consertar uns dentes, e o médico insistiu muito com o coração. Teria um sopro no coração aquele moço? Precisava apresentar um coração perfeito, integral, batendo como um cronômetro, usando apenas sangue rico, padronizado.

Afinal, o coração serviu. Perfeito coração, que me contas agora, no teu sono sob o chão devastado da Itália? Quem sabe se estás te misturando às cinzas de outros corações ilustres, naquele solo que há milênios vem recebendo corpos de heróis, de servos e de tiranos? Parece que ali, se a gente colhe do chão um punhado de terra, arrisca-se sempre a profanar as cinzas de um tribuno de Roma ou de um chefe bárbaro. Como hão de receber contentes os corpos dos moços da América aquelas cinzas de romanos ou gibelinos que há mais de vinte anos só de fascistas tinham a companhia!

Fardado, no treino intensivo, pensou em pouca coisa além de dormir, acordar e fazer exercício, exercício, exercício. Depressa alcançou a medida de tórax regulamentar. E afinal houve a grande parada de despedida. Depois vieram os dias de expectativa que precederam o embarque, durante os quais ele passeava pela cidade com o seu uniforme diferente – as mangas arregaçadas, e aquele nome "Brasil" bordado no braço: etiqueta da pátria que já lhe sugeria o estrangeiro, traduzindo a necessidade de o identificar entre outros rapazes, com outros nomes bordados – e todos juntos num exército único. Talvez nesse curto período de espera ele tenha pensado um pouco em si, com algum enternecimento; talvez até tenha feito uma certa chantagem sentimental com a namorada: "Quem sabe se daqui a pouco não estou morto, atirado numa praia..."

Sim, porque só pensava em morrer no mar. Quando atravessou todo o grande oceano sem que os submarinos lhe alcançassem o navio, respirou tranquilo. Possivelmente lhe haviam ficado terrores subconscientes do quase afogamento na infância. Só sei que, ao pisar no porto italiano, parecia-lhe já haver ganho a guerra.

*

Diz o telegrama que morreu como um herói. Não explica, entretanto, como morreu nem de que morreu.

Tinha agora vinte e três anos, acreditava na verdade, na justiça e na liberdade.

Na pureza do seu coração, que não tinha sopro nem tinha maldade, achou decerto que morreu muito bem.

(Rio, dezembro de 1944)

SAUDADES DO CARNAVAL

Acabaram com a Praça Onze, mas viva o carnaval da Ilha. Aliás, sempre e acima de tudo viva a Ilha. Lá ainda resta muito do que já passou ou do que nunca houve aqui no Rio. Lá sai homem vestido de pastora, de camisola, faixa, cajado e chapéu de palha, tangendo à frente uma cabrita com um laço cor-de-rosa no pescoço. Lá ainda anda moça com saia roubada de velha, máscara de meia de seda encobrindo o rosto, perguntando com voz fanhosa debaixo das janelas dos conhecidos: "Você me conhece?" Lá houve um bloco de bem uns trinta homens, todos fantasiados de havaiana: a fantasia era para disfarçar que os trinta iam tirar desforço do dono de um botequim que desacatara quatro deles, há um mês atrás. E diz que o barulho foi grosso, dentro do botequim. Pois na Ilha ainda há um caso desses, e consta que deu muito trabalho aos guardas. A única vingança do dono do boteco foi que um garoto tocou fogo na saia de palha de uma das havaianas e o desgraçado ainda está penando na Assistência. É que a saia estava amarrada com nó cego. Advirto que repito este caso porque me contaram. Com os meus olhos mesmo não vi.

Mas vi muitas outras coisas. Vi moça fantasiada de cigana com saia de cetim encarnado e corpete de veludo;

tinha na mão um baralho e desenhados no rosto com rolha queimada um ponto de interrogação e umas reticências. Lá gostam muito de ponto de interrogação e reticências, porque outra moça (que não andava com essa cigana), vestida de baiana, com a barriga de fora, tinha também ponto de interrogação e reticências, mas era em cima do umbigo, escrito a batom.

Vi também um homem fantasiado de "Que rei sou eu?": calção de banho, manto azul-claro debruado de arminho, coroa de papelão na cabeça. Nos pés, botinas reiunas de soldado; na mão, um cetro de Imperador do Divino. Já estava bastante bêbedo. Desceu do bonde e preveniu aos passageiros que ia dar uma chegadinha até ao mar, a fim de vomitar um pouco. Pediu que lhe guardassem o lugar. Quando voltou (o bonde demorava-se no desvio de Cocotá, esperando o outro bonde que desce da Ribeira), ainda vinha muito pálido, mas já era um rei valente. Quase quebra o cetro na cabeça do condutor, que veio lhe cobrar a passagem outra vez.

Ninguém estranhe se eu falo muito em condutor, porque é em torno de bonde, condutor e motorneiro que gira quase todo o carnaval da Ilha.

Tinha um condutor do bonde de Bananal que estalava beijinhos em vez do clássico "Faz favor?", para chamar a atenção dos passageiros. E quando o passageiro não atendia pelo beijo, ele dizia, batendo os níqueis:

– Benzinho, benzinho!

Um senhor gordo achou ruim, e ficou resmungando – baixo é verdade, porque o condutor era moço e forte. Mas uma senhora de dentadura, que há muito tempo não levava beijo nem nome de benzinho, riu por trás da mão e disse para outro passageiro:

– No carnaval a gente escuta cada coisa!

O passageiro, sem-vergonha, aconselhou:

– A senhora devia ir era no High-Life.

A dama deu um suspiro:

– Ai, se tivesse High-Life aqui na Ilha!

E virou a cabeça para trás a fim de ver o condutor moço e forte espalhar os seus beijinhos por um grupo de quatro morenas e uma loura fardadas de paraquedistas.

No ponto das barcas havia uma crioula chamada Catarina, vestida de russa, com botas de oleado e gorro de pele. Tão russa e assim Catarina, poderia até ser Catarina a Grande; pelo menos tinha um busto planturoso estofando as águias bordadas na blusa, e um olhar senhoril de princesa; esperava o ônibus de Guarabu, xingando imperialmente um mulato magrelo, metido num avental de ama-seca. O mulato dizia apenas:

– Sossega, Catarina! Não vê que tem gente escutando?

Porém Catarina, igual à outra, ameaçava o favorito com a masmorra:

– Mulatinho debochado! Olha que eu dou queixa ao guarda e tu passa o resto do carnaval no distrito!

Três cabrochas cor de batata-roxa, com *slacks* vermelhos de fazenda da Coordenação, camisa de esporte e casquete de marinheiro americano, muito assanhadas com uma cerveja que tinham bebido no Zumbi, vinham em pé atrás do meu banco, tocavam pandeiro e cantavam *Coitado do Edgar*. De repente inventaram de viajar no estribo, segurando no balaústre. O fato é que uma delas (devia ser a melhor das três, pois o senhor sentado ao meu lado não lhe tirava os olhos de cima nem se importava quando ela sem querer batia com o pandeiro na cabeça dele), pois essa mesma de repente falseou o pé, ou teve uma cãibra no braço – só sei que escorregou do balaústre e foi se esparramar no areão grosso da Estrada Capitão Barbosa, onde passávamos, então. Rasgou a bainha da calça, o cotovelo ficou em carne viva; a casquete de marujo rolou dentro da vala. O bonde parou, com grande algazarra. O pessoal de um chorinho de "Me dá, me dá" que vinha no reboque, desceu do bonde e fez roda em torno da cabrocha cantando e batendo lata; ela, sentada no chão, passava cuspe na esfoladura e, malhando com os calcanhares, ajudava o coro. Até que o motorneiro perdeu a paciência, deu sinal de partida e o pessoal levou a cabrocha de charola não para junto das outras no nosso carro, mas para o reboque onde eles vinham. Disso nasceu um sururu; o condutor, que não era aquele dos beijos, mas um português mal-encarado, veio cobrar a passagem da cabrocha, que por sinal se chamava Edite. Edite já pagara a passagem no carro da frente, e não lhe restava mais níquel. Assim mesmo o condutor teimava que a moça tinha de pagar de novo, pois cada carro tem o seu relógio. Fechou-se o tempo, naturalmente. Aliás, esse carnaval da Ilha é quase todo com tempo fechado. O motorneiro se meteu na briga e disse que, se ela não pagasse, o bonde não andava; aí os passageiros do carro onde eu vinha também se exaltaram e resolveram tirar o pino do reboque. Edite, antes que os dois partidos chegassem às vias de fato, fez o que não fizera Helena de Troia: voltou ao ninho antigo, não no balaústre fatal, mas entre os bancos. O senhor ao meu lado tornou a ronronar como um gato com a batidinha do pandeiro na cabeça. Carnaval para ele era aquele chamego de mulata. E pensando bem, não só para ele mas para muita gente carnaval é isso mesmo.

Perto do bar-restaurante da praia da Freguesia, os falsos grã-finos mostram seu nojo pelo carnaval da negrada, sentando de pijama nas cadeiras do passeio, com a garotada fantasiada de índio, choramingando em redor. Foi aí que passou um bando de sujos com um tamborim, três cuícas e uma gaita de boca fazendo solo: cantavam o chorinho mais bonito deste ano:

– Lá vem a lua lá no céu surgindo...
– E o que é que eu tenho com isso?

Um senhor de barbicha pôs a mão em concha atrás da orelha, escutou a cantiga e ficou danado:

– Isso é verso futurista! Ó xentes, até em samba já dá verso futurista!

Um português ia vestido de mulher com blusa de manga japonesa e laço no cabelo. Atrás dele apareceu um menino chorando; o moleque vendedor de amendoim pôs-se a rir:

– O menino está desconhecendo o senhor!, está pensando que o senhor é a mãe dele!

*

Abro agora um parêntese para cantar a glória de Matinada, mestre de canto de uma escola de samba que morreu aqui no Rio, apunhalado na concentração do estádio do Vasco. Lá na Ilha já corre uma lenda lindíssima: que Matinada morreu mas deixou doze no chão, com o risco de sua navalha: que na terça-feira à meia-noite as escolas de samba iam desfilar com fumo nos estandartes; que no préstito do ano que vem, em pleno Carnaval da Vitória, vai aparecer um carro alegórico com um gigante tombado e uma moça na plataforma rodante, atirando beijos: o gigante representará o finado Matinada e a moça que atira beijos representará a saudade das Escolas de Samba Reunidas. Não sei se isso tudo é verdade, mas é o que se conta entre os foliões da Ilha.

E a propósito da morte gloriosa de Matinada ouvi contar por gente da terra outra morte muito triste que ocorreu aqui mesmo num carnaval de há vários anos passados. A vítima foi uma moça que fazia parte de um bloco da Cacuia, creio eu, da Cacuia ou do Dendê. Nesse tempo moça não se fantasiava tão nua quanto agora: ela ia com traje de fada – uma estrelinha dourada na testa e saia de tarlatana. Era moça-donzela, mas fez a loucura de sair no meio do bloco de braço com o namorado, que era um cara que ninguém sabia de onde tinha vindo. Saiu com ele na terça-feira às sete horas da noite. Pelas dez da manhã de quarta-feira um pescador de camarão achou o corpo da fada estirado na areia do Saco da Rosa, que é uma praia deserta. A maré ainda não tocara na saia de tarlatana toda rasgada. E o corpo da moça não tinha uma marca. Estava era banhada de orvalho como uma flor.

(Ilha, fevereiro de 1945)

ROSA E O FUZILEIRO

Foi batizada com o nome de Rosa, mas rosa não é. Seria talvez rosa-mulata, não fosse a rosa flor tão aristocrática e ariana que não dá mulatas. Rosa-cabocla sei que existe; mas é uma impostoria, uma rosa fingida, engano voluntário de pobre que chama assim à zínia humilde do seu quintal. E nem sequer rosa-cabocla é a minha Rosa, com a pele cor de nogueira, o cabelo que não nega, o beiço bonito mas grosso e roxo. Entretanto tem ela em si algo de flor; não é perfume, não é cor viva – é um ar de coisa desabrochada, de coisa graciosa e perecível, que em breve se há de deformar, e virar fruto, e por fim se desfazer na terra.

Tem quinze anos; mas se a idade é pouca, o corpo cresceu depressa, e Rosa aos quinze anos é moça feita, com seios e ancas, cintura fina, pernas e sorriso de mulher. Já faz vestido colado, na indiscutível intenção de sobressair as curvas do corpo, e exibe, em generosas mangas japonesas que agora estão em moda, o ombro redondo, o braço escuro e roliço.

E a prova maior dessa faceirice feminina é que Rosa ama. Sim, aos quinze anos. Também Julieta tinha quinze anos e não amou menos que Mrs. Simpson, que já passara os quarenta e dois. Amou até mais, porque a outra casou e ela morreu.

*

Rosa nasceu aqui mesmo, num dos vales desta Ilha; o vale chama-se rua, mas é apenas um grotão cheio de bananeiras. No capim da "rua" pastam galinhas, deixando a marca dos pés de lama na roupa que as lavadeiras põem para corar. E de tarde, recolhidas as roupas e as galinhas, o vale todo se transforma num vasto campo de futebol onde os craques do futuro ensaiam os primeiros voos. E bem no meio do campo de jogo, um grupo de garotas teimosamente anacrônicas gira numa ciranda, cantando que à mão direita tem uma roseira que dá rosa em mês de maio.

Rosa faz poucos anos que deixou de tomar parte nas cirandas; ainda se lembra do tempo em que não havia ali nem poste de luz, e ela ia nuazinha tomar banho na praia e caçar baratinha-d'água para o pai pôr no anzol. Frequentou a escola pública e saiu no segundo ano primário; dizia a professora que ela tinha a cabeça-dura. Cabeça-dura e coração mole – quem sabe não é esse o segredo de Rosa?

Aliás, foi também ali no vale que Rosa nasceu. Ninguém diria que nascesse alguém naquela casa de sopapo, afundada sob as bananeiras, antiga e esboroada como uma ruína. A gente agora se habituou a associar nascimentos com enfermarias de hospital e médicos de avental branco: pois Rosa nasceu ali, nas mãos da portuguesa bigoduda que é a "curiosa" dos arredores. Banhou-se na velha bacia de ágata que nesse tempo já tinha aquele mesmo furo, tapado com uma mecha de algodão; e a água do banho, em vez de cheirar a alfazema, cheirava à fumaça da lenha verde com que o pai acendeu o fogo a custo, naquela madrugada de chuva.

Falemos agora nesse pai.

É homem fero: usa uma farda pacífica de mata-mosquitos, a qual, entretanto, no corpo dele é mais belicosa do que um uniforme de tropa de assalto. Quando sai, todo de cáqui, com a bandeirinha amarela e a lata de petróleo na mão, parece mais um guerreiro que um mata-mosquitos. E gosta desse nome de mata-mosquitos. O verbo *matar* lhe canta doce no ouvido. E ele diz sempre que não é só mosquitos que mata, não...

Pois foi justamente esse pai mata-mouros que se colocou entre Rosa e os seus amores. Sim, venho-me esquecendo de dizer a quem Rosa ama. É moreno, anda perto dos trinta, tem uns dentes tão bonitos que Rosa bem desconfia que são supostos. Usa dólmã vermelho, casquete com fitas – Senhor, é um fuzileiro naval. Como poderia Rosa resistir àquele dólmã cor de sangue, àquela astúcia de homem corrido no mundo, àquele ar marcial – ela que foi criada na religião da força e da farda, pelo seu pai mata-mosquitos? Mal o fuzileiro lhe cravou os olhos, num passeio à beira da praia, Rosa logo se sentiu desvanecida e inquieta e pisando em fogo e num instante vencida. Quando ele acompanhou o grupo de amiguinhas pela "rua", que sobe morro e desce morro e dá voltas de caminho de roça sob as mangueiras enormes, quando passaram por perto da casa de pedra, numa curva sombria, Rosa deixou que ele lhe segurasse a mão. E nesse apertar de mão é que estava o perigo, porque Rosa foi-se acostumando ao toque da mão dele, como cão que se acostuma com a mão do dono.

Ai, que faria contra a arte de amar daquele fuzileiro experimentadíssimo a pobre Rosa, dentro dos seus quinze anos que são o limite de toda inocência? Ele já andou na França e na Argentina, sabe trocar língua em francês, diz até de vez em quando: *"Merci beaucoup, s'il vous plaît"*... Rosa quando o ouve sente um arrepio de orgulho – e depois disso, que resistência há de ser a sua? Ele conta coisas das viagens, das brigas que teve na Europa; faz pouco dos homens da Ilha, e até ao Seu Abud, do armarinho (que foi o primeiro a reparar nas graças desabrochantes de Rosa, e já lhe deu um metro de fita e uma latinha de pó de arroz Lady) – pois até ao Seu Abud, o fuzileiro chamou de turco na cara e disse junto da fonte da Ribeira que se ele ainda se fizesse de engraçado com Rosa, tinha que se ver agora era com o batalhão naval. E que poderia fazer Rosa, senhores, ante um homem que depunha aos seus pés não apenas o dólmã vermelho e a conversa em francês, mas o próprio batalhão naval?

E aí em pleno idílio, é que entra o mata-mosquitos, o "Mata", como o chamam no vale, pelas suas violências.

Igual aos outros, também eu espero, inquieta. E prometo escrever um bonito drama todo em verso, se o desenlace corresponder às esperanças.

(Ilha, fevereiro de 1945)

RETRATO DE UM BRASILEIRO

Nasceu e se criou na Ilha, onde igualmente tem residência, comprou a prestações um terreno não muito longe da praia do Dendê, lugar em que já deu febre, mas que agora está cortado pelas valetas do Serviço de Malária.

De profissão é vigia noturno de um depósito. Toda tarde apanha a barca das cinco e meia para a cidade e volta no dia seguinte na barca das seis e quarenta. O seu *hobby* é criar galos de briga. No terreno que vai pagando à razão de sessenta cruzeiros por mês tem – muito mais importante que o barracão de taipa – a fileira de gaiolas de seus campeões. E o próprio barraco vive a serviço das ninhadas, das chocas e dos pintos mais novos que não podem tomar chuva, friagem ou sereno.

Terá os seus quarenta, quarenta e poucos anos. Pela cor é o que se chama aqui um pardo-escuro; na minha terra seria mulato-guajuru ou mulato-roxo. Cabelo bom, feição agradável, e um dente de ouro, relíquia dos seus tempos de solteiro, quando era garçom num botequim do mercado. Mas isso já faz eras. Hoje o dente de ouro é quase uma estrela isolada entre marfins ausentes.

Infeliz em amores, já está na terceira esposa e parece que não se dá bem com nenhuma delas. A primeira morreu de parto, na Santa Casa (nesse tempo não havia Assistência na Ilha). Deixou-lhe duas meninas das quais a mais velha é criada pela madrinha e a segunda mora com o pai. Antes tivesse essa segunda morrido junto com a mãe, ao nascer, ou caísse logo na vida. Pouparia ao nosso amigo o incômodo das surras dominicais que dá na moça e a inimizade que é forçado a manter com todos os elementos das forças armadas locais.

A segunda esposa não morreu, partiu, o que dá quase no mesmo, já que "partir é morrer um pouco". Mas se ao menos tivesse ido feder longe! Infelizmente ela amou um barcaceiro que faz transporte de cargas daqui para o fundo da baía. A intriga amorosa durou muito tempo escondida, porque a diversidade entre o horário do marido e o do namorado prevenia maus encontros. Enquanto um dormia, o outro amava, e vice-versa. Num domingo porém, à vista do pai, sucedeu à criatura bater na boca de um dos filhos que dissera um nome feio. (Esqueci de contar que ela já tivera quatro filhos.) E o pequeno de mau gênio, furioso com o bofetão que lhe amoleceu um dos dentes de leite, denunciou ao pai a história completa dos amores maternos. Contou como tinha ido, junto com a irmã menor, espiar a mãe no pontão das barcaças; contou as brigas que havia entre a madrasta e a enteada – já aludida moça dos soldados –, as ameaças que as duas trocavam de descobrir ao dono da casa os malfeitos recíprocos. Tão bem se explicou o delator que o pai deu uma surra na mãe – ali mesmo, na vista dos filhos (não era na vista deles que ela fazia as poucas-vergonhas?) e mandou um recado insolente ao barcaceiro: Levasse consigo aquela... antes que ele se arrependesse e metesse um tiro nos dois. Para isso mesmo dispunha da sua pistola de vigia.

Ela fez com calma a trouxa, e saiu sem alvoroço, bem-vestida e pintada, para não dizerem que saíra corrida. Foi mesmo viver com o barcaceiro que, contrariando as profecias de todos e as secretas esperanças do traído esposo, recebeu-a muito bem e alugou para ela um quarto. E anda agora muito satisfeita, mandou esticar o cabelo, e dizem que em dia de domingo vai ao Rio de vestido de seda, sombrinha e luva de crochê. Não quis mais saber dos filhos. Declarou que se quiser filhos sabe como é que se arranjam. Às vezes os meninos a avistam de longe e lhe tomam a bênção – coisa que para falar a verdade ela não lhes nega.

O coitado, apesar dos filhos, ficou a bem dizer sozinho – porque o homem sem mulher não vale nada. Felizmente não era sujeito desprevenido. Tinha há tempos a sua achega sentimental com uma viúva que morava para os lados das Frecheiras ou Tubiacanga, e providenciou a vinda da amiga para o barracão vazio. Segundo explicou ao seu compadre e vizinho, precisava de alguém que o ajudasse a cuidar dos frangos.

No entanto a nova união trouxe-lhe diversos problemas. Em primeiro lugar os enteados: uma rapariga surda-muda e um menino canhoto e fujão. A muda, aliás, é uma moura no trabalho; bate roupa de sol a sol, passa ferro, lava as gaiolas e vive se rindo. O único defeito que tem – talvez por culpa de ser surda-muda – é uma ausência inquietante de recato virginal. Não é propriamente que namore, que ela não entende dessas sutilezas – mas qualquer passante que a chame para o oitão da casa vê-se atendido de tarde ou de noite. Quando a mãe dá pela falta da moça, corre com o cipó e a traz de volta; mas, como explica envergonhada, a pobrezinha não faz aquilo por maldade; sabe lá o que presta e o que não presta! É como se fosse comer ou dormir. Gente surda-muda só com muito ensino aprende os dez mandamentos. E aquela, coitada, não teve ensino nenhum: faz tudo que o corpo pede.

O outro enteado por ser canhoto não vai à escola; parece que nas escolas públicas não gostam de menino canhoto. O seu ofício é pastorar as duas cabras que deveriam dar leite para os pequenos, mas não dão quase nada. Também o maldito do moleque vai jogar gude ou assistir a treinos de futebol e deixa as desgraçadas das cabritas amarradas numa lapa de pedra, junto da praia, sem água doce nem capim por perto. E o padrasto, dormindo em casa, não tem tempo de andar fiscalizando filho alheio. Mal pode cuidar da ração dos galos quando acorda, às duas da tarde, antes de se aprontar para o trabalho.

No seu emprego, parece que recebe apenas o salário mínimo, afora todos os descontos – pois não soube ou não pôde arranjar as certidões e mais documentos para obter o auxílio-família. E dar de comer e vestir àquela gente toda é um problema que ainda não teve solução. Vai desapertando como pode – mas pode pouco. As cotas de carne, vende-as a cinquenta centavos o cupom ao sujeito da casa nova da esquina.

Já pensou em vender também os cupons do açúcar, mas não é possível: nos dias em que o almoço escasseia, é o café que sustenta a meninada. Os galos sempre dão alguma coisa; vende uns tantos frangos, e os mais esperançosos guarda-os consigo, e lhes serve de empresário nas rinhas – sim, pois não é apenas criador, é também *sportman*. Precisa é ter um cuidado danado em apanhar pessoalmente os ovos das suas galinhas de cria, porque o pessoal da casa não merece confiança. Bebem cru qualquer ovo que encontram; e em certas noites, depois dele sair para o trabalho, com raiva por causa da venda dos cupons de carne, juntam-se com a madrasta e se fartam de comer ovo frito e omelete. Contam depois que deve ter sido cachorro ou gambá que deu cabo dos ovos, que pena!

Já chegaram até a tirar ovo debaixo da galinha choca.

Entre as filhas da ingrata ficou-lhe uma menina – garota agora dos seus quinze anos e que promete mais que a irmã mais velha. Já tem forma de mulher e quer ser cantora de rádio. Três vezes saiu escondida com umas amiguinhas para a hora do calouro e levou gongo. Diz que vai aprender a requebrar e cantar samba indecente, que é só o que dá sorte com o auditório. Quando chega em casa depois de gongada, mente para o pai que foi passar o domingo com a madrinha que mora no Galeão. E o coitado, entre a rinha e o serviço, que folga lhe resta para apurar essas coisas?

Agora, abre-se diante dele uma perspectiva agradável: descobriu em si certo valor econômico, inutilizado nestes dez anos de ditadura: a sua qualidade de eleitor. E fazendo bem as contas, não dispõe apenas de um voto, mas de três: a companheira assina o nome mal e mal, e a filha mais velha, que já fez vinte e um anos, lê e escreve direitinho – tem até coleção do *Jornal das modinhas*. Três votos, portanto. Três votos que pretende valorizar o mais que lhe for possível. Nada de pressas. Espera a fundação dos núcleos de alistamento, as ofertas amistosas dos chefetes locais. Tudo está ainda muito esparso, muito irregular, e ele não se quer comprometer à toa. Paciência – e o seu dia chegará. Fica danado quando lhe falam em golpe, em revolução, em bernarda. Se houver algum raio de barulho, começa tudo de novo e adeus eleição. Adeus esperanças, adeus os três votos que já são como dinheiro no bolso. Afinal, não é justo se usurparem os direitos de um cidadão brasileiro.

(Ilha, junho de 1945)

VOZES D'ÁFRICA

A casa é de taipa; não tem cerca ao redor porque os donos de terra tão sem valia não se interessam por divisas. Dizem que há sinais de uns marcos de pedra, dos tempos em que o agrimensor andou fazendo repartições. De qualquer modo, cada um sabe até onde vai o que é seu – que é onde começa o terreno do vizinho. Realmente, para que cerca, se as galinhas e as crianças vivem muito bem em comum?

A casa é pois de pau a pique, e o telhado é de sapé – sapé apanhado ali mesmo, no morro, porque sapé comprado está custando dois cruzeiros e cinquenta centavos o molho pequeno. O chão da casa é de barro batido, e o luxo maior é a mangueira grande do terreiro. Infelizmente a erva-de-passarinho anda ameaçando a árvore. Mas pobre não cuida em doença de vivente quanto mais em doença de planta; a mangueira há de se acabar quando chegar o seu dia.

A criançada é tanta que só pensar em contá-la dá agonia. Devem ser de doze a quatorze, incluindo os gêmeos da filha mais velha. Vivem ali, isolados, como num sertão longínquo; e no entanto com dois quilômetros de estrada e algumas centenas de metros de mar se alcança a igreja da Penha. Ou talvez seja melhor dizer que vivem isolados como tribo solitária na aringa nativa, em plena floresta africana. E tal como na floresta africana, só um dos veículos da civilização lhes é familiar: o avião, que o dia inteiro lhes ronca sobre as cabeças. Quase autossuficientes, na garra de chão em que moram, plantam milho, cana e aipim, criam galinhas crioulas, uns patos, e ainda têm um pombal, feito de um caixote pregado a uma forquilha alta: aquele pombal são os amores do filho mais velho. Criam também um porco, num chiqueiro na extrema com o vizinho, para não feder demais. De pai a filhos e netos, todos são pretos, pretíssimos, lustrosos de tão negros e bonitos. O cabelo é aquela lã, o beiço crespo de dália, as orelhas miúdas, pés e mãos de espanhola nas mulheres, corpo esguio de toureiro nos homens. Talvez prejudique a beleza um certo comprimento excessivo de braços e o andar pesado de gorila fêmea, na mãe e na filha segunda – que já está com o corpo se enfeitando para moça.

Deus assim como estão os pôs no mundo e assim os cria, iguais a planta braba ou passarinho; senão, falando linguagem mais bela e mais bíblica, iguais aos lírios do campo.

A mãe não lembra detalhes – mas sabe que a avó era africana, trazida de contrabando e desembarcada num lote de negros clandestinos, numa praia deserta pras bandas de Cabo Frio. O avô, se também africano não fosse, devera ser crioulo de sangue puro, pois a cor primitiva não clareou em nenhum dos descendentes. Mas não adianta estar apurando esses casos de paternidade. A senzala era grande, e grande a liberdade entre os negros do eito e as apanhadeiras de café. O fato é que a mãe não conheceu o pai.

Aliás, tal obscuridade reina apenas na ascendência da mãe. O pai, também filho de cativo, conhece muito bem a sua linhagem, paterna e materna. É filho de casal, escravos de uma baronesa da Baixada Fluminense, que gostava de casar os seus negros na capela da fazenda; todos os anos a senhora contratava um frade do convento de Santo Antônio para fazer a desobriga, os batizados e os casamentos. E ficava danada quando as negras não deixavam para depois da santa missão a parição dos moleques; por mais que gritasse, ameaçasse, e até, de longe em longe, mandasse dar uma surra – sempre passava pela desfeita de ver várias das noivas dizerem o "recebo a vós" com a cria chorando atrás. Teve até, um dia, de aturar a indecência de ver umas das noivas sair do grupo dos nubentes para dar de mamar ao moleque que gritava tanto a ponto de não deixar o padre falar! Isso são histórias que a avó contava, depois que ficou cega. Mas dizia isso das outras, porque ela era negra de vergonha e casou donzela.

Mas quem faz a família é a mãe e não a avó, mormente avó paterna. E a mãe, como foi dito acima, não sabia o nome do próprio pai, nem se criou com essas fidalguias. No 13 de Maio a avó dela emigrou para estas bandas com a filha moça (que foi sua mãe). Teve muitos outros filhos, e até filho quase branco – um mulato asso que ganhou o mundo e nunca fez conta dos seus para não dizer que tinha mãe e irmã crioula. Tanto orgulho, e morreu de doença ruim, pegada em navio. Sim, porque ele ainda em menino fugiu para a Marinha.

Desde que ele pela primeira vez encontrou os namorados, na esquina do poste de bonde – bem, não encontrou, propriamente; desde que os avistou de longe de mãos agarradas, começou a perseguição. Rosa, naquele instante medonho, esqueceu tudo, só sentiu em si um grande medo e rompeu numa carreira cega à frente do pai; parou ao chegar no quarto, e se atirou na cama, esbaforida. O fuzileiro, por seu lado, fizera a única retirada possível, enveredando pela rua oposta. Afinal de contas, pai é pai. Mata, que vinha à paisana, não apressou o passo, apesar de enxergar muito bem o escândalo. Entrou em casa com cinco minutos de diferença da menina – tanto que ela já estava pensando num engano ou num milagre. Mata deixou os tamancos na porta da rua, desapertou o cinturão, puxou-o do cós da calça, e arrancando a assustada Rosa da cama onde ela se acolhera, vinte e quatro vezes contadas fez a correia zunir no ar e estalar nas costas da moça. Nada como uma surra para devolver a infância. Rosa gritou, implorou, não de acordo com os seus orgulhosos quinze anos, mas como uma garotinha de cinco. Acabando a conta de duas dúzias, Mata tornou a enfiar o cinturão no cós e disse:

– Hoje lhe bati segurando a correia pela fivela. De outra vez que pegar a senhora com aquele sem-vergonha, bato com a fivela solta.

Realmente, da segunda vez Rosa ficou cheia de marcas da fivela. Uma vizinha, vendo aquilo, falou em ir ao distrito dar parte. Bobagem. Quem tem lá coragem de apresentar queixa contra o Mata? Só a madrasta de Rosa, que também se revoltou, teve boca para dizer:

– Por que você só espanca a menina, criatura? Por que não pega também o sujeito?

Mata deu uma resposta muito digna:

– Não vou sujar minhas mãos.

*

Estamos agora no terceiro episódio, isto é, na terceira surra. Desta vez foi de tamanco. A opinião da vizinhança anda apreensiva mas dividida. Uns dizem que Rosa acaba fugindo: mas fugir para onde, se, segundo corre, o fuzileiro mora no quartel? Depois, ele não é louco de raptar menor.

Teve alguém que já ouviu Rosa dizer que vai comprar formicida e tomar com guaraná. Sempre foi doida por guaraná.

Ninguém acredita que ainda haja disso, nos tempos de hoje, dentro mesmo do Distrito Federal: o pai vive da sua profissão de carreiro – carreiro de carro de boi. Faz transporte de tijolo, pedra, areia e saibro para construções. É homem paciente e cuidadoso, e o dono da carroça diz sempre que aquele negro vale o seu peso em ouro; a bem dizer a carroça lhe dá mais lucro do que o *Ford* gigante empregado no mesmo carreto. Já quis fazer dele chofer, mas o preto tem apego aos bois e não gosta do fedor de gasolina; fala que só de sentir cheiro de gasolina fica com ânsias de vômito.

A filharada – alguns já graúdos – não se destina a coisa alguma: nem isso de destino ou carreira jamais lhes pareceu um problema. Vão nascendo e vivendo; mais tarde hão de se espalhar. Para isso mesmo o mundo é tão grande. Por que amofinar o juízo? A filha mais velha já deu o mau passo. Meteu-se aí com um soldado, e quando a mãe deu fé, a moça estava preparada. O pai aplicou-lhe uma surra, mas não a pôs para fora de casa; uma vizinha o aconselhou a dar queixa à polícia – mas se o malfeito era obra de um soldado, como é que outros soldados haveriam de dar remédio? Soldado é que prende a gente, e não a gente que prende os soldados. Nem havia de pôr o nome da filha na boca de tudo quanto é delegado, escrivão e guarda; melhor a criatura ter o filho sossegado e criá-lo no meio dos irmãos. Por sorte a mãe também estava de barriga, esperando o caçula, e as duas deram à luz com uma semana de diferença, sendo que a filha teve gêmeos. O tio recém-nascido morreu com quarenta e oito horas, de modo que a avó tomou para si um dos gêmeos, a fim de aproveitar o leite. Hoje em dia nem diferencia direito quem é filho e quem é neto; ninguém aliás diferencia. Por coincidência o soldado também era preto, e ficou tudo por igual.

Trabalhar efetivo, só quem trabalha mesmo é o pai. Com isso compram as coisas que não plantam nem criam, e a roupa com que se vestem. Ali na Tubiacanga dá para todo mundo viver sem grande dificuldade. O filho maior, de vinte e um anos, livrou-se de ir para a guerra porque não tem um dente na boca – quase morreu de dor de dente quando menino, em compensação. Esse, desde os quinze anos é pescador de camarão e ostra, que vem vender aos domingos nos restaurantes da Freguesia; dia de semana costuma entregar as pescagens a um pombeiro que faz ponto na Ribeira.

A filha mais velha, depois do negócio com o soldado, ainda anda escabreada e, pelo menos por ora, pouco sai de casa. A outra, que vai se pondo moça, tem muito medo da mão pesada do pai. E os menores vão se criando como Deus quer, arribando de doença com algum chá de cinco-chagas ou de arruda – e quando a carregação no sangue é maior, com alguma boa reza de santo. Pois o terreiro do santo fica perto e o próprio pai o frequenta sem falha. O pai de santo, com medo da polícia, bota capa de espiritismo. Mas é terreiro dos bons, terreiro de força, dos que já são raros hoje em dia. Toda reza é cantada em língua da Costa, e tem imagem especial de Ogum e Oxalá, mandadas buscar na Bahia, feitas por um santeiro africano.

A luz que se gasta em casa é querosene, que o carreiro traz da bomba da Ribeira. Mas nestes tempos de dificuldade e carestia, muitas vezes a mãe tem acendido a velha candeia de azeite que a sogra lhe deixou de herança. A luz faz cada lista preta na parede que chega a subir para o sapé – mas alumia que chegue.

Noite de lua todos se juntam no terreiro varrido, em frente à casa. As crianças rodam na gangorra, e os mais velhos ficam sentados em redor do poço, conversando com alguma visita. E tudo é tão bonito e tão quieto, que a mãe sempre acaba falando em aproveitar uma noite daquelas que caia em tempo de festa do Senhor São Jorge (na frente de estranho ela não fala Ogum) para fazer um terço, enfeitar a frente da casa de bandeirinhas, e no último dia comerem um leitão de forno. Mas sempre é interrompida por uma briga da criançada ou uma queda da gangorra. Levanta-se, bate as saias, vai acudir o menino e suspira:

– Ai que vida, Jesus!

(Ilha, setembro de 1945)

GUARAMIRANGA

Esta crônica de hoje é – por que não? – dedicada ao senhor juiz presidente da República. Ação nova de minha parte, bem sei, é esta de falar com pessoa de tão do alto; e duvido até se tenho língua capaz de arredondar as excelências necessárias a quem se dirige aos grandes do mundo. Nem talvez o presidente, entregue a graves cuidados, terá vagar e interesse para leituras literárias, em suplementos de domingo. Atrevo-me a fazê-lo, entretanto, porque o novo chefe da nação nesta sua interinidade de alguns meses não consentirá que lhe subam à cabeça as grandezas presidenciais. Ou dessas grandezas não terá desejo, porque lhe hão de chegar de sobra as grandezas de magistrado, vitalícias, acima das contingências de quem depende do sufrágio popular. O principal, porém, é que o presidente e eu temos um terreno comum, que pouca gente neste Rio de Janeiro partilhará, depois que morreu Humberto de Campos: são as saudades de Guaramiranga. Humberto cantou em soneto as rosas de Guaramiranga – e aí, senhor presidente, quem poderá esquecer, na verdade, as rosas de Guaramiranga?

Agora me ocorre que talvez seja mais grato ao coração do presidente eu falar, em vez de Guaramiranga, na vila de Conceição da Serra. Como *Conceição* talvez a tenha conhecido Sua Excelência, nos seus tempos de menino e adolescente. Mas Guaramiranga ou Conceição é a mesma vila, com duas ruas cortando-se em cruz, as casas térreas salteadas de raros sobrados: o sobrado do Quincas Marcos, o sobrado dos Caracas, o sobradão do Dadá, que já foi colégio e hoje é convento de freiras. Ruas de barro batido tão salpicado de malacachetas que, quando o sol as açoita de chapa, parecem vestido de cômica ou escama de sereia.

Falam em Petrópolis, Teresópolis, Friburgo... Não é por bairrismo que o digo, e o senhor presidente está aí, para não me deixar mentir: mas que vale Petrópolis e toda a serra dos Órgãos, diante da vila da Conceição, a vila de Guaramiranga, na serra do Baturité?

Saudades de Guaramiranga; saudades da igreja de Lourdes, erguida no seu morro particular, sozinha lá em cima com a flecha apontando entre palmeiras, o seu jardim e o seu patamar sombreado. Ah, senhor presidente, não quero ser indiscreta, sei que é homem grave e pai de família feliz, mas não terá sido no caminho de caracol, subindo a igreja da gruta, que Vossa Excelência, rapazinho ainda, falou de amor à sua primeira namorada?

Sei que o sítio onde nasceu foi o Sinimbu; lá é que costumam nascer os Linhares. Se não me falha a memória, a gente vai da vila para o Sinimbu pela estrada da Cruz, não é mesmo? E creio até que há outro caminho mais curto, um atalho que sobe morro e desce morro, passando por dentro do sítio velho de meu bisavô – o sítio do Guaramiranga, que acabou dando o seu nome à vila da Conceição. Conheceu também o atalho, presidente?

Nestes tórridos verões cariocas, exercendo o seu ofício de juiz, ou agora remendando como pode a rota camisa democrática que mal encobre a nudez da nação, trancado em gabinetes de cerimônia, trajado na roupa escura que a dignidade da função lhe exige, que saudade não terá Vossa Excelência daquele frio brando de Guaramiranga, frio doce, com cheiro de jasmim e de laranjal!

Senhor presidente Linhares, lembra-se das novenas na matriz? As moças de vestido branco galgavam a ladeira da igreja e iam cantar ladainhas no coro, ainda afrontadas da subida. Eu também cantei ladainhas no coro. Os rapazes ficavam embaixo, na nave e no patamar, olhando, comentando. Parece que há entre nós dois alguma diferença de idade, mas garanto que Vossa Excelência foi devoto assíduo das ladainhas, como todos. E não há de ter esquecido as moças de vestido branco, de rosto corado como fruta madura.

E vem-me à lembrança o Padre Frota, que já conheci velhinho, Padre Doutor João Augusto da Frota, latinista de fama, que morava numa casa de biqueira, perto do sobrado dos Caracas. Não me diga que o Padre Frota não é do seu tempo. Se calhar, foi ele que lhe ouviu os primeiros pecados, na primeira confissão, talvez antes de Vossa Excelência entrar para o colégio do Anacleto; e não me venha dizer também que não esteve no colégio do Anacleto, que isso é impossível. Segundo os jornais, Vossa Excelência nasceu em 1886. Faço as minhas contas: não escapou do Anacleto. Desceu a serra a cavalo, apanhou o trem no Putiú, consolou as saudades de casa com tijolo de laranja e cestinha de uva comprados na estação. Sofreu o estudo com paciência, pensando nas férias; quando a gente sobe a serra de novo, que glória! Mas para que falarmos nós nessas coisas de saudade feliz, diante da pobre gente daqui, nascida nesta cidade de pedra e cimento armado? Que pode entender o triste carioca do caminho do Monte-Flor, por exemplo, todo marginado de cercas-vivas de rosa-mole? São rosas singelas, parecidas com as eglantinas que desabrocham nos poemas simbolistas; mas se a gente vai colhê-las, o espinho venenoso que fere os dedos dizem que dá febre, frio e dor de cabeça.

E o banho do Macapá? Que entenderá o carioca sem água do banho do Macapá?

Senhor presidente, nós que gozamos de Guaramiranga, que tivemos na nossa infância aquela doçura, aquele perfume, diz-me o coração que temos mais obrigações para com os nossos semelhantes e patrícios do que quaisquer outros mortais. Não vê Vossa Excelência que fomos privilegiados, e que o mesquinho povo daqui de baixo tem direito a alguma compensação? Nessa sua interinidade tão difícil, lembre-se disso, presidente. Nos momentos penosos, quando a ambição de uns o atormentar, as exigências de outros lhe tirarem a paciência, quando os labirintos que a má-fé tece nos negócios públicos lhe embaraçarem a vista – desvie o rosto do telefone de ouro, que só lhe pode dar más inspirações; feche os olhos, presidente, evoque Guaramiranga, feita um ninho, agasalhada num côncavo entre morros. Pense nos tempos em que, moço galante, Vossa Excelência descia a cavalo "a rua" da vila da Conceição, cumprimentando alegremente os conhecidos; veja as cercas de papoulas, as rosas de todas as cores se abrindo nos jardins, os amores-perfeitos misteriosos florindo nos canteiros úmidos. Depois disso Vossa Excelência esquecerá o verão, o calor, a roupa escura, os importunos e os ladrões, e dará a sua sentença ou ditará o seu decreto com a mesma leal e doce justiça de que usava São Luís, rei de França, debaixo do seu carvalho histórico.

(Ilha, novembro de 1945)

100 CRÔNICAS ESCOLHIDAS

(*Obra reunida*, v. 4, J. Olympio, 1989)

O SOLITÁRIO

Prometi outro dia vos contar a história de José Alexandre, o solitário do Junco. No sertão de vez em quando acontece aparecer alguém assim, inimigo do mundo e dos homens, que rodeia de cerca um pedaço de capoeira ou se afunda no cerrado da caatinga, e vive à moda de lobo solitário, sem amigos, sem amores, sem mulher nem filho.

Zé Alexandre, que fora soldado na Guerra do Paraguai, escolheu e cercou a sua garra de chão em terras do Junco, no período de interregno entre um dono e outro, logo depois da morte do senhor velho. Quando o herdeiro menino se fez homem e tomou posse da fazenda, já achou o misantropo instalado e antigo no lugar, com suas cem braças em quadro de terra cercadas, roçado de milho, mandioca, feijão. Durante os anos todos que o velho passou ali – e foram talvez mais de trinta – creio que muito pouca gente o viu. O cercado onde morava não tinha porteira e para lá só se entrava pulando a ramada. Diziam que vivia nu, que criava gambá, que criava onça. Se ele estava trabalhando no roçado e pressentia a aproximação de alguém vindo pelo caminho que bordejava os seus domínios, corria a se esconder no mato e cristão nenhum lhe punha os olhos em cima. Evitava fugir apenas à aproximação do senhor-moço – e, assim mesmo, tal homenagem só lhe prestava quando o sabia só. Meu pai chegava o cavalo à cerca, gritava umas duas vezes "Zé Alexandre!" e logo mais surgia o solitário. Foi desse modo que o vi, certa vez, decerto porque ele achou que uma menina não fazia tanto medo quanto um adulto. Meu pai gritou, e de repente saiu de uma moita próxima um caboclo hercúleo, de grande barba lhe caindo pelo peito; vestia uma calça velha já virada tanga, e tinha na mão um chapéu de palha em farrapos. Quando falou, dando bom-dia, a voz lhe saiu rouca como a de um bicho que aprendesse a falar.

Ninguém soube jamais se fora desgosto ou doidice que o levara àquela vida. Falava muita gente, mas sem provas, que ele penava ali por amor de um crime encoberto, que viera esconder-se fugindo aos trinta anos da sentença. O fato é que, escapando ao castigo, o homem se isolara voluntariamente num retiro mais solitário do que o mais escondido calabouço, pois não tinha sequer a companhia do carcereiro, do guarda, dos outros presos. Em compensação tinha o sol, o mato, o céu, os passarinhos e todos os bichos miúdos da mata.

Diversas vezes, num bando ruidoso de primos e primas, fomos em visita ao reino de Zé Alexandre. Ao chegar ao cercado gritávamos, para que o velho se escondesse. Escalávamos a cerca e dávamos com o roçado que ele curiosamente varria, como quem varre um jardim. Não deixava entre os pés de milho e a rama do feijão um graveto, uma folha seca. Varria tudo e punha o cisco do outro lado da ramada, deixando a terra, afora os pés de legume, limpa como a palma da mão. A barraca era de taipa, com teto de palha (jamais nos aventuramos dentro dela), e no terreiro batido viam-se uma porção de cabaças, um pilão velho, uns troncos ocos. Eram a moradia dos amigos de Zé Alexandre: calangros, lagartixas, preás, tejuaçus, diziam até que cobra; mas cobra lá nunca vi. Quando a gente levantava a tampa de uma das vasilhas onde as lagartixas dormiam, era um correr para todos os lados, os bichos estranhando a companhia nova. Passarinho manso também não vi, mas tinha quem contasse que eles desciam diretamente do céu e pousavam sobre o velho, ciscavam no cabelo dele e lhe emaranhavam a barba. Ele alisava com a mão a avezinha, sorrindo e dizendo: "Bichinho, bichinho, bichinho de Nosso Senhor..." Um moleque da minha estimação passou lá uma manhã inteira, espiando, trepado num pé de pau-branco que ficava perto, a fim de não ser pressentido. E chegou confirmando essa história.

Quando Zé Alexandre queria sal, fumo ou rapadura, recorria à única pessoa da fazenda cujas relações cultivava, Mané Ramos, o guarda-chaves da estação. Contudo, jamais pude saber como é que os dois chegaram a combinar-se; mas a rotina daquela "amizade" era assim: Zé Alexandre, protegido pelo escuro da noite, chegava ao terreiro da casa de Mané Ramos, na ponta do arruado que vai para a estação. Dava um grito de aviso e deixava encostado à porta um saco de feijão ou de milho. De manhã o guarda-chaves apanhava o saco, levava-o ao bodegueiro que media os gêneros e mandava valor equivalente em artigos necessários ao velho. Vinha a noite; ao fechar a porta, Manuel Ramos punha as compras no batente, e ao amanhecer nada mais se via no local. Isso porém se dava de longe em longe; entrava mês e saía mês sem que Zé Alexandre desse sinal de vida.

Portanto, há alguns anos atrás, quando se prolongou em demasia o espaço entre uma visita e outra do solitário ao seu fornecedor, ninguém se preocupou muito; decerto lhe apertara a caduquice, pois já devia estar bem velho.

Só houve alarme quando levantou urubu no cercado. Meu pai mandou ver o que havia – já não havia mais quase nada. Só acharam uns farrapos da tanga, o chapéu velho e uns ossos limpos, espalhados por toda parte.

(Ilha, maio de 1946)

HISTÓRIA DA VELHA MATILDE

A velha Matilde é filha de escrava, nascida sob o Ventre Livre e natural do Estado do Rio de Janeiro. Não é mulher de muita conversa nem gosta de contar mentiras. Em geral só conta casos que sabe de ciência própria; lá uma vez é que repete um que ouviu dizer, mas nessas ocasiões sempre se louva em pessoa de toda confiança.

A história que adiante transcrevo disse-me ela que a escutou do próprio protagonista, um seu conhecido mineiro que, por via de perseguições políticas, teve que se mudar, depois de velho, para o Estado do Rio.

Nos seus tempos de moço partiu esse homem de viagem, em companhia de um camarada, ambos nas suas bestas de sela e levando à arreata uma burra de carga. Iam fazer compras de gado numa terra que tem por nome Piauí, zona de fartura de pasto e de gado gordo, onde ainda se criam mais bois do que em Goiás. O mal de quem vai ao Piauí é ter de passar por outro lugar por nome Ceará, terra de sina muito triste, de povo aflito e pecador. É verdade que alguém, se não quisesse atravessar o Ceará para alcançar os campestres do Piauí, poderia embarcar num vapor do mar e chegar ao seu destino. Mas afinal, por pior que seja uma terra, o mar é ainda mais perigoso. Mormente para quem pretende voltar tangendo gado.

E já tinham os dois viajantes chegado ao Ceará sem mais novidades – somente não encontravam rancho nem mantimentos, e ai deles se não levassem o surrão bem sortido. No fim de uma tarde, iam subindo por uma estrada de alto, com as bestas um pouco estropiadas do pedregulho, quando avistaram correndo de ladeira abaixo uma moça branca, com o cabelo solto lhe batendo na cintura. A pobre arquejava, já sem fôlego; e, mais para trás dela, surgiu no cabeço do alto um bando de homens que empunhavam machados, cacetes, cabrestos e facões, e gritavam perseguindo a pobrezinha, como um bando de cachorros no rastro de um veado.

Assim que a moça emparelhou com a besta do forasteiro, segurou-se no estribo dele a fim de tomar suspiração; e no pegar do loro, mesmo naquela agonia, reparou no arreio e viu que o cavaleiro vinha de fora. Ficou então mais confiada, abraçou-se na perna do homem e pediu que pela luz dos seus olhos lhe valesse.

O homem, meio tonto, com a moça arquejante pendurada na perna e o grupo dos perseguidores se aproximando, indagou que crime era o dela que lhe granjeara perseguição tão medonha.

Sem largar o estribo e o pé do cavaleiro, a moça foi explicando como pôde que não tinha crime nenhum, que se aquela gente toda andava atrás dela, era para lhe tirar a vida e lhe comer a carne.

O homem não acreditou, pensou que a criatura havia de ser uma doida perigosa, ou criminosa fugida da cadeia e que inventara aquelas mentiras levada pela loucura ou pelo medo. Mas sofreou a besta que se impacientava e, compadecido de a ver tão formosa e naquela situação, esperou os homens que já vinham perto.

Quando o bando dos caçadores cercou a caça e o viajante, o mineiro os interpelou. E eles logo lhe confirmaram a história toda da rapariga, alegando a grande fome que os levava àquilo; sem gado, sem criação, sem legumes, iam-se comendo uns aos outros, escolhendo em primeiro lugar as mulheres, que são mais gordas e mais fracas. Andavam de um jeito que nem o de beber tinham. Quando a sede apertava, saíam pelo mato com uma faca até encontrarem uma árvore; riscavam a casca da árvore, esperavam que escorresse o choro do pau – e com aquela gota enganavam a sede...

O forasteiro de princípio ficou sem fala, vendo os desgraçados fazerem sem vexame confissão tão pavorosa. Lembrou-se depois de que a fome a tudo obriga; na história da Nau Catarineta os marujos esfomeados primeiro puseram solas de molho e depois deitaram sortes nos companheiros, escolhendo a qual matar. E, assim pensando, deixou-se estar parado, com as feras rondando, e a moça sempre agarrada aos loros da sua sela. Afinal teve urna ideia:

– Se eu der minha besta de carga para vossemecês comerem, me prometem que deixam a moça em paz?

Boca que mal falaste, nem ele tinha acabado de dizer, os homens mudavam a vista para a besta, viam que tinha mais carne do que a moça; e antes que o camarada desarreasse a carga, já estava a besta estirada no chão, com um golpe no sangradouro. Ainda estrebuchava, quando começaram a esfolar. O mineiro ofereceu a mão à moça, fê-la subir à garupa da montaria, calcou as esporas e saiu correndo como um desesperado; tinha medo até do tropel da besta do camarada, que vinha um pouco atrás, pois se demorara apanhando a bagagem.

Nem chegou a ir ao Piauí. Dobrou caminho na primeira encruzilhada e voltou para a sua terra, onde cristão não come cristão; levou porém como lembrança aquela moça, trocada por caridade pelo preço de uma besta.

E nessa viagem de volta, estando os dois sempre juntos, tomou o mineiro amizade à rapariga. Chegando à sua terra não pôde casar com ela porque já tinha mulher; mas botou-lhe casa, deu-lhe uma negrinha para o seu serviço, e os filhos que com ela teve mandou-os para o estudo, juntos com os filhos do casamento. Um deles chegou a padre, o outro foi doutor formado.

(Ilha, julho de 1946)

O CASO DA MENINA DA ESTRADA DO CANINDÉ

Ora, este caso de hoje se deu no ano da seca de 1915. Em tempo de seca sempre acontecem coisas; com o flagelo, parece que os homens perdem o temor de tudo: quem nunca tinha feito mal a nada, vira besta-fera, porque a fome é má conselheira e miséria não tem pena de ninguém.

Na estrada que vai para o Canindé, a oito léguas do lugar outrora chamado Castro, mas que hoje se chama Itaúna, morava um homem viúvo com a sua filha de doze anos. Não era propriamente um fazendeiro; mas tinha de seu a garra de terra onde morava, o roçado de algodão, uns quatro pés de feijão e milho para o legume do gasto, umas poucas cabeças de gado, um cavalo e um chiqueiro de criação à direita da casa de taipa.

Era portanto arranjado; mas veio a seca do 15, matou-lhe logo duas vacas, transformou o roçado num pedaço de terra liso como a palma da mão; e uma criatura que vivia da terra, se a terra lhe negava tudo, que haveria de fazer? Decidiu-se a vender o que achasse comprador – menos a terra, que não tinha pé para fugir nem vida para morrer, e todo o tempo em que o dono voltasse estaria ali esperando por ele.

Era bom oficial de uma arte, já não sei se carapina ou pedreiro, e resolveu sair em procura de uma cidade; não aguentava mais ver a filha, que já se punha mocinha, sem um trapo com que cobrir o corpo nem um punhado de farinha para atirar na boca.

Vendido tudo, apurou exatamente seiscentos e quarenta mil-réis. Hoje em dia isso não parece nada, mas há trinta e dois anos atrás era um começo de vida. Combinou ele então que iria a Castro a fim de ultimar uns negócios derradeiros. Como eram dezesseis léguas ida e volta, só podia regressar no dia seguinte; mas estaria em casa cedo, que devia entregar o gado e a criação ao novo dono. E a menina, para não passar a noite só, era melhor que fosse dormir na casa de uns vizinhos, a menos de quilômetro de distância.

A mocinha, entretanto, por falta da mãe se acostumara a ser dona da sua casa e era rapariga caprichosa que não gostava de deixar nada ao deus-dará. Até à hora de entregar os bichos e sair para tomar o trem, iria lidando, ajeitando as coisas – talvez fosse essa a sua maneira de se despedir do que era seu. Deu ao gado a rama que o pai deixara cortada, recolheu as cabras ao chiqueiro, fez isto e fez aquilo, esqueceu-se de si, e quando deu fé já era noite cerrada. Aí pensou que teria muito mais medo de sair por aquele caminho escuro em procura da casa do vizinho, do que ficar na casa sua, com a lamparina acesa e as trancas passadas nas portas e janelas.

E como o pensou o fez. Fechou-se toda, deu duas voltas na chave do baú que guardava o dinheiro do pai, armou a rede no quarto, deixando a lamparina acesa no caritó. Mas, altas horas, acordou com o barulho de uma das trancas rolando no chão. Levantou-se com muito medo, pegou a luz e foi ver o que era. Um homem forçara a janela e estava de pé no meio da sala, olhando em redor, como se procurasse alguma coisa. Logo o reconheceu a rapariga – era o vizinho de perto, o mesmo em cuja casa o pai lhe recomendara que dormisse. Sentindo a luz, o homem virou-se rápido e ainda gritou: "Apaga esse gás, diabo!", mas viu bem que falara tarde, porque já fora identificado. Tomou então a lamparina, chegou-a à cara da pequena, puxou com a mão esquerda a faca que trazia no quarto, e, sob a ameaça do ferro, mandou-a dizer onde estava o dinheiro do pai, os seiscentos e quarenta mil-réis. Ela imediatamente ensinou que o dinheiro estava no baú de cedro, perto da porta do corredor; e por si mesma foi buscar a chave que amarrara com um cordão no punho da rede.

O ladrão pegou a chave, abriu o baú, revirou a roupa, achou o dinheiro. Contou devagar as cédulas, meteu-as no bolso e, sem sair da sua calma, explicou:

– Não vim aqui com tenção de lhe matar. Se você tivesse ido dormir lá em casa, conforme seu pai mandou, ou se ao menos ficasse sossegada na rede e não pusesse a lamparina na minha cara, mal nenhum lhe sucedia. Uma vez porém que me viu, tenho que dar cabo de si, para amanhã não ser descoberto.

A pobrezinha sentiu um medo tão grande que nem pôde rogar piedade. Só tentou correr, mas o homem a agarrou com o estirar do braço, entrou com ela no quarto, desfez o lençol em tiras, atou-a de pés e mãos e assim amarrada a deitou na rede. Aí declarou que, sendo vizinho e amigo, deixava-a escolher a qualidade de morte que preferisse: ou com um golpe de faca, ou enforcada num caibro do telhado.

A princípio a garota não respondeu; no fundo da rede, com os olhos pretos arregalados, parecia um bichinho preso na armadilha. Mas vendo o homem tirar de novo a faca da bainha, murmurou:

– Prefiro morrer enforcada, para não ver o meu sangue.

O homem foi lá fora, apanhou um cabresto de corda grossa que estava pendendo dum armador. Junto à parede da salinha tinha um desses bancos compridos que se usam no sertão, chamado banco de encostar: tem quatro pés, dois dos quais abrem para fora, como pé de todo banco, mas os outros dois, que ficam do lado da parede, são perpendiculares ao chão e não oblíquos; é pois muito relativo o equilíbrio do banco quando desencostado. Pois foi um banco desses que o homem puxou para o meio da sala a fim de preparar o laço. Trabalhava devagar, com capricho, sabendo bem que o pai não voltava senão de manhã. Feito o laço, achou-o pequeno e pensou que não abarcaria a cabeça da menina; tratou de o experimentar na própria cabeça, mas ao fazê-lo não sei que jeito deu no corpo, o banco perdeu o precário equilíbrio, fugiu-lhe debaixo dos pés, o laço correu, apertou-lhe o pescoço, e o desgraçado ficou balançando no ar, enforcado na forca que preparara para a inocente.

Da sua rede, através da porta do quarto, a menina via tudo. Tivera medo da faca, medo da corda, porém de tudo o que lhe fez mais pavor foi aquele corpo solto balançando na ponta do laço, com a língua de fora, que logo ficou preta como carvão. Gritou, coitadinha, gritou até ficar sem fala. Pela madrugada, por fim, exausta de chorar e do pavor, acabou adormecendo.

Quando o dono da casa chegou de manhã, achou a porta aberta, o enforcado já duro pendurado da corda e, na rede, toda amarrada, a menina dormindo, com o rosto inchado de pranto; respirava entretanto tão serena que o pai logo conheceu que nada lhe acontecera. Era como se a pobrezinha não houvesse saído nem um instante debaixo das asas do seu anjo da guarda.

(Ilha, março de 1947)

UM ALPENDRE, UMA REDE, UM AÇUDE

Claro que esses três são apenas os termos essenciais: o alpendre é o abrigo, a rede o repouso, o açude a garantia de água e vida. Mas fora isso há os complementos – a casa, por exemplo. Fica a cavaleiro do alto e, além do alpendre largo de três metros que dê uma boa rede atravessada, tem a sala ladrilhada de tijolos de barro vermelho, com a mesa e os tamboretes; a camarinha com o baú e a outra rede que a gente procura nas horas frias da madrugada; o corredor e a cozinha, com o fogão de barro ao canto, o pilão deitado e a cantareira dos potes bem fresca, posta na correnteza do ar.

À mão direita da casa o roçado – só uma garra de terra com quatro pés de milho e feijão para se ter o que comer verde. O chiqueiro da criação, com a sua dúzia de cabeças, entre cabras e ovelhas. Talvez uma vaca, dando leite.

E o açude pequeno e fundo, ali ao pé, tão perto que não seja um esforço apanhar uma cabaça de água, ou descer de casa para mergulhar e refrescar o corpo, nas horas de sol mais forte.

Um anzol pequeno de cará, um anzol maior de traíra, talvez uma espingardinha de chumbo para atirar num mergulhão ou numa marreca. O pau de matar cobra, o caco de enxada, o facão, a cuia de tirar leite.

Nada mais. Nem trabalho nem ambição. Nem algodoal de colheita rica, nem pomar, nem curral cheio de gado fino. Nem baixio plantado de cana, nem engenho, nem alambique. Logo adiante do terreiro batido o mato cresce por si, sem carecer de plantio nem limpa – Deus o faz nascer em janeiro e o próprio Deus o seca em julho.

Só a paz, o silêncio, a preguiça. O ar fino da manhã, o café ralo, a perspectiva do dia inteiro sem compromisso nem pressa. Vez por outra um conhecido que chega, conta as novidades, bebe um caneco de água, ganha de novo a estrada.

Qualquer coisa enche a panela e o estômago; o corpo quando dá pouco, pede pouco.

O esforço maior será mesmo o roçado, que é mister cercar ao menos com uma ramada de garrancho espinhento, abrir as covas, plantar ao romper das primeiras chuvas, dar uma ou duas limpas de enxada antes de apanhar o feijão e quebrar o milho. Assim mesmo, se se atirar aqui e além umas sementes de melão, jerimum ou cabaça, a rama alastra entre as covas do legume e não deixa o mato crescer.

No mês de janeiro rebenta verdinha a babugem do chão e as galinhas-d'angola semisselvagens que moram no juazeiro do quintal começam a tirar suas ninhadas. Com o correr das águas cresce o pasto, as cabras e a vaca dão cria. Se o ano for de bom inverno, talvez então o açude sangre, e o peixe sobe em cardume pela cachoeirinha do sangradouro, tanto e tão desnorteado que até se pega com a mão. No mês de maio as moitas de mofumbo se abrem todas em flores amarelas e enchem o ar com o seu cheiro doce de mimosa; em maio também devem estar em flor os aguapés na tona do açude.

Em junho se quebra o milho e em julho é a floração dos paus-d'arco; quase ao mesmo tempo começa a murchar a rama. Em agosto o mato perde a folha que em setembro já forma um tapete quebradiço e ininterrupto no chão.

Daí por diante, com a caatinga seca, o mato cor de cinza na terra cor de cinza por baixo do céu limpo e azul, começa a grande paz do verão. Os bichos pastam o capim seco e vêm beber pacificamente, sempre no mesmo lugar e a horas certas. A rede no alpendre balança e refresca a quentura do mormaço e recebe a gente no colo, maternalmente. E embora aconteça que o verão se prolongue janeiro afora, e não venha chuva, e o ano seja péssimo, para isso mesmo ali está o açude com água para três anos – e nunca houve seca mais longa do que três anos. Ali estão os juazeiros, o pé de mandacaru para de tarde se dar rama à vaquinha e ao garrote. As cabras deixe estar que elas cuidam de si; as ovelhas é que talvez morram – mas que falta faz uma ovelha?

O chão não se acaba – e afinal de contas só do chão precisa o homem, para sobre ele andar enquanto vivo e no seu seio repousar depois de morto.

(Junco, agosto de 1947)

A PRINCESA E O PIRATA

Foi só alguns dias depois do fatal piquenique em Paquetá que eles dois apareceram. A maré trouxe primeiro o corpo da moça, logo identificado por causa do maiô de sarongue, todo de flores amarelas. O dele apareceu mais tarde, a uns cem metros de distância. Coitado, nem então ficaram juntos. Identificar não o identificaram propriamente, que não dava para isso, tal o estrago feito pelos peixes. Mas se quase de par com o corpo dela outro corpo aparecia, tinha que ser o dele, pois não? No fim de contas, não se dera pela falta de mais ninguém, só daquele casal.

*

A primeira vez em que a viu foi no baile da primavera, no seu clube de subúrbio. Estavam elegendo a rainha do mês de maio, e ela corria na frente do páreo. Afinal, se rainha não saiu, por causa de uma dúzia de votos, saiu contudo princesa, teve o seu trono de veludo ao lado do trono maior, também ganhou brinde e também foi coroada. Ele teve a honra de ser o seu par na hora da valsa real, que foi, como é sempre, o *Danúbio azul*. E quando a sentiu nos braços, apertou-a como coisa sua e lhe disse ao ouvido:

– Seus votos só chegaram para princesa, e nem isso você carecia ser: para mim há de ser sempre uma rainha...

Ela porém o afastou de si, não zangada, mas dengosa, se defendendo:

– Não atraca, seu pirata, que isto aqui não é cais do porto.

Talvez falasse assim linguagem marítima, em homenagem à farda que ele vestia: a túnica cor de sangue, a calça branca engomada e o casquete matador, posto de lado no cabelo repartido, com as fitinhas pretas tremulando no ar, aos rodopios da valsa. E nem o par da rainha, o presidente do clube, tinha um décimo sequer do airoso aprumo do par da princesa – tudo de acordo com a ordenança militar: barriga pra dentro, peito saliente e olhar terrível.

*

Com tudo isso, não foi dessa vez que começou a amar a morena e seu cativo se tornou, como se a ela pertencesse de tinta e papel.

Foi no outro dia em que estava sentado à toa no banco da praça e viu descendo do bonde um par de sapatos desses que chamam de *ballet*, e umas pernas de garrafa, e o joelho redondo, e a barra da saia estampada. Só então levantou os olhos, viu-lhe a face e o lenço do cabelo, viu os olhos e viu-lhe os brincos de arrecadas à portuguesa. E a boca tão pintada que parecia uma flor de papel pregada no meio do rosto, e o pescoço delgado saindo do laço da gola, e a cinturinha fina apertada no cinto de oleado. Por fim, deixou de a olhar assim, pedaço por pedaço, reconhecendo aquela cintura onde pusera a mão, os olhos e o cabelo: fitou-a em conjunto e logo recordou quem era. Quem seria, senão a princesa do mês de maio?

E ao reconhecê-la, então, foi como um cachorro de rua que encontrasse a dona e não quisesse mais se apartar dela. Chegou para perto e se entregou. Disse tudo, ofereceu tudo. Princesa tão perigosa há muitos anos não reinava. Constava que, por ela, dois malandros já se pegaram a navalha, um chofer se suicidou com formicida, um pai de família largou a família, três noivos deixaram as noivas, cinco estudantes sentaram praça e sete funcionários públicos deram desfalque.

– E eu – que poderá fazer o triste de mim, princesa, que sou apenas um pobre naval apaixonado? Me matar não posso, porque do vosso amor já morri. Matar outros – mas antes que eu deles chegue perto, sei que o vosso olhar os liquidou. Sentar praça já sentei; dar desfalque – como seria, se a mim não confiam nada? Largar família – ai de mim, princesa, que me criei enjeitado, nunca tive esposa ou noiva; vós é que sereis minha gente e meus amores, pai e mãe que nunca tive, filhos, sobrinhos e netos! Princesa, deixe que eu amarre o cordãozinho do vosso sapato. Deixe que eu deite no chão para você pisar. Maltrata, princesa, maltrata, que estás maltratando o que é teu!

Assim falava o naval apaixonado. A princesa, se o escutava, fingia que estava longe. E a bem dizer fez tudo que ele mandava e depois fez muito mais: pisou, judiou, escarneceu, desprezou – embora só moralmente, com o sorriso desdenhoso e a palavra de pouco caso dita na ponta do beiço.

Como seu, só o aceitava para maltratar. Com outros saía, com outros dançava. Ele porém não a largava, sempre a acompanhá-la, sempre a alguns passos no seu rastro, e se não o comparo com uma sombra é porque sombra não sofre e o pobre sofria muito.

*

Afinal sucedeu o piquenique em Paquetá. Nem uma vez ela o olhou durante a hora e meia de viagem na barca. Nem uma vez lhe falou entre embarque e desembarque, e o passeio de bicicleta e depois o banho de mar. Mas foi na hora do banho de mar que ele sumiu de repente e voltou minutos depois remando numa canoa. Passou bordejando por ela que boiava na flor da água como uma alga amarela no seu maiô de cetim. Como se brincasse, ofereceu carona. E ela, num capricho, aceitou. Quase virou o bote ao subir. O naval ficou na popa onde estava e não a tocou sequer, procurando ajudar. Depois puxou pelo remo, e a pequena embarcação se escondeu por trás da pedra da Moreninha.

O que se passou naquele barco, só Deus saberá. Os companheiros foram dar pela falta dos dois quando desceram na barca da Cantareira. E assim mesmo pensaram que o par tinha se sumido de propósito no meio da multidão.

O homem do restaurante em Paquetá é que estranhou o seu bote aparecer emborcado. E, como se disse no princípio, só depois de vários dias é que os peixes e a maré devolveram os dois banhistas.

(Ilha, novembro de 1947)

CHEGAR EM CASA

Fala-se tanto em chegar em casa, mas saberás realmente o que é chegar em casa, irmão? Depois de anos e anos de ausência intermitente, a sensação de recuperar o que era nosso e largamos – a casa, dantes casa nova, virada agora em casa velha, vergando ao peso da massa de trepadeiras que outrora eram apenas finos fios verdes se enrolando em festões em torno das colunas do alpendre.

E as mangueiras, que deixamos com alguns palmos de altura, enchem de sombra braças de chão; e o cajueiro de seis meses caiu com o vento e assim mesmo deitado cresceu e engrossou, já sem fazer diferença, com tanto tronco e tanta resina velha, dos cajueiros mais antigos que estão aqui diz que desde os tempos dos índios.

Os cachorros não são mais os cachorros antigos, nem se conhece a origem do casal de gatinhos que miam ao pé do fogão, tão mais donos da casa, os pequenos intrusos, do que nós próprios, que a ajudamos a construir com as nossas mãos. As laranjeiras não têm flor e em vão se aspira o ar, procurando a única coisa que pode evocar o nome de primavera nestas latitudes quase equatoriais: o cheiro do laranjal. Lá está quebrado, junto ao banheiro velho, o coqueiro onde cantava a nossa graúna de estimação que o morcego degolou há vinte anos atrás. Degolada também vê-se no armário da sala a compoteira de cristal da minha avó, quebrada no fim da haste esguia como uma rosa decepada bem perto da corola.

Contudo, o que mais mudou é o que aparentemente não mudou nada. No açude velho, por exemplo, a água é nova; e quanta água nova já o encheu, já se evaporou, já correu pelo sangradouro, desde o tempo em que nele nos banhávamos? Aguapés que nós moças arrancávamos e tecíamos em colares, sereis avós, bisavós ou apenas antepassadas remotas dessas que hoje abrem a corola leitosa de cheiro doce na penumbra da boca da noite? E já que falamos em linhagens – quantas gerações de piabas descobriremos que se sucederam em dez anos, se quisermos apurar direito a genealogia destas piabas dagora que nos rodeiam na água e nos beliscam as pernas, com a impudência, o atrevimento cândido que nem a passagem dessas centenas de gerações, nem lei nenhuma de evolução consegue alterar? Quantas saíram do ovo, simples fio gelatinoso dentro da água, e depois de comer e engordar se fizeram piabas adultas e amaram outra piaba, e tiveram filhos e por fim morreram? E tal como as piabas são as formigas tracuás, presentes em toda parte, e os aruás encaramujados nos degraus do banheiro do açude, e libélulas que lambem a água e tremulam as asas ao sol. Não é o mesmo. Tudo parece o mesmo mas a verdade é que nada é o mesmo. Do que houve e já passou só resta a cópia em série das gerações seguintes – e as folhas dos manacás, e os insetos, e os bichos grandes, e os patos que pescam na água parada debaixo do carnaubal – tudo é novo. Por isso que ao chegar e ao correr de coisa em coisa – tudo aparentemente igual e imutável – o primeiro e obscuro sentimento que nos atinge é de saudade, uma saudade que de início não se explica direito. Só aos poucos compreendemos que a vida da gente é comprida demais em comparação com a curta vida de quase tudo que amamos, seja um cachorro, uma planta ou um passarinho.

*

E carecemos de nos habituar à casa velha como se se tratasse de chegada em casa nova e desconhecida. Pois isso mesmo é o que ela é: nova e desconhecida. A sua própria velhice é uma novidade acrescentada ao novinho em folha das pinturas e da telha, no nosso tempo. Iguais são só as aparências; a realidade essencial de tudo mudou completamente. E correndo os quatro cantos do casarão e do pomar, no nosso coração se renova a sensação pungente e nunca mais esquecida do dia em que cruzamos na rua com a filha adolescente da nossa amiga de infância. Íamos nos dirigindo para ela de braços abertos, no alvoroço daquela semelhança que fazia do encontro primeiro um real reencontro. E eis que a moça passa por nós sem uma pausa de reconhecimento, indiferente, estranha, deslizando por nós o olhar ignorante, como luz pela vidraça – simples cópia em carne e osso da amiga de infância que nos amou e que era quase nossa irmã e há tantos anos está morta debaixo do chão. Mortas ambas, aliás – a amiga e a infância.

(Pici, setembro de 1948)

CONVERSA DE MENINO

Amanheceu aberta uma rosa, uma rosa grande e rubra, na roseira do meu jardim. Modesto jardim à moda antiga, um pedaço de grama, um pé de manacá, um coqueiro-anão, um jasmim-do-cabo, algumas roseiras. Nem jardim propriamente é. Mas para o meninozinho que nasceu num décimo primeiro andar, que tem pai comerciário e mãe oficial administrativo – para aquele garoto o meu jardim é um parque, um reino. Ele mal foi saltando do carro, juntou as mãozinhas, riu e disse que lá estava um balãozinho de papel encarnado em cima daquela planta. A mãe, que tem hábitos pedagógicos, logo explicou que aquilo era uma rosa numa roseira. O menino entretanto não concordou, disse que só se era então um "balão de roseira". E quando insistiram em que se tratava de uma flor, o rapaz perdeu a paciência: "Flor é pequenininho, e só dá na feira". Nativo da Zona Sul, natural que pense que as flores e os legumes nascem nas barracas.

Depois entrou em casa: entrou e parece que não gostou ou não entendeu. Foi perguntando onde é que ficava o elevador. E sabendo que não havia elevador, indagou como é que se ia para cima. Nós explicamos que não havia lá em cima. Ele ficou completamente perplexo e quis saber onde é que o povo morava. E não acreditou direito quando lhe afirmamos que não havia mais povo, só nós. Calou-se, percorreu o resto da casa e as dependências, se aprovou, não disse. Mas, à porta da sala de jantar, inesperadamente, deu com o quintal. Perguntou se era o Russell. Perguntou se tinha escorrega, se tinha gangorra. Perguntou onde é que estavam "os outros meninos". Claro que achava singular e até meio suspeito aquela porção de terra e árvores sem ninguém dentro.

Todas essas observações, fê-las ainda do degrau da sala. Afinal, estirou tentativamente a ponta do pé, tateou o chão, resolveu explorar aquela floresta virgem. Sacudia os galhos baixos das fruteiras, arrancava folhas que mastigava um pouco, depois cuspia. Rodeou o poço, devagarinho, sem saber o que havia por trás daquele muro redondo e branco, coberto de madeira. Enfim, chegou debaixo da goiabeira grande, onde se via uma goiaba madura, enorme. Declarou então que queria comer aquela pera. Lembrei-me do Padre Cardim – não era o Padre Cardim? – que definia goiabas como "espécie de peros, pequenos no tamanho" –, onde se vê que os clássicos e as crianças acabam sempre se encontrando. Decerto porque uns e outros vão apanhar a verdade nas suas fontes naturais.

Fi-lo subir na goiabeira. Com o bracinho gordo a dobrar o ramo ele próprio apanhou a fruta. Em seguida desceu – não sem tentar balançar-se um pouco, e fez questão de escorregar sozinho pelo tronco liso, embora esfolasse ligeiramente a mão. E não houve maneira nem meios de o fazer morder a goiaba (já a essa altura lhe sabia o nome certo). Ele explicava: "Esta goiaba é *minha*. Não posso comer ela porque *ela é minha*. Fui eu que tirei. Se comer estraga". E insistia, ante a obtusa incompreensão da gente grande: "Fui eu mesmo que arranquei do lugar". Feito memorável, portanto, que lhe conquistara aquele *souvenir*, o qual não poderia ser mordido, quanto mais comido, já que deveria ser conservado pelos séculos dos séculos.

Depois sentamos embaixo da jaqueira, a conversar. Fala nisso e naquilo, falou-se na irmã mais velha que estudava *ballet* e queria ser cantora. Lembrou-se um menino de casa, que pretendia estudar para médico. E, naturalmente, perguntou-se o que ele pretendia ser. O guri parece que esperava a pergunta, porque respondeu rápida e positivamente: "Queria ser cachorro".

A mãe ficou vexada: "O que, filhinho, que bobagem é essa? Você não disse que queria ser fuzileiro – não se lembra, com a farda vermelha, e o gorro de fitinhas?"

Mas o garoto não cedeu. Encarou a mãe e repetiu, mais positivo ainda: "Isso foi no outro dia. Agora, o que eu queria ser era mesmo cachorro".

(Ilha, 1949)

SAUDADE

Conversávamos sobre saudade. E de repente me apercebi de que não tenho saudade de nada. Isso independente de qualquer recordação de felicidade ou de tristeza, de tempo mais feliz, menos feliz. Saudade de nada. Nem da infância querida, nem sequer das borboletas azuis, Casimiro. Nem mesmo de quem morreu. De quem morreu sinto é falta, o prejuízo da perda, a ausência. A vontade da presença, mas não no passado, e sim presença atual. Saudade será isso? Queria tê-los aqui, agora. Voltar atrás? Acho que não, nem com eles.

A vida é uma coisa que tem de passar, uma obrigação de que é preciso dar conta. Uma dívida que se vai pagando todos os meses, todos os dias. Parece loucura lamentar o tempo em que se devia muito mais.

Queria ter palavras boas, eficientes, para explicar como é isso de não ter saudades; fazer sentir que estou exprimindo um sentimento real, a humilde, a nua verdade. Você insinua a suspeita de que talvez seja isso uma atitude. Meu Deus, acha-me capaz de atitudes, pensa que eu me rebaixaria a isso? Pois então eu lhe digo que essa capacidade de morrer de saudades, creio que ela só afeta a quem não cresceu direito; feito uma cobra que se sentisse melhor na pele antiga, não se acomodasse nunca à pele nova. Mas nós, como é que vamos ter saudades de um trapo velho que não nos cabe mais?

Fala que saudade é sensação de perda. Pois é. E eu lhe digo que, pessoalmente, não sinto que perdi nada. Gastei, gastei tempo, emoções, corpo e alma. E gastar não é perder, é usar até consumir.

E não pense que estou a lhe sugerir tragédias. Tirando a média, não tive quinhão por demais pior que o dos outros. Houve muito pedaço duro, mas a vida é assim mesmo, a uns traz os seus golpes mais cedo e a outros mais tarde; no fim, iguala a todos.

Infância sem lágrimas, amada, protegida. Mocidade – mas a mocidade já é de si uma etapa infeliz. Coração inquieto que não sabe o que quer, ou quer demais. Qual será, nesta vida, o jovem satisfeito? Um jovem pode nos fazer confidências de exaltação, de embriaguez; de felicidade, nunca. Mocidade é a quadra dramática por excelência, o período dos conflitos, dos ajustamentos penosos, dos desajustamentos trágicos. A idade dos suicídios, dos desenganos e por isso mesmo dos grandes heroísmos. É o tempo em que a gente quer ser dono do mundo – e ao mesmo tempo sente que sobra nesse mesmo mundo. A idade em que se descobre a solidão irremediável de todos os viventes. Em que se pesam os valores do mundo por uma balança emocional, com medidas baralhadas; um quilo às vezes vale menos do que um grama; e por essas medidas pode-se descobrir a diferença metafísica que há entre uma arroba de chumbo e uma arroba de plumas.

Não sei mesmo como, entre as inúmeras mentiras do mundo, se consegue manter essa mentira maior de todas: a suposta felicidade dos moços. Por mim, sempre tive pena deles, da sua angústia e do seu desamparo. Enquanto esta idade madura a que chegamos, você e eu, é o tempo da estabilidade e das batalhas ganhas. Já pouco se exige, já pouco se espera. E mesmo quando se exige muito, só se espera o possível. Se as surpresas são poucas, poucos também os desenganos. A gente vai se aferrando a hábitos, a pessoas e objetos. Ai, um dos piores tormentos dos jovens é justamente o desapego das coisas, essa instabilidade do querer, a sede do que é novo, o tédio do possuído.

E depois há o capítulo da morte, sempre presente em todas as idades. Com a diferença de que a morte é a amante dos moços e a companheira dos velhos. Para os jovens ela é abismo e paixão. Para nós, foi se tornando pouco a pouco uma velha amiga, a se anunciar devagarinho: o cabelo branco, a preguiça, a ruga no rosto, a vista fraca, os achaques. Velha amiga que vem de viagem e de cada porto nos manda um postal, para indicar que já embarcou.

*

Não, meu bem, não tenho saudades. Nem sequer do primeiro dia em que nos vimos, aqueles primeiros e atormentados dias de insegurança e deslumbramento. Considero uma bênção e um privilégio esse passado que ficou atrás de nós, vencido. Afinal, já andamos bastante caminho, temos direito ao sossego, a esta desambição, esta paz. Vivemos, não foi? Fizemos muito. E nem por isso deixamos de ainda ter muito o que fazer. A velhice que vai chegar com as suas doenças e trabalhos. E ainda virá a grande crise da morte em que um dia um de nós, necessariamente, terá que ajudar o outro. Espero que aquele que ficar só, embora triste, se sinta tranquilo, na segurança de que a sua vez não tarda. Que aí, só lhe resta a pagar a última prestação.

(Ilha, 1950)

JIMMY

A gente chama de botequim, mas na verdade é bar e restaurante. Quase à sombra da velhíssima torre de Saint-Germain, foi entretanto decorado à moderna, todo em metal ondulado e luz indireta. A *patronne*, por trás do balcão, é jovem, loura e tem um doce olhar azul de águia, que nem um segundo perde de vista os fregueses e os dois garçons carecas. A parede ao longo da qual corre a *banquette* onde a freguesia se senta, é feita de espelhos de alto a baixo; deixa a gente com a sensação de que está dando as costas a si mesmo e que há outro bar cheio por trás, nos espiando. Na mesa junto da porta um francês gordo, de gabardina e guarda-chuva, faz roda com uma mulata de ar distinto e suéter cor de ciclame e um rapaz cabeludo fantasiado de existencialista. E mais uma pequena pálida, cujo cabelo muito crespo, emaranhado, lembra um gorro de lã lhe encimando a testa curta, o olho dormente; pelo que parece ela está ou vive bêbeda e lê para os da roda os poemas de um livrinho que abre junto do rosto. Logo aos primeiros versos o gordo de gabardina diz uma palavra feia mas só quem ri é o existencialista: a mulata se agita na cadeira, constrangida, e a poetisa não escuta nada, continua recitando o seu refrão:

"Le coeur 'sur' la tête, la main sur le coeur..."

No balcão, um americano bêbedo parecido com Randolph Scott pede mais um copo de *vin ordinaire*; a *patronne* o serve, sorrindo com ternura. O gordo da roda repara no americano e começa a gritar: "Jimmy, Jimmy!" e a convidá-lo a escutar os versos para ver se entende – ninguém os entende: "Como é mesmo, *mademoiselle? Le coeur dans la tête...*"

Obediente, mas sonolenta, a poetisa retifica: *"Le coeur, sur la tête..."*

Mas Jimmy não se interessa, afasta com um gesto de mão a poetisa, o gordo e o seu apelo e abaixa-se a fim de apanhar debaixo do tamborete o seu grosso bengalão de cana. Um moço argentino que toma sopa de cebola *gratinée* na segunda mesa, chama discreto o garçom e pergunta se o gordo de gabardina não é um escritor conhecido – tem a ideia de já lhe ter visto a cara num jornal. O garçom encolhe os ombros – qual, aquele é um cliente antigo, M. Jules, *commis de vins*. O moço argentino paga a sopa e sai na direção dos cafés ilustres, onde deve aparecer Simone de Beauvoir. Na mesa que ele abandona sentam-se duas mulheres, uma gorda e clara e a outra alta, morena e de perfil de medalha, ambas já na metade mais triste da década dos quarenta. Leem num *menu* só, com as cabeças bem juntas, e se chamam uma à outra de *mon chéri*. Pedem pé de porco grelhado e uma garrafa de vinho Máscara. Jimmy se apaixona à primeira vista pela quarentona de perfil clássico. Faz--lhe gestos, lá do balcão. Recita Verlaine com sotaque: e silva um psiu enérgico contra a poetisa que ainda está na lenga--lenga do *"coeur sur la tête"*, enquanto os outros dão risada e a mulata fica em pé e se despede. Porém a morena não olha para Jimmy, bebe o vinho e acende um cigarro, Jimmy se desprega do balcão, aperta a bengala ao peito e chega à segunda mesa: *"Madame, je vais vous dire des insolences, mais três gentiment..."*

Nesse momento entra vivamente no bar uma senhora magríssima, com os dedos sujos de tinta verde, e segura Jimmy pela gola do paletó. Ele lhe diz distraído *"Alô, mon amour"* e ela fala enérgica a respeito da bagagem e de *vacances*. Jimmy liberta-se com um safanão, recusa-se a acompanhá-la, recusa-se a partir em *vacances* no dia seguinte, volta ao bar e segura-se com toda a força à beira do balcão. A dama magra enfia-lhe a mão no bolso e surripia uma carteira cheia. Ele não vê ou não liga, pede outro *vin ordinaire*. Mas a *patronne*, por trás da sua registradora, levanta uma sobrancelha interrogativa para a outra; a mulher abre a carteira, tira de dentro uma nota que passa à *patronne*. Sai.

Jimmy agora está amando uma senhorita sozinha, vestida de verde, que toma uísque na ponta do bar. Começa a lhe falar baixinho, no ouvido. A moça ri: Jimmy, triunfante, volta-se para o público, segura o cabelo ruivo da moça, muito liso, preso na nuca por um laço preto, e declara que aquele cabelo lhe faz lembrar a cauda de um potrinho que viu escaramuçando num dia de sol. A moça pergunta onde foi. E Jimmy aponta com a bengala para qualquer ponto indefinido e diz que faz muito tempo.

A roda da poetisa se dissolveu. O gordo e o existencialista partiram, deixaram a moça sozinha com a cabeça lanzuda repousando sobre a mesa, aparentemente dormindo. Mas quando um garçom lhe passa perto, ela ergue o rosto, e oferece o livro: – São trinta francos.

Volta a mulher magra, agora envolta numa capa vermelha de celofane, como um presente de Natal; salta de um táxi que fica parado à porta, esperando. Ela não entra, grita apenas: "Jimmy!" Jimmy emborca o resto do vinho, encara a *patronne*. A *patronne* sorri, abana a cabeça. Jimmy então abandona o copo e sai cabisbaixo para a porta. A moça cujo cabelo parece a cauda de um potrinho dá-lhe adeus com a mão. Jimmy volta-se numa derradeira vez, ajoelha no passeio molhado, estende os braços e a bengala, dá um soluço e diz "*Pardon!*". A mulher magra o segura pela gola e o arrasta para a porta aberta do táxi.

(Paris, setembro de 1950)

PÁTRIA AMADA

Eu vinha andando de bonde, redescobrindo a cidade. Apreciando, amando. Senhor, como é amável, como é bela, e acima de tudo querida que ela é! Cidade que afinal de contas não é minha, todos sabem. Nasci longe. Mas que coisa será essa que nos faz sentir tão bem no Rio ou em Jaguarão, RS – você que nasceu na Rua Senador Pompeu em Fortaleza? Tão longe um lugar do outro – como assim de França para a Suécia, ou pior. E no entanto compare um de nós com um de Jaguarão e compare um francês com um sueco.

Pois é. Isto é Pátria. Essa coisa de nos entendermos. De nos sentirmos irmãos, mesmo que às vezes se tenha raiva do irmão. Então pensando, pensando, pode-se dizer assim: Pátria é amor.

Porque é a língua, mas não é só a língua. É a História, mas será apenas a História? Todos temos recordações comuns, D. Pedro I e Feijó e a Guerra do Paraguai. O moço de Jaguarão talvez evoque mais o General Osório, a moça do Ceará conhece de preferência o General Sampaio. Um era gaúcho, o outro cabeça-chata. Mas Sampaio e Osório, os dois juntos, são uma coisa só. E passados tantos anos, não fossem os nomes de rua, em Fortaleza e Jaguarão, já não se saberia qual o de lá, qual o de cá...

Pátria, só se sente bem o que é quando se sai dela. Pode ser numa leviana viagem de turismo; você parte rogando pragas por causa da ineficiência disto e daquilo, as moscas no aeroporto, a safadeza do táxi que lhe cobrou trezentos cruzeiros, as transferências do horário do avião; passa pelo Recife ainda resmungando, diz que tem vontade de bater o pó dos sapatos, como fez Dona Carlota Joaquina. Pensa que é um apátrida, um renegado que odeia esta terra errada. Desembarca em terras além. Vê Vaticano, ursos de Berna, bebe vinhos de Dijon, anda nas autoestradas germânicas, passeia pelos gramados dos parques londrinos numa extemporânea manhã de sol. E ainda está certo de que viveria feliz em terras civilizadas, em terras com história ilustre, em terras com polícia, mormente em terras em que a política fosse ao menos jogo limpo, não esta vil cabra-cega. De repente, no dobrar de uma esquina (você estava longe de pensar que a embaixada era ali) – de repente lhe salta aos olhos, penduradinha no seu mastro diplomático, a bandeira nacional. Que lhe dá então? Lhe dá uma dor no peito. Sim, apátrida, renegado, exilado voluntário, enojado da bagunça nacional, você lhe dói o peito de saudade e, naquela hora humilde e agoniada, não mais vinhos, não mais Old Vic, não mais civilizados laboristas chamando o Sr. Presidente de *speaker!* O que você quer é bagunça, o que você quer é isto mesmo – é Brasil que você quer!

E assim, pois, que diremos que é Pátria? Ai, diga-se também que Pátria é uma dor no peito.

*

Pode ser o vulto da bandeira na sua forma material, surgindo aos seus olhos na terra estrangeira. Pode ser uma citação, aquela da bandeira num verso em que jamais se reparou, de tão recitado e escutado automaticamente, nos perseguindo desde a escola – "auriverde pendão de minha terra"... Pode ser um pouco de português carioca falado de súbito numa mesa de bar, em Lugano. Pode ser o time do

Vasco na tela do cinema, em Florença. Pode ser um simples anúncio de café do Brasil que lhe causa o choque, lhe renega e destrói a sofisticação internacionalista.

*

Mas aqui dentro, aqui dentro, a ternura se esconde e quem sabe se desvanece. Fica o desgosto. Às vezes a cólera, outra vez o desespero ou o desânimo. Tanto amor que a gente tem no peito, para quê? Afinal, somos todos como o filho pequeno que assiste ao padrasto bater na mãe da gente. Ou enganá-la; ou liquidar a herança do finado. E se a gente se juntasse todos? Mas menino não se junta. Menino é como doido, é como jogador de futebol brasileiro, não age de combinação. E contudo, todos os filhos, mesmo descontando os que não ligam ao quarto mandamento e não honram pai e mãe, mesmo descontando os que punem pelo lado ruim, ainda ficavam milhões e milhões, não era mesmo? E não fazemos nada, a não ser chorar um pouco. Ficamos no nosso canto, encolhidos, detestando, engulhando de aborrecimento, pedindo a Deus uma chance, uma economia, uma bolsa de estudos que nos permita de novo o exílio e o esquecimento.

Mas nem isso é possível. E se fosse, para quê? Pátria não se arranca como tiririca. Se basta dar com os olhos na placa da Place Rio de Janeiro ao lado do Parc Monceau e reparar como é tão diferente Paris do Rio, e a saudade apertar no peito justamente por causa da contradição que se procurou? E querer voltar de qualquer jeito, querer sofrer, e vir para cá, nem que seja para dar a carne aos ladrões e a alma à polícia?

Melhor ficar e estudar Geografia. Se a História e os jornais não dão consolo, a gente ao menos aprende os limites, providencia um certo orgulho – pois, diga-se o que se disser, este Brasil é grande, não é mesmo?

(Rio, 1952)

CANTIGA DE NAVIO

Em cima da água salgada corre o navio do mar. Navio navegando dia e noite, noite e dia, entre onda e tempestade, navio para onde ides?

Vou para o Amazonas, minha gente; minha rota é para o Norte. Vou levar este bando de retirantes pra ganhar dinheiro, pra tirar borracha, tremer de febre e de fome, se acabar na mata perdido.

Navio de ouro e prata, que navegas no Amazonas – será navio encantado, navio aceso da boiuna, descendo na correnteza, procurando a pancada do mar?

Ai, minha gente, nem de prata nem de ouro, mas de ferro; sou feito de ferro frio, vou descendo para o Sul. Vou levando retirantes para o Estado de São Paulo. Plantar café, trabalhar nas fábricas, rodar caminhão, brigar de faca com os japoneses, brigar de garrucha com os italianos. Vou de rota pra São Paulo, levar estes cabeças-chatas a aprenderem a sofrer frio e tiritar na garoa, labutar de sol a sol; vão ficar ricos e também vão sentir o que é solidão no meio da gente estranha.

Que é isso, tanta rede na vossa proa, navio do mar salgado?

Ora, minha gente, isso tudo é retirante que eu vou levando de volta; minha rota é pro Nordeste.

Mas tanta rede vazia, tanta rede balançando sem ninguém dentro, tanta rede!

Ora, meu Deus, que pergunta! São as redes dos que ficaram. Ou pensa que tudo volta? O Amazonas é verde por fora e preto por dentro, quem para lá se bota vai correndo o seu risco. Sei lá quantos a sezão pegou, sei lá quantos a onça comeu, cobra-d'água laçou dentro do rio? Menino de barriga grande, mulher magra de tosse funda, homem de cara balofa – tudo isso decerto ficou. Eu só os recebo e despejo, não conto quem vai nem quem volta. Não sou guarda de ninguém.

Navio branco e cinzento, jogai a vossa escada para baixo, olhai como descem poucos! Indo cem, voltando cinco, como é que isso pode ser?

Ora, desde que o mundo é mundo, tem sempre de novo os cem do começo, querendo por sua vez aventurar. Por mais que se acabem, sempre nascem outros. Basta a seca espirrar com eles na caatinga, vai ver como há tantos, tantos. Deixa eu seguir meu ofício, deixa as redes balançando. Vão cheias, voltam vazias; mas ainda enchem outra vez.

Navio do mar salgado, mentira. Agora não vem ninguém. Eles estão plantando, com pouco estarão colhendo. Mandai tirar essas redes da proa, comandante!

Ai, minha gente, todo ano chove, todo ano seca. Deixa as redes no lugar. Espera outubro e novembro: de novo elas estarão cheias.

Comandante do navio, tirai as redes dessa proa. Não vedes, comandante, que elas estão cheias de almas do outro mundo?

Deixa as almas nas minhas redes, criatura. Deixa as almas nas redes, espera setembro e agosto, logo haverá gente viva. Espera fins-d'águas. Marinheiro espera setembro, manda remendar as redes.

Navio no mar andando, que apito o seu mais sentido!

Adeus, adeus, que me vou.

(Ilha, fevereiro de 1952)

BOGUN

Sim, o gato se chama Bogun; depois explico por quê. Não há como um nome inspirador para estimular a criatura, e aquele nos parecia adequado. Gato cinzento, cor de nuvem escura, olhos elétricos, pelagem de seda, de raça persa azul, tão boa e tão antiga quanto a raça dum mandarim – e, tal como um mandarim, nascera ele com estrela de ouro por cima do berço.

A princípio, como pesava apenas quatrocentos gramas (e trezentos deveriam ser apenas o pelo) – não se lhe podia exigir muito. Afinal era apenas um *baby*, um filhote, desmamado antes de tempo e que um pires de leite morno deixava bêbedo. Mas como já era insolente, audacioso, cônscio de si! Que vida poderia caber dentro daquele novelo de quatrocentos gramas de seda gris? Talvez fosse pouca, mas pouca embora, era como uma faísca elétrica, que é só um risco fino de luz e mata um homem. Assim o gatinho: tão débil que um sopro forte o derrubaria – mas trazia dentro de si aquela centelha de independência e individualidade, aquela consciência de si, isolando-o, identificando-o entre todos os seres do mundo, gatos e elefantes, peixes e panteras. Um aperto com dois dedos o mataria; mas enquanto o não matassem ele era só ele, o gatinho Bogun, capaz de enfrentar o mundo inteiro, destemeroso de bichos e de homens e de quaisquer outros inimigos; capaz de bocejar displicentemente na cara de um estranho, de estender a unha afiada para o nariz do cachorrão que o farejava intrigado; e depois que o cachorro recuava, Bogun fechava os olhos, displicente, como se dissesse: "Ora, é apenas um cão..."

Nunca miou. Solta às vezes um gemido áspero, quando tem fome ou tem raiva. Se tem medo, bufa. Porém miar, jamais.

Por tudo isso ganhou o nome de Bogun. Bogun se chamava o mais valente de todos os cossacos, moço-herói de um romance de cavalaria que nós dois aqui em casa adorávamos, na nossa adolescência. Bogun, bravo como um lobo, belo como um dia de sol, orgulhoso como Satanás. Olhamos os olhos amarelos do gato – iguais aos olhos do cossaco, que eram como dois topázios (assim dizia o livro) – e achamos que ficava bem.

Hoje Bogun cresceu. Belo, não se nega. Mais belo até do que prometia quando filhote. Mas o caráter – onde? Nada da inteireza, da valentia simples, da falta de complexidade do herói. Bogun é complicado e dúbio, tortuoso e imprevisto. Sibarita e displicente. Por exemplo – de pequenino, parecia ter alma de caçador. Era capaz de perseguir durante horas uma formiga ou um besourinho. Hoje ainda caça, sim; mas só se interessa por cigarras e mariposas. Um dia, por acaso, um rato de campo lhe atravessou o caminho: ele se afastou com dignidade e nojo e, durante dias, evitou aquele trecho do quintal cruzado por tal vermina. Às vezes acompanha de longe o voo dum passarinho – mas é como um devaneio, sem desejo e sem impulso. Creio que jamais conheceu na boca o sabor do sangue vivo de um bicho, abatido pela sua garra; suponho até que sentiria asco. Ele só gosta de filé malpassado, de risoto, de peixe magro – sem molho. Leite, só tépido. E gosta de banho, sim, adora banhos! Num gato, não é uma espécie de degenerescência? Fica de olhos entrecerrados, ronronando sentado na bacia, enquanto o ensaboam. Depois consente deliciado que o enxuguem na toalha felpuda, que o escovem, que o ponham ao sol, a secar. Por fim, fofo, macio, perfumado, quente do sol, quase tirando faísca no pelo cor de aço, vem se exibir orgulhosamente na sala, arqueia o dorso, ergue a cauda frocada – para que todos vejam quanto ele é lindo e rico, e gozador, e precioso, e inimitável.

Quando afinal satisfaz a vaidade, escolhe a cadeira de palhinha (detesta almofadas, acha-as ou quentes ou vulgares) bem fina, bem fresca, boceja, encrespando a língua rósea e áspera, espreguiça-se, estira elasticamente a garra afiada, repousa a cabeça entre as patas dianteiras e dorme. E enquanto dorme, sem um cuidado, tem a certeza que o bando de servos, de inferiores, que somos todos nós, lhe velam o sono.

(Ilha, março de 1952)

UM PUNHADO DE FARINHA

Foi agora, no carnaval. Um bêbedo chegou no botequim-restaurante, meteu a colher de pau na farinheira e jogou na boca uma colherada de farinha. Mas no próprio momento em que levantava a colher, o português do balcão interferiu, gritou-lhe que "respeitasse a higiene!". Por causa do susto, ou da pontaria errada, o fato é que a farinha caiu no goto do homem, e quase o matou sufocado. Foi preciso bem um copo de cachaça para desengasgar. E depois, como aparentemente o atacara uma vontade irresistível de comer farinha, o bêbedo, para evitar novo engasgo, mandou encher outro copo de cachaça, jogou dentro um punhado de farinha, misturou e comeu o pirão de colher. Ao acabar, foi dormir na areia da praia e, segundo me contaram, só acordou horas mais tarde, quase afogado pela maré que subia.

*

E esse engasgo com punhado de farinha me recordou uma história que minha avó Rachel contava, passada no tempo dela, há muitos anos. Era assim:

Diz que um velho saiu da sua fazenda para visitar a do filho, três léguas ao nascente. O filho mandou matar um carneiro gordo, pôs o bicho todo na mesa: primeiro a buchada, depois as costelas cozidas, depois o colchão assado. Comida a carne, veio a rapadura, veio o café; e, quando acabou de tomar o café, o velho enfiou a colher no prato da farinha e jogou um punhado de farinha na boca. Dois vizinhos que estavam na mesa se entreolharam, sorrindo. E o filho, apanhando aquele olhar e aquela risada, ficou grandemente irado e levantou-se do seu lugar:

– Meu pai, o senhor não tem o direito de me desfeitear na minha casa. Se depois de almoçar o senhor ainda tem fome para comer farinha seca, é porque a comida que eu lhe dei não chegou.

O velho se voltou admirado; meu Deus, que maior tolice! Então aquele menino não se lembrava de que ele toda a vida tivera o costume de comer um punhado de farinha quando acabava o almoço e a janta? Era só vício, não era fome. Mas o filho não se acalmava:

– Isso o senhor pode fazer na sua casa. Na minha é desfeita. Mulher! – A mulher veio correndo, assustada com o grito. – Mande matar um frango bem gordo, cozinhe, e faça um pirão com dois litros de farinha. E correndo! Traga tudo aqui, já, já, mode meu pai confortar o estômago, que ainda está com fome.

A mulher se benzeu, saiu correndo como viera. O velho foi se levantando da mesa. – Meu filho, que loucura é essa, que foi que lhe deu? Será espírito maligno? Mande selar minha besta que eu já vou embora.

Mas o filho não escutou nada, pôs a mão no ombro do velho:

– Se assente e espere a comida, senhor meu pai.

O velho aí se agastou, quem era ele para lhe forçar a vontade, se lembrasse que era filho e tinha sujeição. Mas o filho só repetia, branco de raiva:

– Guarde o assento, meu pai. – E então o velho esperou.

Com pouco mais chegou o frango, nadando na gordura, e ao lado a tigela de pirão, feita com dois litros de farinha. Puseram tudo diante do velho, que naturalmente se recusou a comer. Então o filho puxou a faca, espetou a ponta dela na madeira da mesa e obrigou o pai a engolir, senão era sangrado ali mesmo.

O velho, o jeito que teve foi comer tudo. Mas quando se levantou, depois da última colher de pirão, agarrou com as duas mãos a barba branca e amaldiçoou o filho desalmado, pediu castigo do céu para ele. Foi tão medonho que todo o mundo ali ficou arrepiado. Só o filho não se importou: mandou encostar no alpendre a besta que já estava selada e berrou pelo moleque para ajudar o velho a montar.

– Agora o senhor aprende a nunca mais fazer pouco na pobreza de ninguém.

Diz que o velho, quando chegou na casa dele, nem apeou da besta: caiu, já morto.

O filho, desgraçado, desde aquela hora em que foi amaldiçoado, nunca mais pôde engolir um bocado. Porque repugnava toda qualidade de comida, sua natureza só lhe pedia para comer farinha seca. Mas assim que jogava na boca o primeiro punhado, engasgava e se danava a tossir que era mesmo um desespero. Também durou pouco. Foi esmirrando, esmirrando, até ficar seco como uma vara. Um dia, já não se aguentava de fraqueza, teimou em comer o derradeiro punhado de farinha – e foi aquele que o matou: porque a farinha da goela foi para os bofes, sufocou a criatura por dentro, e com pouco ele estava morto, roxo, com a língua preta de fora. Era ver um enforcado; e o povo diz que é assim mesmo: maldição de pai à forca leva.

(Ilha, abril de 1952)

QUARESMA

Bem, confessar eu confesso, mas o padre que se aguente – ela disse muito séria, o beiço tremendo.

Que essa história de carnaval é muito bom, não fosse a Quaresma depois e a mãe da gente aperreando para se preparar a comunhão da Páscoa. Protestante não tem disso, protestante não se confessa, se entende lá com o seu Deus, se quiser se arrepende, se não quiser ninguém sabe. Mas católico, à menor tolice que faz lá vai ajoelhar no confessionário, e tem que explicar tudo direitinho senão foi confissão sacrílega e morrendo naquela hora já cai direito no inferno. Ah, meu Deus, se ela tivesse coragem virava protestante.

Espírita também é bom – espírita dá outra liberdade. Sessão é de noite, não tem missa domingo de manhã logo na hora do banho de mar. O ruim de espírita é que a gente tem medo de alma; foi a uma sessão para nunca mais, enganando que ia ao cinema das dez. Aquelas pancadinhas na madeira, e a mulher gorda estrebuchando em cima da mesa, falando com voz de homem, se coçando toda, cruzes! Chegou em casa até vomitou, tanto foi o medo. Deus te livre, se a mãe soubesse onde tinha andado.

Mãe é coisa engraçada. Mãe pensa que a gente não cresceu. Só enxerga que a gente tem corpo de mulher na hora de achar ruim o maiô de duas peças ou o vestido tomara que caia. Nas outras horas parece que a filha dela é uma criancinha de mamadeira, não pode sair de noite com o namorado, não pode andar em carro de rapaz estranho, não pode ir a baile sem companhia conhecida, só falta dar ataque quando a gente diz que vai se inscrever no concurso de sereia. Também, já disse, ela podia entrar na polícia que tinha jeito. O que vale é que basta se contar uma mentira à toa, ela engole – engole linha, anzol e caniço. Chega até a dar remorso. Carnaval por exemplo. Bastou dizer que a mãe da Iara acompanhava a gente, estava tudo certo. Mal sabia que a mãe da Iara é uma balzaca doida por carnaval, como ela diz – só uma vez por ano tira a velha forra. Se mete numa calça de homem, põe uma máscara escondendo os pés de galinha, entrega as meninas pros namoradinhos delas, dizendo que se comportem, fiquem passeando na Avenida direitinho e voltem para casa cedo, que ela marcou um encontro com a turma e vai para o High-Life, onde criança não pode entrar... E virando para a gente fez uma cara safada, dizendo que não conte nada à mamãe, afinal quem é que tem interesse que a sua mamãe saiba, não é mesmo, meu bem?

E agora duas pequenas, cada uma com seu namorado, ia-se ficar batendo pernas pelas ruas? Carnaval de rua é pra moleque, foi o que eles disseram. Podemos ir a um baile de família. Neste Rio tem cada coisa. Pensei que baile pago só nos clubes, High-Life, Democráticos, Bola Preta, Automóvel, ou então nas *boîtes*; mas qual, tem casa de conhecido que dá baile e só paga bebida e a cota da orquestra. Fomos numa ladeira que sobe para Santa Teresa, e lá não pergunta se é menor nem maior; como dizia o rapaz da porta, a pequena mostra a cara e se é boa vai levando. Quem anda atrás da idade dos outros é sorteio militar... assim que ele disse. E lá dentro uma confusão, gente dançando até na área de trás, o pessoal foi subindo, lá em cima eram os quartos e não tinha um lugar onde se bebesse sossegado – eram duas garrafas de uísque que eles arranjaram e mais uma de gim-tônica – (gim-tônica, não, só diz assim no bar) – era gim puro mesmo. Também não namoro mais aquele bobo, ficou bêbedo, mas bêbedo que metia nojo. E a louca da Iara já tinha saído de fininho com o cara dela. E aí aquele rapaz distinto, que nem estava fantasiado, ficou fazendo companhia à gente enquanto o outro tornava da bebedeira; mas qual, não havia jeito de tornar, a gente chateada, e afinal estava-se ali era para pular, não era? E aí saímos e estava muito calor e o rapaz tinha um carro mas era um *big*, e fomos tomar um pouco de ar no carro, e que rádio que aquele carro tem! E depois o rapaz ficou loucamente apaixonado por mim, e afinal eu não sou jeca para ter medo de nada, se fosse nos Estados Unidos aquilo tudo era tão natural, nos Estados Unidos não tem preconceito tolo, eu já sabia e ele disse que já esteve lá.

E o dia já estava claro quando afinal ele parou na porta do edifício e eu nem tinha chave, toquei a campainha e quando mamãe abriu com uma cara daquelas, perguntou pela Iara e a mãe dela, dei um suspiro, graças a Deus nenhuma das duas tinha telefonado, perguntando por mim. Também como é que podiam, depois eu soube, a Iara voltou às quatro mas tinha bebido além da conta e a velha só chegou às sete e com uma ressaca que só faltava comer a caixa de bicarbonato.

E depois o louco foi telefonar para mim e mamãe que atendeu e ele perguntou quem estava falando e mamãe disse que era a criada só para espionar, e ele disse que era o amiguinho da terça-feira. E mamãe passou o fone e pela conversa ficou vendo tudo, e me botou debaixo de confissão. E a gente sem querer contar nada, e ela aí fez a gente jurar pela alma de papai que ia preparar a comunhão da Páscoa, e que se não contava a ela contava ao padre.

Meu Deus, pela alma de papai não posso jurar em falso, e confessando não quero ir para o inferno, e assim é mesmo como eu disse, o padre que aguente, que é que eu posso fazer?

E a gente chorando, e a mamãe ainda diz que a filha dela além de mentirosa é cínica, queria que fosse ela, no lugar da gente!

(Ilha, fevereiro de 1953)

PRAIA DO FLAMENGO

Por que mistério, sendo a Praia do Flamengo a residência mais "bem" do Rio, não é o banho do Flamengo igualmente bem?

Verdade, verdade, que se trata de uma nesga de areia nem sempre muito limpa e sempre terrivelmente superlotada. E enquanto praia não cobrar aluguel, a frequência do banho no Flamengo será sempre essa mistura tão brasileira de cor, raça, condição social e até confissão religiosa, que vai desde a epiderme retinta do crioulo atlético de profissão ignorada, até às flácidas carnes cor de leite da madame proprietária da pensão familiar numa das transversais à Rua do Catete.

Cedo começa o movimento do Flamengo. Mal desponta o sol, vão chegando os banhistas de idade provecta, aqueles que ainda são do tempo em que banho de mar se tomava como remédio e, para ter virtude, deveria ser praticado às primeiras claridades da manhã. São cavalheiros enrugados, alguns até com maiôs de malha negra, inteiriços, de alça. As senhoras usam em geral roupas de banho feitas em casa que, se não chegam à decorosidade perfeita dos "costumes de banho" do começo do século, estão a léguas das audácias impudicas das matronas que se exibem na Zona Sul. Mal descobrem o joelho, têm sempre um saiote, sobem num decote redondo. E as banhistas, no trajeto de casa à praia, envolvem-se num quimono discreto, ou enfiam uma saia desbotada; calçam chinelos gastos de *chagrin*, ou simples tamancos. Pé descalço, nunca. Mas não se infira dessa simplicidade, dessas roupas fanadas, um sinal de pobreza ou de baixo nível social dos seus portadores. É que no tempo deles ainda era considerada extravagância censurável luxar em banho de mar, estragar fazenda boa com sol e água salgada. Os maiôs de cetim, as saídas de praia luxuosas, são suntuosidades recentes.

Depois que passa a onda dos banhistas higiênicos, começa a vez das babás e das mamãs com os seus garotos. É a hora mais tumultuosa da praia. Choro de criança, palmadas, ralhos, papel de quibom pelo chão, o permanente tumulto da infância.

Junto com os infantes, ou pouco depois deles, aparece então a rapaziada – é a moçada das pensões das Ruas Correia Dutra, Ferreira Viana, Buarque de Macedo e mais vizinhos. Também esses não gastam luxos. Poucos têm para exibir algum belo *short* lustroso, estampado de barquinhos e hibiscos, como tantos que a gente vê desfilar no Arpoador. O pessoal das nove horas põe o seu luxo nos músculos reais ou imaginados, na força da braçada, no bronzeado da pele. O calção é sempre o velho tricô de toda a vida, desbotado, muito justo, que já viu vários verões naquele corpo ou no corpo de um antecessor já doutorado, já devolvido à província.

Esses se misturam com os banhistas do meio-dia e da tarde, que são a nata dos frequentadores. Exibem-se nessa hora os brotos mais sensacionais das adjacências. E, por amor de tais brotos, muito gostosão, cujo hábitat é Copacabana, arrisca o seu olho por estas bandas. É a hora das barracas, dos peixes, jacarés e cavalinhos de borracha – pois as venerandas sereias do romper da aurora se contentam com uma câmara de ar a servir de cavalete e salva-vidas.

Surge o óleo de bronzear passado amorosamente nas espáduas esbeltas. Alguns *medicine-ball*. Inúmeras petecas. Registram-se caldos, gritinhos, corridas de ponta de pé na areia atravancada, aulas de natação e demais divertimentos.

Mas todos esses horários são permeados pela *troupe* adejante das domésticas – vênus de ébano, bonecas de piche, celestiais mulatas, portuguesinhas de pernas grossas. Não têm elas hora certa, porque incerta é a hora da folga. Os bandos maiores surgem à tarde, no período dito da sesta, quando já se lavou a louça do almoço, a patroa saiu para o cinema e ainda não se pôs o jantar no fogo. E com elas (trajadas em audazes biquínis de cetim turquesa ou carmesim, pois é para o maiô caro e a rica fantasia de baiana que elas se escravizam o ano inteiro na cozinha dos outros), com elas vêm, também ao capricho das folgas, os seus galãs naturais – entregadores, caixeiros, ajudantes de feirantes, biscateiros, garçons de botequim, praças de várias corporações, simples bonitões sem emprego fixo e, mais raro, um príncipe entre os homens, quero dizer, um motorista, ou, como vulgarmente se fala, um chofer.

A toda essa gente, a água da enseada, tranquila e discreta (porque não muito limpa), recebe, embala e diverte. E com a água colaboram o céu claro, a vista enternecedora de uma vela de iate dobrando o Pão de Açúcar, um risco branco de gaivota cortando o ar, o calor, as cócegas da areia e dos seus bichinhos, por sob os ombros nus dos banhistas, estirados ao sol.

E tudo de graça. Sim, tudo completamente de graça – nem se acredita – benza Deus.

(Rio, janeiro de 1954)

NATAL

O moço da revista telefonou; estava fazendo uma enquete rápida e queria saber de que Natal me recordava melhor. Fiquei pensando, para responder direito e verifiquei, envergonhada, que não recordo Natal nenhum. Natal de infância, não tenho saudades. Não gosto de infâncias e, por outro lado, meu coração não é dado ao pitoresco. Natal de adulto... Bem, basta dizer que não tenho sorte em Natal. Se me esqueço é de defesa, porque o recordar não vale mesmo a pena.

Se, como dizia Santo Agostinho (era mesmo Santo Agostinho?), "os sofrimentos são os cachorros de Deus", as celestes matilhas, quando chega o Natal, consideram aberta a temporada de caça – sendo que a caça sou eu...

*

Portanto, Nosso Senhor Menino, enquanto os outros, no Natal, pedem dinheiro ou alegria, eu só lhe peço uma trégua. Não me tire mais nada, não me diminua a pouca pobreza, senão que será que fica?

Veja ao meu redor, olhe como está tudo despovoado. (Se eu tivesse medo de fantasmas, hem, Menino Jesus?) Tanto que eu tinha e hoje tenho tão pouco. Quer dizer que, ou você me deu de má vontade, ou, depois de dado, arrependeu, vendo que eu não merecia. De qualquer forma, tomou.

*

Sua festa de Natal, tão bonita, Menino. Anjinhos barrigudos, presepes, meu Deus, presepes! Presepes e pastorinhas. Pode haver neste mundo palavra mais linda do que pastorinha?

> *"Ó vinde, vinde, ó colibris!*
> *Com as lindas faixas bordadas a ouro!"*

São os ecos do Natal, vozes de outros que escuto a distância, pois a minha voz, rouca de choro, jamais pôde cantar as alegrias do Nascimento.

Este ano, a começar deste ano, já não falo em cantar, mas pelo menos me deixe ouvir, Menino!

*

No meu peito tem um bosque e no bosque uma pessoa. Meu de meu, meu sozinho, meu sem outro dono, hoje em dia só possuo essa pessoa. No botequim o conheci – não era Natal, naturalmente. Era carnaval. Sentado atrás da garrafa, tranquilo, belo e orgulhoso. Parecia que estava à minha espera.

E daí para cá, temos ficado tão quietos, tão humildes. Com um pouco de sol, uns cachorros, um gato, umas árvores e um automóvel, fazemos a nossa alegria. Há outros que lhe importunam muito mais, Menino, e você não se zanga nem castiga. Aí, tenha dó, Menino Jesus. Sua mãozinha rosada, erguida sobre a palha do presepe como um jasmim cor-de-rosa, sua mãozinha – a ela não pedimos nem o ouro nem a prata nem o sangue de Aragão. Como o filho-

-bom da história, só lhe pedimos a sua bênção. Está tudo aí, no mundo, brilhando, chamando, e nós nem queremos. Nada, nada, nada. Nada queremos que nos acrescente.

Só pedimos e rogamos que não tire mais; que não míngue isto que, sendo pouco, também é tudo.

Amém, Menino Jesus.

(Rio, dezembro de 1954)

FELICIDADE

Outro dia, falando na vida do caboclo nordestino, eu disse aqui que ele não era infeliz. Ou não se sente infeliz, o que dá o mesmo. Mas é preciso compreender quanto varia o conceito de felicidade entre o homem urbano e essa nossa variedade de brasileiro rural. Para o homem da cidade, ser feliz se traduz em "ter coisas": ter apartamento, rádio, geladeira, televisão, bicicleta, automóvel. Quanto mais engenhocas mecânicas possuir, mais feliz se presume. Para isso se escraviza, trabalha dia e noite e se gaba de bem-sucedido. O homem daqui, seu conceito de felicidade é muito mais subjetivo: ser feliz não é ter coisas; ser feliz é ser livre, não precisar de trabalhar. E, mormente, não trabalhar obrigado. Trabalhar à vontade do corpo, quando há necessidade inadiável. Tipicamente, os três dias de jornal por semana que o morador deve à fazenda, segundo o costume, são chamados "a sujeição". O melhor patrão do mundo não é o que paga mais, é o que não exige sujeição. E a situação de meeiro é considerada ideal, não porque permita um maior desafogo econômico – o que nem sempre acontece – mas sim porque meeiro não é sujeito.

A gente entra na casa de um deles: é de taipa, sem reboco, o chão de terra batida. (Sempre muito bem varrida, tanto a casa quanto os terreiros.) Uma sala, onde dormem os homens, a camarinha do casal ou das moças, o minúsculo puxado da cozinha, o fogão de barro armado num jirau de varas. Móveis, às vezes, uma mesa pequena, dois tamboretes. Alguns possuem um baú; porém a maioria guarda os panos do uso num caixote de querosene. No fogão, as panelas de barro, duas no máximo, a lata de coar café, a chocolateira de ferver água. Noutro caixote trepado à parede, algumas colheres, uma faca, raramente um garfo; dois pratos de folha ou de ágata, duas tigelinhas de louça. Numa forquilha, o pote de água com o caneco de folha, areado como prata. Nos esteios das paredes, uma rede para cada pessoa. E pronto, está aí toda mobília. Pode haver afluência de dinheiro; há anos em que o legume se colhe em quantidade, em que o algodão dá muito. Mas nunca ocorreria, a eles, usar da abundância para a compra de objetos domésticos – mesas, cadeiras, camas, relógio de parede. Uma dona de casa mais ambiciosa pode aspirar a uma máquina de costura. Raramente a consegue. E hoje está se generalizando o uso da máquina de moer – mas porque dispensa o trabalho do pilão, muito mais penoso.

De uma espantosa frugalidade, comem, almoço e jantar, de janeiro a dezembro, feijão na água e sal, raramente temperado com um pedaço de jabá ou de toucinho. Farinha de mandioca, café – nada mais. E poderiam passar muito melhor; mas às mulheres não ocorre usar o milho-verde para canjica ou pamonha, nem pisar o milho seco para o cuscuz. Isso são iguarias trabalhosas, só para dia de festa, ou mesa de rico. Comem o milho assado na brasa – ainda se deem por felizes. Cabras (que eles chamam de "criação") vivem aqui à solta, sem necessidade de pastoreio nem de trato. Na seca engordam roendo casca de pau e comento sementes do chão. Galinhas também se criam à lei da natureza. Pois raras são as famílias que melhoram a dieta com um frango, um pedaço de carne de bode. Bicho é para vender, ou como eles dizem, "negociar".

E não se culpe, por isso, apenas a pobreza. Mais a natureza do índio, que herdaram. Pobre, tão pobre quanto o caboclo é o camponês europeu, mas o hábito da poupança, geração após geração, fá-lo acumular objetos e móveis em grande quantidade, e não há dona de casa europeia, por mais pobre, que não tenha o seu pequeno tesouro de talheres, pratos, panelas de cobre, cobertores e lençóis, herdados de avós e bisavós. Elas, aqui, não guardam nada. Trastes se chamam "catrevage". O que se compra é para usar, gastar, jogar fora. Algum mais poupão que tenha o seu baú de guardados, cria logo fama de "rezina" que é o nosso sinônimo para avarento. A falta que mais envergonha um daqui é passar por "interesseiro".

Dispensam tudo o que para o homem urbano é o indispensável e nem ao menos conhecem o que, para este, é o supérfluo. Têm, entretanto, o seu supérfluo, que estimam e disputam, como expressão de abastança e luxo: o vidro de perfume, a boa sanfona ou harmônica, o dente de ouro, a dentadura postiça. Também gostam de joias, os brincos para as mulheres, os anelões para os homens, raramente um relógio de pulso. Vaqueiros, o seu luxo é no cavalo de campo, nos arreios e na roupa de couro. Nisso gastam, quando pegam em dinheiro. Também gastam em gulodices – doces de lata, guaraná, cerveja, quinado. Nunca com trastes de casa, como já disse, e jamais, oh! jamais, na casa propriamente dita. Nunca vi, em vida minha, um caboclo que se preocupasse em tijolar o chão da casa, nem que esteja na maior prosperidade. A luz é a lamparina de gás, feita de um vidro vazio, de uma lata de conserva ou de uma velha lâmpada elétrica a que os flandeiros engenhosamente adaptam um gargalo de folha. A torcida é feita em casa, com algodão em rama.

Nessa nudez, nesse despojamento de tudo, dê-lhes Deus um inverno razoável que sustente o legume, um pouco de água no açude e não pedem mais nada. De que é que eles gostam? Gostam de dançar, de ouvir música – pagam qualquer dinheiro por um tocador bom e obrigam o homem a tocar ininterruptamente dois, três dias seguidos. Gostam de festas de igreja, e ainda gostam mais de jogo, baralho ou dados. (Conhecem pouco o jogo de bicho.) Namoram sobriamente e, se apreciam mulher, como é natural, pouco falam nisso. Gostam de doces de qualquer espécie, e de aluá, que é uma bebida feita com milho ou arroz fermentado e adoçada com rapadura. Adoram cachaça. Mas, acima de tudo, gostam desta terra velha, ingrata, seca, doida, pobre; e nisso estou com eles, e só por cima dela temos gosto em tirar os anos de vida, e só debaixo dela nos saberá bem o descanso, depois da morte.

(Junco, junho de 1955)

SIMPLES HISTÓRIA DO AMOLADOR DE FACAS E TESOURAS

Era um desses portuguesinhos rosados – alegre, festeiro como um cachorro novo: tinha exatamente dezoito anos quando desembarcou no Cais do Porto. Vinha com um contrato de copeiro numa casa rica – contrato que lhe arranjara o irmão mais velho, já antigo no Brasil, trabalhando de garçom num dos bares da Zona Sul e que inculcara o menino a um freguês dono de palacete na Lagoa.

Puseram-lhe um uniforme (já não se dizia mais libré): colete de riscas para o diário, paletó branco e *black-tie* para servir o jantar. Tinha banho quente, quarto por cima da garagem que dividia com o chofer, folga domingo à tarde, boia sofrível, ordenado idem.

Mas não se sentia feliz. Não é que lhe parecesse pesado o serviço, nem penoso. Não há nada de especialmente difícil no oferecer um prato à esquerda e começar pela senhora mais velha, em dia de jantar de cerimônia. Nem é mister ser doutor de Coimbra para arear as pratas ou correr a enceradeira no *parquet*. O que pegava o carro era o lado moral, ou para dizer melhor, era a alma. O portuguesinho viera para o Brasil a fim de ser um homem – um "hómem", dizia ele – não para ser criado de ninguém. Criado por criado, ficava mesmo na aldeia onde tinha o bom vinho e a boa sopa e criado só seria do pai.

O Brasil sempre lhe representara um símbolo: liberdade, dinheiro fácil, dizer a verdade nas fuças às pessoas, jamais chamar alguém de Vossa Excelência ou Vossa Senhoria. Aos íntimos e aos iguais tratar por tu, aos estranhos Você – que ele aliás dizia "Bócê". E amar, sobre todas as coisas, amar à larga, sem a família nem o cura da aldeia a exigirem casamento – que lá o jeito é casar mesmo, pois não são todos primos e primas? O Brasil da lenda, jardim imenso de mulatas em disponibilidade permanente – ai, o velho sangue de mouro que há nas veias de todo bom português, a exigir a sua cota de huris.

Tudo isso pensava tristonho o moço português, que não se chamava Manuel nem Joaquim, segundo a tradição, mas Veridiano, segundo a folhinha; assim pensava tramando planos de liberdade, enquanto mudava a água dos vasos da sala, ou fazia as camas, ou lustrava os talheres. E como desconfiava de que o mano não lhe aprovasse os sonhos, nunca lhe falou nada. Contentou-se em ir economizando o ordenado, sorrindo misterioso quando o irmão lhe reparava na poupança excessiva – que esse era um mão-aberta, não tinha tostão de seu, e olhe que ganhava não digo milhões, mas milheiros, só de gorjetas.

O fim longínquo de Veridiano era ser dono de uma cutelaria. O fim próximo estava ao alcance da sua mão; quando as economias deram para tanto, empregou-as na compra de uma roda de amolar instalada no carrinho próprio, e na licença da Prefeitura que lhe permitisse exercer a profissão de amolador. Aí despediu-se da madame, que quase chorou de desgosto, ouviu calado as descomposturas do irmão e, com a delícia que só os escravos urbanos podem avaliar, largou a libré de risquinhas, o jaleco branco e o *black-tie*, meteu o pé no tamanco, comprou na feira da

Glória um blusão verde e uma calça de zuarte, e se iniciou no ofício de homem livre.

Falar a verdade, no princípio apanhou um pouco. Porque, se ele dava para homem livre, para amolador que era o bom, tinha apenas as mais mínimas noções e nunca lhe ocorrera que tal profissão exigisse aprendizado. Suou sangue, quebrou muita faca, sofreu prejuízos e humilhações, mas tudo se aprende, afinal.

Passado um ano, ninguém reconheceria nele quer o portuguesinho rosado e risonho do desembarque, quer o copeiro nervoso de quebrar a porcelana, a murmurar "com licença" ao redor da mesa e a enfiar na sopa o polegar da luva. Tinha agora uma segurança, um ar de alegria que lhe compensava de muito as cores da face um pouco desbotadas. Inventou até uma cantiguinha que era uma delícia entoar rua abaixo, rua acima, empurrando a "máquina", como ele gostava de chamar ao seu instrumento de trabalho: "Facas, tesouras, facões, tesoirinhas! Amoladoire! Amoladoire!" Cantava baixo, pois era homem de pequenas ousadias e além do mais já não se usam os pregões de outrora. O anúncio sonoro quem o fazia era o próprio chiar da pedra a afiar o aço, aquele silvo característico que lhe soava aos ouvidos como um gorjeio de anjo.

*

Esta história era para acabar numa grande tragédia, conforme me foi contada. Mas, pensando bem, porque fazer essa concessão à morbidez do público e lhe dar o sangue e as lágrimas em que ele, público, adora banhar-se? Sim, pois segundo me disseram, o amolador Veridiano, no segundo ano das suas andanças, foi misteriosamente morto ao pé da Ladeira do Senado. A radiopatrulha já o encontrou defunto, sorridente, de olhos abertos para o céu escuro da madrugada e com duas balas no peito.

Há ainda outra versão: que o Veridiano, de economia em economia, cruzeiro a cruzeiro, acabou juntando o suficiente para se estabelecer com uma lojinha de duas portas perto da estação de Madureira, no ramo dos seus sonhos: a cutelaria. Ficou noivo, renunciou às cabrochas, espera ficar rico e entrar de sócio no Ginástico.

Eu porém prefiro uma terceira versão e é esta que oficializo: o Veridiano continua no seu carrinho de amolador, a correr as ruas da Glória e do Catete, Lapa, Arcos, Lavradio, Mangue. Canta, amola, embolsa e gasta, e dispõe do mais deslumbrante jardim de huris com o qual já sonhou mouro ou cristão. Suas de amar, de dizer piadas, de dar presentinhos, de beliscar e de outras intimidades amatórias, são todas as copeiras, cozinheiras, babás, porta-estandartes, garçonetes e até algumas *taxi-girls*, da Cidade Nova ao Flamengo. Jamais pensa em ficar rico. É como um pássaro feliz, é um irmão dos pardais da cidade que, tal como ele, vieram da Europa para desfrutar o Rio. E como desfrutam, meu senhor!

(Rio, 1956)

O ESTRANHO

Ele não chegou "como um ladrão à noite" na frase da Escritura. Veio mesmo de dia e senão a ferro e a fogo, pelo menos entre ferro e fumaças de protóxido de azoto. Causou a princípio dor, apreensão, grande medo, e no fim muita alegria. Por que tanta alegria, não sei, aliás. O espectador desinteressado dirá que o estranho, ao chegar, não era movido por nenhum fim altruístico e, se por acaso visa algum bem, será unicamente o seu bem próprio. Dirá também o observador indiferente, que não é ele pessoa de tanta beleza que a sua simples presença já represente um sinal de bem-aventurança. Pois de cara é enrugado, de dentes é desprovido, de nariz não é nada clássico, de cabeleira terá mais uma lanugem do que cabelos propriamente ditos, de pernas é fino, de formas em geral não lembra nenhum Apolo, sem falar na ligeira tendência à macrocefalia que caracteriza todos da sua espécie.

É, além do mais, analfabeto, não fala a nossa língua e, aparentemente, não tem religião nem nenhuma espécie de código moral. Em relação ao temperamento, também não proporcionou nenhuma agradável surpresa aos que o receberam. É egocêntrico, oportunista, reclamador. Não tem o mínimo respeito pelas liberdades, quer privadas quer coletivas. Grita em público ou em particular à menor provocação, ou sem provocação nenhuma, por simples desfastio. Comete atos da mais afrontosa intimidade na presença de pessoas de maior prol. Defende os seus direitos e prerrogativas, ou o que considera como tais, com inflexível vigor; neguem-lhe à hora certa o alimento predileto, tentem impor-lhe banhos ou outras atividades desagradáveis, e articulará o seu protesto aos gritos mais ferozes, ou em lamentações as mais desadoradas, sem consideração pelo possível tardio da hora ou pelo justificado alarma da vizinhança.

Falei que era egocêntrico. Realmente, será este o traço característico da sua personalidade. Até um sorriso, quando sorri, é para si mesmo. Justiça se lhe faça num ponto: parece ter uma tremenda vida interior.

Chegou nu, mas minutos depois já estava vestido nas mais finas cambraias e lãs. Sem ter ainda contribuído o mínimo para o progresso coletivo ou para a riqueza nacional, tinha, entretanto, uma porção de direitos assegurados por lei: casa, alimento, pensão – quem vê pensa que se trata de um benfeitor público! Sem falar nas propriedades que já são dele, pequenas mas legítimas, e na posse, que diríamos legal, de dois autênticos escravos. Um que ele, literal e desapiedadamente, suga, o outro que malmena de todas as maneiras e que se pode dizer também, ao pé da letra, trata aos pontapés. Acorda-os ambos a altas horas da noite, para que lhe satisfaçam as exigências mais absurdas, não lhes respeita hora de refeição nem de trabalho, nem de visitas, domingos nem feriados. A retribuição que dá a tudo isso é a sua simples e impertinente presença que – fato admirável – os dois recebem com requintes de alegria e gratidão.

Tem ainda um avô e um padrinho, que embora manifestem justificado orgulho pela aquisição de tal príncipe, não conseguem esconder um relativo receio de muita aproximação física com o dito. Talvez, conhecendo-lhe a contumaz irreverência, tenham medo de algum atentado mais grave à sua dignidade parental.

A sorte o privou das avós mas procurou compensá-lo, embora fracamente, dando-lhe uma avó torta que, se não tem as virtudes das que estão no céu, sofre em grau agudo do mesmo enternecido deslumbramento e apaixonada cegueira que, provavelmente, caracterizariam as autênticas: e, no pequeno animalzinho egoísta, só enxerga um ente de beleza helênica e de extraordinários dotes de inteligência e moral.

*

Chama-se Flávio o pequenino estranho, e nasceu de cesariana. Está exatamente com vinte e dois dias de idade e, nesse pouco tempo de vida, tem conseguido absorver e ocupar totalmente uma família inteira. Como pessoa dessa família ou, mais exatamente, sendo eu aquela deslumbrada avó torta acima referida, sei que alguns podem dizer que o meu depoimento é suspeito. E contudo declaro, com toda humildade e com sinceridade absoluta, este fato realmente espantoso: como pode nascer de uma família média brasileira, sem nada de excepcional, sem gênios nem príncipes no seu seio, apenas honestas pessoas tementes da lei, amantes do trabalho e respeitosas do catecismo moral e cívico, como é que nesta família, afinal de contas nem melhor nem pior do que a maioria das famílias, pode nascer um meninozinho tão lindo, tão extraordinário, tão maravilhosamente alentoso, belo, excepcional?

(Rio, agosto de 1956)

O CAÇADOR DE TATU

(*Obra reunida*, v. 4, J. Olympio, 1989)

OBJETO VOADOR NÃO IDENTIFICADO

Hoje não vou fazer uma crônica como as de todo dia; hoje, quero apenas dar um depoimento. Deixem-me afirmar, de saída, que nestas linhas abaixo não digo uma letra que não seja estritamente a verdade, só a verdade, nada mais que a verdade, como um depoimento em juízo, sob juramento.

Escrevo do sertão, onde vim passar férias. E o fato que vou contar aconteceu ontem, dia 13 de maio de 1960, na minha fazenda Não me Deixes, distrito de Daniel de Queiroz, município de Quixadá, Ceará.

Seriam seis e meia da tarde; aqui o crepúsculo é cedo e rápido, e já escurecera de todo. A lua iria nascer bem mais tarde e o céu estava cheio de estrelas.

Minha tia Arcelina viera da sua fazenda Guanabara me fazer uma visita, e nós conversavamos as duas na sala de jantar, quando um grito de meu marido nos chamou ao alpendre, onde ele estava com alguns homens da fazenda. Todos olhavam o céu.

Em direção norte, quase noroeste, a umas duas braças acima da linha do horizonte, uma luz brilhava como uma estrela grande, talvez um pouco menos clara do que Vésper, e a sua luz era alaranjada. Era essa luz cercada por uma espécie de halo luminoso e nevoento, como uma nuvem transparente iluminada, de forma circular, do tamanho daquela "lagoa" que às vezes cerca a Lua.

E aquela luz com o seu halo se deslocava horizontalmente, em sentido do leste, ora em incrível velocidade, ora mais devagar. Às vezes mesmo se detinha; também o seu clarão variava, ora forte e alongado como essas estrelas de Natal das gravuras, ora quase sumia, ficando reduzido apenas a grande bola fosca, nevoenta. E essas variações de tamanho e intensidade luminosa se sucediam de acordo com os movimentos do objeto na sua caprichosa aproximação. Mas nunca deixou a horizontal. Desse modo andou ele pelo céu durante uns dez minutos ou mais. Tinha percorrido um bom quarto do círculo total do horizonte, sempre na direção do nascente: e já estava francamente a nordeste, quando embicou para a frente, para o norte, e bruscamente sumiu – assim como quem apaga um comutador elétrico.

Esperamos um pouco para ver se voltava. Não voltou. Corremos, então, ao relógio: eram seis e três quartos, ou seja, dezoito e quarenta e cinco.

Pelo menos umas vinte pessoas estavam conosco, no terreiro da fazenda, e todas viram o que nós vimos. Trabalhadores que chegaram para o serviço, hoje pela manhã, e que moram a alguns quilômetros de distância, nos vêm contar a mesma coisa.

Afirmam alguns deles que já viram esse mesmo corpo luminoso a brilhar no céu, outras vezes – nos falam em quatro vezes. Dizem que nessas outras aparições a luz se aproximou muito mais, ficando muito maior. Dizem, também, que essa luz aparece em janeiro e em maio – talvez porque nesses meses estão mais atentos ao céu, esperando as chuvas de começo e de fim de inverno.

Que coisa seria essa que ontem andava pelo céu, com a sua luz e o halo? Acho que, para a definir, o melhor é recorrer à expressão já cautelosamente oficializada: objeto voador não identificado. Mais, não afirmo. Porém, isso ele era. Não era uma estrela cadente, não era avião, não, de maneira nenhuma. Não seria nenhum meteoro, nenhuma coisa da natureza – com aquela deliberação no voo, com aqueles caprichos de parada e corrida, com aquele jeito de ficar peneirando no céu, como uma ave. Não, dentro daquilo, animando aquilo, havia uma coisa viva, consciente.

E não fazia ruído nenhum.

Poderia recolher os testemunhos dos vizinhos que estão acorrendo a contar o que assistiram: o mesmo que nós vimos aqui em casa. A bola enevoada feito uma lua, e no meio dela uma luz forte, uma espécie de núcleo, que aumentava e diminuía, correndo sempre na horizontal, e do poente para o nascente.

Muita gente está assombrada. Um parente meu conta que precisou acalmar energicamente as mulheres que aos gritos de "Meu Jesus, misericórdia!" caíam de joelhos no chão, chorando. Sim, em redor de muitas léguas daqui creio que se podem colher muitíssimos testemunhos. Centenas, talvez.

Mas faço questão de não afirmar nada por ouvir dizer. Dou apenas o meu testemunho. Não é imaginação, não é nervoso, não são coisas do chamado "temperamento artístico". Sou uma mulher calma, com lamentável tendência para o materialismo e o lado positivo das coisas. Sempre me queixo da minha falta de imaginação. Ah, tivesse eu imaginação, poderia talvez ser realmente uma romancista. Mas o caso de ontem não tem nada comigo, nem com meu temperamento, com minhas crenças e descrenças. Isso de ontem Eu Vi.

(4.6.1960)

AMOR

Outro dia liguei o rádio e ouvi que faziam um concurso entre os ouvintes procurando uma definição para amor. As respostas eram muito ruins, até dava para se pensar que nem ouvintes nem locutores entendiam nada de amor realmente; o lugar-comum é mesmo o refúgio universal, que livra de pensar e dá, a quem o usa, a impressão de que mergulha a colher na gamela da sabedoria coletiva e comunga das verdades eternas. O que aliás pode ser verdade.

Mas a ideia de definição me ficou na cabeça e resolvi perguntar por minha conta. Tive muitas respostas. A impressão geral que me ficou do inquérito é que de amor entendem mais os velhos do que os moços, ao contrário do que seria de imaginar. E menos os profissionais que os amadores – digo os amadores da arte de viver, propriamente, e os profissionais do ensino da vida.

Vamos ver:

Dona Alda, que já fez bodas de ouro, diz que o amor é principalmente paciência. Indaguei: e tolerância? Ela disse que tolerância é apenas paciência com um pouco de antipatia. E diz que amor é também companhia e amizade. E saudade? Não, saudade não: saudade se tem das pessoas, das alegrias das coisas da mocidade, da infância dos filhos. Mas do amor? Não. Afinal, o amor não vai embora. Apenas envelhece, como a gente.

A jovem recém-casada me diz que amor é principalmente materialismo. Todos os sonhos das meninas estão errados. Aquelas coisas que se leem nos livros da Coleção das Moças, aqueles devaneios e idealismos e renúncias e purezas, está tudo errado. Quando a gente casa é que vê que o amor não passa de materialismo.

Teresinha de Jesus, às vésperas de botar no mundo o seu filho de mãe solteira, responde: "Amor? É iludimento. No começo é dançar, tomar Coca-Cola com pinga, ganhar corte de pano e caixa de pó de arroz. Depois é a barriga e todo mundo apontando, e o camarada sumido".

Semana que vem vai para a maternidade. Quem quiser lhe falar de amor venha, que ela tem uma resposta. Mas impublicável.

Um senhor quarentão, bem-casado, pai de filhos: "Amor, como se entende em geral, é coisa da juventude. Depois de uma certa idade, amor é mais costume. É verdade que tem a paixão com os seus perigos. Mas você falou em amor e não em paixão, não foi?"

– E de paixão, que me diz? – Aí ele se fecha em copas. "Deixo isso para os jovens. Velhote apaixonado é fogo. E eu não passo de um pai de família."

A mãe da família desse senhor: "Amor? Bem, tem amor de noiva, que é quase só castelos e tolice. Tem o de jovem casada, que é também muita tolice – mas sem castelos. Complicado com ciúme, etc., mas já inclui algum elemento mais sério. E tem o amor do casamento, que é a realidade da vida puxada a dois. Agora, o amor de mãe... Você perguntou também o amor de mãe?"

Respondi energicamente que não; amor de mãe, não. Quero saber só de amor de homem com mulher, amor propriamente dito.

Diz o solteiro, quase solteirão, que se imagina irresistível e incasável: "Amor é perigo. Só é bom com mulher sem compromissos. Com moça donzela dá em noivado, com mulher casada dá em tragédia. O melhor é amor forte e curto, que embriaga enquanto dura e não tem tempo para se complicar. Aquela história de marinheiro com um amor em cada porto tem o seu brilho, tem o seu brilho".

O pastor protestante diz que o amor é sublimar a atração entre os dois seres, é atingir a mais alta e pura das emoções. Não confundir amor com sexo! E perguntado – sendo assim, por que casam os pastores? Ele responde citando São Paulo: "Porque é melhor casar do que arder".

Já o padre católico não elimina o sexo do amor. Explica que, pelo contrário, o sexo, no amor, é tão importante como os seus demais componentes – o altruísmo, a fidelidade, a capacidade de sacrifício, a ausência do egoísmo. E é tão importante que, para santificar o amor sexual – o amor conjugal –, a Igreja o põe sob a guarda de um sacramento, o santo matrimônio. E ante a pergunta: se tudo é assim tão santo, por que os padres não casam? O padre velho não se importa com a impertinência, sorri: "Nós nos demos a um amor mais alto. Casamento, para nós, seria pior que bigamia..."

E por último tem a matrona sossegada que explica: "Amor? Amor é uma coisa que dói dentro do peito. Dói devagarinho, quentinho, confortável. É a mão que vem da cama vizinha, de noite, e segura na sua, adormecida. E você prefere ficar com o braço gelado e dormente a puxar a sua mão e cortar aquele contato, tão precioso ele é. Amor é ter medo – medo de quase tudo – da morte, da doença, do desencontro, da fadiga, do costume, das novidades. Amor pode ser uma rosa e pode ser um bife, um beijo, uma colher de xarope. Mas o que o amor é principalmente, são duas pessoas neste mundo".

(19.5.1962)

MENINA DE CARNAVAL

Fazem lei, regulando tanta coisa, pois também deviam fazer uma lei regulando o carnaval. A gente começa com o primeiro grito de carnaval logo no *réveillon* do Ano--Novo e depois é aquela ganância de gozar, não tem dia nem noite que chegue e então agora que inventaram os "privativos" de tarde, é uma loucura.

Tanto é o fogo do pré-carnavalesco que, quando chega o carnavalesco mesmo, o pessoal já está de motor queimado.

E falando em privativo, uma coisa se nota: carnaval ultimamente está se concentrando cada vez mais no tal de privativo. Carnaval de rua, e mesmo no Municipal, dizem eles que não é divertimento, é espetáculo pra turista. Fica pra rancho e escola de samba. Mas divertir mesmo, ou *fazer carnaval*, como é a palavra técnica, só dá pé no privativo. Até banho de mar à fantasia inventaram no escondidinho, numa praia para além dos limites da cidade. E pra ficar privado mesmo e nem os nativos poderem contar nada, fizeram uma barragem de lona que o pessoal chamava de muro de Berlim. Também banho de mar pode ter havido, mas fantasia era muito pouca. E cachaça, então. Quando eles convidam a gente, falam que vai haver uns uísques, mas chega na hora é a batida de limão e cuba-libre na base do parati mesmo, que cuba-libre com rum não pode que é para não prejudicar o Fidel Castro. Como é que prejudica, eu não sei. E também tem a tal de Maria Guerrilheira, que em inglês é *Bloody-Mary*, que se faz com vodca e suco de tomate e dá pileque em três doses. Carregando na vodca, é claro. Outro baile privativo engraçado foi também ao ar livre, mas não tinha muro de lona; botaram os automóveis em redor, fechando em círculo e dentro se brincava à luz da lua. Mas acabou dando atrito, porque um jovialzinho meio sobre o irresponsável se juntou com outro e de repente acenderam uma porção dos faróis dos carros em cima do campo de ação que ficou como ringue de boxe iluminado. E nessa hora aproveitaram para estourar uns *flashes* e bateram muitas fotos para a imprensa marrom. Agora tem certos convidados desse baile que até andam juntando dólar para pagar fotografia – porque esse pessoal agora só quer pagamento à base do dólar. Diz que não adianta correr risco de enfrentar sol quadrado com moedinha de inflação.

Uma coisa que eu tinha loucura de ir era no Baile dos Pierrôs, mas todo ano dava dificuldade. Acabei indo agora e afinal nem tinha nada demais. Esse povo literato faz muito mistério, mas é tudo mesmo na base do inocente. Querem é cantar carnaval do passado e encher a cara. Tinha um sujeito todo enfarinhado que me puxou para um canto e pensei que era homem de via de fato. Mas avalia só – começou a dizer uns engrolados no meu ouvido muito agarradinho e depois explicou que era poesia em alemão. Achei horrível.

Tinha outro que começou a falar que aquele baile era nacionalista, mas aí outro, mais nacionalista ainda, disse que nesse caso o baile devia ser de índio, porque nunca viu pierrô nacionalista. E convidou a moçada para um baile de índio no ano que vem, todo o mundo obrigatório de índio e pode até ir pelado porque índio gosta mesmo de dançar é pelado, só com enfeite na cabeça. Aí uma gorda disse que pelado não, que o Lacerda não deixa, e uma moça exaltada disse que o Lacerda pode mandar nas negras dele, mas os índios nacionalistas são intocáveis. Pra vocês verem como é – esse negócio de pessoal metido a literato não é de nada, estão fazendo carnaval e param no meio para discutir bobagem. Até os bêbedos e os casaizinhos: falou em eleição ou em livro eles largam tudo. Parei com essa gente.

Mas a ideia de baile de índio simpatizei.

Fantasia de índio é fresca e sai da obrigação do biquíni que já está enchendo. Um cara disse que se fizerem baile de índio ele vem coberto de lagartixa, que índio adora andar com lagartixa. Mas assim eu não gosto. Com bicho vivo é fogo.

E outro disse que também nem precisa orquestra e bastava os tambores dando a cadência. Mas então quase dá briga de novo, porque outro disse que índio não gosta de tambor nada, gosta é de apito – mas felizmente alguém mandou tocar o *índio quer apito* e todo o mundo entrou no cordão.

Ah, mas como eu estou exausta! Ano que vem, grito de carnaval só no sábado gordo e olhe lá. Ideal é bom mas morrer por ele, só boboca.

(29.2.1964)

NEUMA

Tem cinco anos, e é tão miúda que parece três; mas não que seja raquitismo, é tamanho mesmo, ou calibre, como se pertencesse a uma raça especial, assim miudinha e benfeita, toda roliça. Tostada como um biscoito ao sair do forno, tem o cabelo tão comprido que lhe alcança as ancas. Em geral o traz em duas tranças. Mas em hora de faceirice gosta de andar com ele solto a lhe bater nas costas, em largas ondas castanhas.

A carinha podia ser de chinesa, fossem os olhos mais enviesados – bem redonda, com aquela pele de cor de ouro e o risco preto das sobrancelhas e a sombra preta dos cílios guardando os olhos enormes, pretos que reluzem – aliás, reluzem mesmo, não é só por serem pretos.

A voz é um fio – só fala baixinho, é como um pipilo de passarinho novo. Não tem medo de ninguém nem de nada. É como um animalzinho silvestre, mas manso. Anda no meio do gado, por entre os touros e as vacas de bezerro novo soltas no pátio, enfrenta o bode malhado que as mulheres dizem que é mau. Nem de cobra tem medo. Nem de trovoada, nem de relâmpago. Ao contrário, gosta de tomar banho nas pancadas de chuva forte, passeando debaixo d'água, vestida só com os cabelos.

Parece que esse destemor é porque não desconfia que exista maldade no mundo, alguém ou alguma coisa que lhe possa querer mal, ou fazer mal. Mas sendo confiante, é também arisca, se é que me faço entender. Quer dizer que não procura os outros, mas não se recusa. Se convidada, senta no colo da gente, conversa um pouco e logo sai correndo. Não se oferece nunca, nem dá o primeiro passo. Sequer na hora de ganhar fatia de bolo – a gente que chame, que vá entregar. Nesse ponto é orgulhosa. Embora, estando de visita por algum tempo, se ninguém lhe oferece nada, ela chama discretamente a irmã:

– Vambora, Nazaré. Nesta casa não dão à gente nem uma bolacha.

Mas não se pense que é mercenária. Ela reclama a bolacha, primeiro porque gosta de bolacha, depois por uma questão de princípio: como uma autoridade que reclamasse o pagamento do imposto. Sempre quando chega numa casa é comum lhe oferecerem uma banana, um bombom – ou bolacha. Se ninguém oferece nada registre-se a anomalia – será má vontade ou esquecimento? Talvez o convite para ir embora não seja sincero, seja apenas um lembrete.

Seus grandes amores são uma cachorrinha branca, magra, orelhuda, por nome Sereia. Parece que, quando menor, Sereia era bonita – pelo menos é o que Neuma afirma, sentada com Sereia no colo:

– Coitadinha, era muito bonitinha, mas agora anda tão descorada!

Às vezes vai sair com a mãe e é proibida de levar a Sereia. Mas lá adiante, no caminho, a mãe verifica que a Sereia vem atrás. E ralha:

– Menina, eu não disse pra você não trazer essa cachorra!

– Ora, mãe, eu tinha trancado ela na sala; mas olhei pra bichinha e ela estava com os olhos pingando água...

Na cozinha da casa-grande as mulheres armadas de vassoura enxotam os cachorros que farejam os potes de soro. E Neuma é vista retirando-se com Sereia debaixo do braço, cara zangada. O pai, que a encontra, pergunta o que é aquilo:

– Vou levar a Sereia pra casa. Aquelas cabeças de prego lá da fazenda não sei que têm que não gostam de cachorro.

Sereia além de magra e "descorada" deu para barriguda. Neuma descobriu que ela tem "vício" – quer dizer que come terra. Andou pelas casas indagando qual o remédio para isso e lhe ensinaram que, pra menino com vício, o melhor é lhe pendurar no pescoço um bento com a oração de São Roque e um pouco de terra. Agora Sereia anda por aí com uma espécie de coleira que é um barbante, do qual pende um saquinho de pano costurado como um bentinho. O que tem dentro ninguém sabe.

Talvez por causa da feiura e do "vício" da cachorra, Neuma anda a traí-la com uma gata – Xana – que logo lhe deu três gatinhos. E tem sido uma dor de cabeça enfrentar os ciúmes da Sereia que detesta a gata e os seus filhos. A solução é prender a gata no quarto e deixar a cachorra no resto da casa, mas a gata "mia que soluça", e o coração de Neuma se aperta. Vai ao quarto, põe na sua própria rede a Xana velha junto com os Xanos novos, e fica a balançar a ninhada, cantando "João Curucutu por trás do munduru", até que durmam. Sai depois na pontinha do pé e se abraça com Sereia, que espera, zelosa, do outro lado da porta. Pega Sereia no colo, sacode as tranças e suspira:

– Família acaba com a gente!

Ano passado esteve muito doente, era crupe, quase a menina morreu. Levaram-na ao doutor no Quixadá, tomou muita injeção de soro, afinal ficou boa.

Convalescente, conversava com o pai:

– Pai, eu estava tão doente, mas me lembro do doutor. Ele pegava na minha mão, depois abanava a cabeça. Pai, por que é que ele abanava a cabeça?

– Havia de ser pensando que você não escapava.

Neuma ficou muito tempo meditando naquilo. Por fim deu uma risada e liquidou o assunto:

– Homem doido!

(4.4.1964)

PEQUENA CANTIGA DE AMOR PARA NOVA IORQUE

Sim, eu logo te amei, Nova Iorque. Foi ver-te e amar-te, assim que o *cab* amarelo deixou o recinto do Aeroporto John Kennedy, e o esqueleto negro da tua primeira ponte se desenhou proibitivo à frente. Te amei logo. Imensa, bruta, desumana, te amei logo. Babilônia, muitos te chamaram Babilônia. Ah, Babilônia caberia toda na décima terceira parte de um dos teus menores ministérios.

Aqui, diferente do resto, o inglês não é uma imposição exclusiva, o inglês é uma comodidade. Fala-se inglês porque tem que haver uma língua comum a todos. Mas poderia ser o esperanto, ninguém se importava.

Aqui, posso chegar na esquina da Rua 57 e soltar o meu grito: Valha-me Nossa Senhora da Guia! Ninguém perguntará o que eu gritei e por que gritei. Pode um polícia, no máximo, me pedir para circular – se aparecer um polícia no momento, o que eu duvido.

Depois de intensas meditações e pesquisas descobri que os grandes polícias azuis de Nova Iorque têm finalidade meramente decorativa; servem para enfeitar as ruas, em cordões, nos dias de visita do presidente e para formar nas paradas dos polacos e dos irlandeses – eles próprios. Às vezes, também um único é posto solitário numa esquina, em lugar de uma estátua. Decerto o *mayor* de Nova Iorque considera os seus polícias mais bonitos do que estátuas.

Como não te amar, Nova Iorque, se exibiste para mim, numa noite excepcionalmente clara e fria, os contornos iluminados do Seagram's, o edifício mais bonito do mundo? Mesmo com as tuas igrejas góticas – oh, o absurdo das igrejas góticas de cimento – e talvez pior quando são feitas mesmo de pedra, porque são menos inocentes. Mas de qualquer forma são *tuas* igrejas, Nova Iorque. Feias ou absurdas se incorporaram à tua fisionomia e podem servir de marco e de lembrança. Além de lugar de oração, que é o seu fim específico. Mas não acredito que elas em si louvem a Deus – o grande grito de louvor, alegre, talvez insolente, não é dado pelas pequenas igrejas escuras onde artistas pretensiosos tentaram expandir sua pequena alma – a grande prece iluminada quem a grita ao céu és tu mesma, Nova Iorque.

No doce jardim que dá para o rio, defronte a Sutton Place, onde brincam crianças e cachorros, descobri novos pretextos de amor; nas turbulentas calçadas de China Town, onde pequenos nova-iorquinos de olhos enviesados soltam busca-pés; nas noites supostamente francesas de Greenwich Village, onde os rapazes deixam crescer a barba para semelharem parisienses e onde meninas vindas do Oregon e do Utah fazem muito a sério o seu curso de boêmia em três etapas: *undergraduate, graduate* e *post-graduate*.

Na loja de discos um sul-americano de guitarra toca um tango como se tocasse o seu hino nacional, mas ninguém lhe dá ouvidos. Tocasse o hino nacional, aliás, seria o mesmo; nacional de quem, naquela confusão? Um ruivo, evidentemente maconhado, promete um *striptease* dele mesmo, e mostra por conta as canelas peludas; e três garotas feias, todas três dentuças, batem palmas, fingindo entusiasmo. Ah, Greenwich Village à noite é um palco espalhado por calçadas e inferninhos, onde amadores de pouco talento ensaiam uma peça de vanguarda. Juvenil, juvenil.

Ah, te amo, te amei, Nova Iorque. Tens a alma grande e indiferente como convém a uma rainha, uma deusa, uma cortesã – aliás tu não dizes cortesã nem nenhuma outra reminiscência clássica. Dizes brutalmente uma palavra feia: – *whore*!

Mesmo não penetrando nos teus mistérios maiores. Mesmo sem conseguir entrada no *sanctum sanctorum* do Harlem e só lhe conhecendo a visão externa e periférica; mas que profundos abismos de rancor, de orgulho, de raiva e esperança brilham naqueles olhos que não nos olham – e isso dói, porque afinal de contas não somos tão brancos assim. Nenhum de nós pode ser identificado com a besta loura que os teme e detesta e que eles detestam mas já não temem. Antes desafiam, deliberadamente. Atrás daquelas velhas paredes de tijolos vermelhos, proibitivas, inatuais – que aconteceria com o Harlem se de repente as suas velhas paredes virassem vidro?

Te amo, Nova Iorque. Teu rio. Teus dois braços de rio. Os grandes navios que dormem nas docas, esquecidos do mar, como palácios ancorados. Teu céu amarelo, vermelho, roxo e negro, em *dégradé*, teu céu sem estrelas. Os canteiros de crisântemos de Park Avenue, feitos para serem vistos das janelas lá no alto, escondidos dos passantes pelos gradis. São buquês que a cidade oferece aos seus ricos, em homenagem especial.

A falta de sentimento federal, Nova Iorque, porque só és municipal e universal. Fizeram ali, a um canto separado, o prédio e os terreiros da ONU, mas não era preciso. A verdadeira ONU és tu mesma, Nova Iorque. O Conselho de Segurança poderia sediar à beira do lago, em Central Park, e não incomodaria ninguém, a não ser talvez alguns pombos.

Teus *subways* que roncam em explosões subterrâneas, aqueles buracos escuros onde as multidões penetram assiduamente como formigas no seu formigueiro, operárias assexuadas, exaustas, de pés doidos. Teu *subway* tão isolado do mundo como uma nave espacial, onde um homem bêbedo faz sermões obscenos, contando coisas da sua infância na Georgia e ninguém o manda calar. Ninguém se importa, ninguém tem tempo para indignações puritanas. Na verdade talvez até ninguém ouça.

Todo mundo te ocupa, te pisa, te possui, te usa, Nova Iorque. Ninguém perde tempo contigo, parece que não houve tempo sequer para te dar nome às ruas, e às avenidas, basta um número. Ou houve intenção deliberada nisso? – um número não tem tradução, é o mesmo em todas as línguas, impessoal e intemporal, não sugere senão a sua ordem crescente ou decrescente, sem alusões patrióticas ou comemorações estreitamente nacionais. Um número, qualquer estrangeiro aprende e o diz na sua própria língua, e então não se sente mais estrangeiro.

Como não te amar, Central Park? Ventos de outono derrubam as folhas vermelhas, Central Park se despe para o inverno, vai se flagelar com o frio, sem que a perturbem *nurses* e crianças ou os mais renitentes vagabundos. Vai se dar ao luxo da solidão como qualquer floresta anônima e remota.

Nova Iorque, quem é teu povo? Esses ruivos judeus, esses crespos porto-riquenhos, esses italianos gesticulantes, esses negros desdenhosos, esses germanos e saxões de ar inseguro? Esses chineses, filipinos, franceses, noruegos – ou eu, sul-americana – já que piso nas tuas calçadas sem medo, mas com um fundo sentimento de aventura, porque, além de bela e imensa, és impossível; sim, meu coração me diz que és mesmo impossível.

Ah, Nova Iorque, prisioneira gigante da ilha de Manhat-tan, encadeada com aquelas brutas pontes de ferro preto. Te amo. Te amei logo, Nova Iorque.

(28.11.1964)

IRMÃO

O calendário, na mesa, marca o aniversário do meu irmão. E o curto algarismo preto no mês de fevereiro me suscita uma rajada de saudades velhas, afastando qualquer ideia de outro trabalho, me deixando parada a remoer o passado, devagar e com ternura. Transfere-me para aquela dimensão secreta que só de raro em raro se frequenta. Tesouro que a gente sabe que possui, mas que não se gasta, e se tem para garantia de sobrevivência, assim como as reservas-ouro do erário público.

E dedico-me a pensar em amor de irmão, coisa tão realmente especial. Parece uma tolice fazer com tal ênfase essa afirmação do óbvio. Afinal quem não sabe o que é amor de irmão? É, a gente sabe mas não medita. Dá por seguro, não mede nem compara e, nesse descuido, vai perdendo de vista os valores essenciais. Meditando é que se reconhece e se agradece a Deus.

Pode a gente estar velha e caduca – mas o amor de irmão conserva o seu perfume de infância através dos anos e anos. Aquela confiança que só menino tem, aquela segurança de afeto, a crença na perfeição e na lealdade do ser amado. Mormente irmãos com pouca diferença de idade, criados na mesma ninhada, juntos e solidários. Em nada se compara amor de irmão com amores de amantes, que em si já são afetos diversos e tormentosos, são amores que consomem e desesperam. Amor de irmão não tem altos nem baixos, é planície serena, verde pradaria que, se não ostenta orquídeas de paixão, se enfeita sempre com duráveis sempre-vivas. Amor de irmão não duvida nem desconfia, é amor dificilmente vulnerável, uma vez que jamais se desloca para a área perigosa dos outros amores. Nada lhe pode suscitar rivais, porque ele é único. Você pode arranjar vinte noivos, dez maridos, cem amantes, mas irmão só tem aquele ou aqueles nascidos em tempo hábil da carne de mãe e pai.

Enquanto você tem irmão, tem você uma reserva de intacta meninice. Pois, de um para o outro, vocês até à morte continuam a ser "os meninos". O entendimento por meias-palavras. As anedotas familiares que só os dois compreendem. No meio de um discurso o orador diz uma palavra e, através da mesa, você e seu irmão trocam um sorriso – sabe lá, sabem só vocês, que longínquas, graciosas memórias aquela palavra desenterrou. Ah, irmão. Nestes tão longos anos de vida jamais consegui ter dele a raiva mais mortífera que durasse além de dez minutos. Dez minutos? Exagero. Entre a palavra que vai e a palavra que vem se liquida tudo. Ou no auge da raiva um dito engraçado, uma alusão subentendida. Não sei como foi com Caim e Abel, Esaú e Jacó, esses irmãos homens. A relação que entendo é de irmão para irmã. Que não pode incluir rivalidade, porque os dois não evoluem ao mesmo campo. Ao contrário, sendo mulher e homem, em lugar de se chocarem, se completam. Um é forte, a outra é paciente. Ele é valente, ela é astuta. O amor-amor dele vai para mulher, o dela vai para homem. As vitórias que um quer não são as mesmas que a outra pretende, porque ambições de homem não têm nada que ver com as complexas, sutis e envolvidas ambições de mulher.

Esse irmão, meu irmão, recordo-o dos anos mais longe – e vejo o bem-querer que lhe tenho, sempre igual e sempre firme, e pasmo de que na natureza humana, tão variável e desleal, possa haver amor assim. Nunca precisei dizer a ele.

E isso é que é o mais importante. Eu sei e ele sabe. A gente não precisa afirmar, repetir. Os dois sabem, tranquilamente, sem faísca de dúvida. Conta-se com ele tão certo como o dia e a noite, a velhice e a morte. Amor que não precisa de carta, de telefonema nem retratos. Pois como uma coisa imperecível poderia depender dos perecíveis?

Outro dia uma prima velha nos contou um episódio da meninice minha e dele, meu irmão. Faz muito tempo, era em Fortaleza, eu teria cinco anos e brincava de tarde, na calçada, na Praça Coração de Jesus. A prima me agarrou, me beijou, me olhou de perto, e disse com a sua costumeira indiscrição:

– Ah, que pena, você não se parece nada com a sua linda mãe!

E eu teria respondido gravemente e com orgulho:

– Não, quem parece com ela é o meu irmão. Ele é que é o bonito.

Até hoje tem sido sempre assim. O bonito é ele; cada vez mais bonito, o danado, com aquele cabelo branco nas têmporas, o sorriso claro, a cor fina da pele. E aquela inteligência aguda, a malícia no entender, a ironia pronta, o ceticismo sorridente. A ternura encabulada.

Quando o velho Miguel Francisco fez há mais de cem anos a casa do Junco, parece que se estava esperando por ele. Aliás que seria daquele nosso mundo sem ele? Que seria de mim sem ele? Outra coisa seria; mais pobre, mais amarga. Sem toda aquela riqueza que vem desde a infância – infância minha e tua, meu irmão.

(6.3.1965)

O CAÇADOR DE TATU

A gente fecha o rádio aborrecida com as más notícias das enchentes e da política. No alpendre, vai-se acender um cigarro e espiar a lua cheia. Sentado no banco debaixo do pé de jucá, compadre Manuel Vieira, o Vieirinha, que não tem mais de metro e meio de altura mas já foi pai de trigêmeos – pra mostrar que tamanho não vale: o que vale é o que vem dentro – tem pena de ver a gente assim desanimada e conta uma história que se deu faz pouco tempo.

Aconteceu no povoado – ou vila? – do Choró e não foi mentira, absolutamente. Vieirinha conhece há muito tempo o caçador e ouviu o caso dele mesmo; não é história que tenha passado de mão em mão.

Essa Vila do Choró fica mesmo no Arraial dos Cassacos, do tempo em que se construía o grande açude, na seca de 1932. Foi obra ordenada por José Américo naquele programa de salvação que ele não pôde acabar, porque deixou o governo. Juntou-se ali uma população de retirantes que, entre homem, mulher e menino, ia a bem cinquenta mil. E não havia água limpa para se beber, mal se tinha a água que vinha nas pipas do DNOCS (que nesse tempo se chamava um nome mais feio ainda – IFOCS); nem se tinha a mais mínima conveniência sanitária. O povo arranchado uns por cima dos outros em barracas de palha, ou por baixo de algum pé de juazeiro; e de repente deu uma epidemia de tifo que, calculando por baixo, levou mais de trinta mil. Família houve que se acabou toda, em outras ficaram só os dois velhos, outras só um. Comparando mal, foi uma espécie de Hiroxima. Se cavavam as covas com trator, porque coveiro não dava conta, e no fim abriu-se um valado e se acamavam dentro os defuntos como peixe salgado em caçuá, pé com cabeça para caber mais.

Mas hoje, passados trinta e três anos, os mortos já estão de ossos brancos, o açudão lá está, cobrindo muitas léguas quadradas de terra, e já sangrou duas vezes, ao contrário do que se profetizava, alegando que o açude não iria sangrar nunca porque o prato d'água era grande demais para o rio, apanhado ainda nas suas nascentes. Lá está o açudão, e a serventia que tem é só a água mesmo para quem vive ao redor, alguma vazante magra no verão, porque a terra ali em cima não é grande coisa. Os canais de irrigação – e para fins de irrigação se levantava a barragem – iriam produzir uma agricultura perene em todo o vale fertilíssimo do rio (ah, os sonhos de meu pai com as coroas do Choró irrigadas, terras de aluvião melhores do que as do Nilo!). Pois de canais de irrigação não tem nem um metro, que digo, não tem nem meio palmo. Coisa de governo é assim: um começa, vem o outro com outra ideia, larga aquilo pelo meio; cada um quer é favorecer sua mania. Não vê o Orós, ficou trinta e três anos abandonado, os esqueletos das máquinas comidos pela ferrugem, não se aproveitou um prego. Artur Bernardes não achava que Nordeste fosse Brasil, mandou parar tudo que Epitácio começara e fechar a Inspetoria das Secas. Ele queria era guerrear, seus quatro anos não foram de governo, foram só de guerra.

Ah, as melancolias arrastam a gente para desvios tristes, e eu queria contar era só a história do Vieirinha, que é alegre.

Como dizia, passados trinta e três anos do arraial ao pé da barragem nasceu uma vila que já tem vigário; ao derredor muitas fazendas onde se planta algodão. E naquelas quebradas de serra ainda tem muita onça. Mas o nosso caçador caçava era tatu; e certa boca da noite saiu de sua casa na vila e se dirigiu para uma fazenda perto, armado de enxada, pá e chibanca, para desenterrar uns tatuzinhos, e mais uma jumenta com dois caçuás que devia trazer a caça. Chegou na fazenda, pediu rancho e licença para caçar e tudo lhe deram. Deixou a jumenta amarrada no curral e saiu-se ao mato com os ferros. A noite foi boa, pegou uns cinco tatus verdadeiros e mais três pebas. Quando voltava, já os galos iam amiudando mas o dia ainda não clareava. Assim mesmo era hora de voltar para casa, e o caçador tratou de ir ao curral arrear a jumenta. Custou a achar o animal, estava escuro como breu, e não se sabe o que deu no diabo da jumenta, que era velha e mansa, mas agora parecia uma mula sem cabeça, rosnava e mordia que era a pintura do Cão. O caçador, porém, era homem determinado, tinha ido arrear a jumenta com escuro e tudo e arreou. Deu-lhe umas quedas, mas passou-lhe cabresto e cangalha, botou-lhe os caçuás e montou-se. Mal se montou, a alimária saiu numa disparada louca, parecia mesmo possessa. Desembestou pela porteira, passou faiscando pelo pátio afora e quando o pobre do caçador deu em si, estava trepado com jumenta e tudo bem no olho de uma aroeira.

Aí, a barra do dia já tinha clareado. E quando o homem baixou os olhos para a jumenta – que jumenta que nada! Estava era montado numa onça, que tinha comido a jumenta e ficara pelo curral, de barriga cheia. Ele tateara o bicho no escuro, sabia lá se era onça! Tinha deixado ali uma jumenta, passou cabresto e cangalha no que achou. Mas bem lhe pareceu que a jumenta estava diferente...

(s.d.)

O HOMEM E O TEMPO

(*74 crônicas escolhidas*, Siciliano, 1995)

A ARTE DE SER AVÓ

Netos são como heranças: você os ganha sem merecer. Sem ter feito nada para isso, de repente lhe caem do céu. É, como dizem os ingleses, um ato de Deus. Sem se passarem as penas do amor, sem os compromissos do matrimônio, sem as dores da maternidade. E não se trata de um filho apenas suposto, como o filho adotado: o neto é realmente o sangue do seu sangue, filho de filho, mais filho que o filho mesmo...

Quarenta anos, quarenta e cinco. Você sente, obscuramente, nos seus ossos, que o tempo passou mais depressa do que esperava. Não lhe incomoda envelhecer, é claro. A velhice tem as suas alegrias, as suas compensações – todos dizem isso, embora você, pessoalmente, ainda não as tenha descoberto – mas acredita.

Todavia, também obscuramente, também sentida nos seus ossos, às vezes lhe dá aquela nostalgia da mocidade. Não de amores nem de paixões: a doçura da meia-idade não lhe exige essas efervescências. A saudade é de alguma coisa que você tinha e lhe fugiu sutilmente junto com a mocidade. Bracinhos de criança no seu pescoço. Choro de criança. O tumulto da presença infantil ao seu redor. Meu Deus, para onde foram as suas crianças? Naqueles adultos cheios de problemas, que hoje são os seus filhos, que têm sogro e sogra, cônjuge, emprego, apartamento a prestações, você não encontra de modo nenhum as suas crianças perdidas. São homens e mulheres – não são mais aqueles que você recorda.

*

E então, um belo dia, sem que lhe fosse imposta nenhuma das agonias da gestação ou do parto, o doutor lhe põe nos braços um menino. Completamente grátis – nisso é que está a maravilha. Sem dores, sem choro, aquela criancinha da sua raça da qual você morria de saudades, símbolo ou penhor da mocidade perdida. Pois aquela criancinha, longe de ser um estranho, é um menino seu que lhe é "devolvido". E o espantoso é que todos lhe reconhecem o seu direito sobre ele, ou pelo menos o seu direito de o amar com extravagância; ao contrário, causaria escândalo e decepção, se você não o acolhesse imediatamente com todo aquele amor recalcado que há anos se acumulava, desdenhado, no seu coração.

Sim, tenho a certeza de que a vida nos dá os netos para nos compensar de todas as mutilações trazidas pela velhice. São amores novos, profundos e felizes, que vêm ocupar aquele lugar vazio, nostálgico, deixado pelos arroubos juvenis. Aliás, desconfio muito de que netos são melhores que namorados, pois que as violências da mocidade produzem mais lágrimas do que enlevos. Se o Doutor Fausto fosse avó, trocaria calmamente dez Margaridas por um neto...

No entanto – no entanto! – nem tudo são flores no caminho da avó. Há, acima de tudo, o entrave maior, a grande rival: a mãe. Não importa que ela, em si, seja sua filha. Não deixa por isso de ser a mãe do garoto. Não importa que ela, hipocritamente, ensine o menino a lhe dar beijos e a lhe chamar de "vovozinha" e lhe conte que de noite, às vezes, ele de repente acorda e pergunta por você. São lisonjas, nada mais. No fundo ela é rival mesmo. Rigorosamente, nas suas posições respectivas, a mãe e a avó representam, em relação ao neto, papéis muito semelhantes ao da esposa e da amante nos triângulos conjugais. A mãe tem todas as vantagens da domesticidade e da presença constante. Dorme com ele, dá-lhe de comer, dá-lhe banho, veste-o. Embala-o de noite. Contra si tem a fadiga da rotina, a obrigação de educar e o ônus de castigar.

Já a avó não tem direitos legais, mas oferece a sedução do romance e do imprevisto. Mora em outra casa. Traz presentes. Faz coisas não programadas. Leva a passear, "*não ralha nunca*". Deixa lambuzar de pirulito. Não tem a menor pretensão pedagógica. É a confidente das horas de ressentimento, o último recurso dos momentos de opressão, a secreta aliada nas crises de rebeldia. Uma noite passada em sua casa é uma deliciosa fuga à rotina, tem todos os encantos de uma aventura. Lá não há linha divisória entre o proibido e o permitido, antes uma maravilhosa subversão da disciplina. Dormir sem lavar as mãos, recusar a sopa e comer croquetes, tomar café – café! –, mexer no armário da louça, fazer trem com as cadeiras da sala, destruir revistas, derramar a água do gato, acender e apagar a luz elétrica mil vezes se quiser – e até fingir que está discando o telefone. Riscar a parede com o lápis dizendo que foi sem querer – e ser acreditado! Fazer má-criação aos gritos e em vez de apanhar ir para os braços da avó, e de lá escutar os debates sobre os perigos e os erros da educação moderna...

*

Sabe-se que, no reino dos céus, o cristão defunto desfruta os mais requintados prazeres da alma. Porém não estarão muito acima da alegria de sair de mãos dadas com o seu neto, numa manhã de sol. E olhe que aqui embaixo você ainda tem o direito de sentir orgulho, que aos bem--aventurados será defeso. Meu Deus, o olhar das outras avós com os seus filhotes magricelas ou obesos, a morrerem de inveja do seu maravilhoso neto!

E quando você vai embalar o menino e ele, tonto de sono, abre um olho, lhe reconhece, sorri e diz "Vó!", seu coração estala de felicidade, como pão ao forno.

E o misterioso entendimento que há entre avó e neto, na hora em que a mãe o castiga, e ele olha para você, sabendo que, se você não ousa intervir abertamente, pelo menos lhe dá sua incondicional cumplicidade...

Até as coisas negativas se viram em alegrias quando se intrometem entre avó e neto: o bibelô de estimação que se quebrou porque o menininho – involuntariamente! – bateu com a bola nele. Está quebrado e remendado, mas enriquecido com preciosas recordações: os cacos na mãozinha, os olhos arregalados, o beiço pronto para o choro; e depois o sorriso malandro e aliviado porque "ninguém" se zangou, o culpado foi a bola mesma, não foi, vó? Era um simples boneco que custou caro. Hoje é relíquia: não tem dinheiro que pague...

(Rio, julho de 1958)

SERTANEJA

Uma coisa na cidade se perde: são as estrelas. Mesmo numa cidade mal iluminada como hoje é o Rio, o reflexo das luzes da terra não consente que se avistem direito as luzes do céu. Nem sequer a Lua tem vez. Certas noites a gente chega de repente à janela do apartamento e até sofre um choque: Meu Deus, olha a Lua! Ninguém nem mais se lembrava de que havia Lua no mundo.

Isso porém é tão raro, tanto chegar à janela quanto espiar o céu. Sim, estrela em cidade não tem serventia. Acho que a última vez em que olhei para o céu, no Rio, foi quando andaram por lá os aviões supersônicos, e assim mesmo olhei foi com medo, por causa do estrondo.

Já aqui no sertão os homens a bem dizer se preocupam mais com o céu que com a terra. Pois não vê que é do céu que depende tudo cá embaixo, fartura ou fome, vida ou morte? E não metafisicamente mas objetivamente mesmo. Cearense nenhum é capaz de passar todo um dia sem estudar o céu, com angústia ou com alegria. Os torreões de nuvens. Os relâmpagos, os carregos de chuva e toda a rosa dos ventos: vento sul que é bom, vento norte que é perigoso, vento nordeste que é ruim como o diabo.

De noite, então. A gente se senta no parapeito do alpendre ou se deita na rede e fica conversando devagarinho – qualquer assunto manhoso e sem interesse, porque o interesse está mesmo é lá em cima. A papa-ceia se apresenta este ano zangada, vermelha, será sinal de inverno bom ou inverno ruim? Já a estrela-d'alva, iluminando a madrugada que até parece feita de brilhante, quer dizer boas esperanças. No ano em que o Cruzeiro do Sul muda mais para cima, pode esperar chuva. Muito bom também é zelação, mormente quando corre para o lado do mar. O mar fica a trinta léguas de distância mas diz o povo que escuta o estrondo da estrela cadente quando se afoga na água salgada.

Depois vem ainda a Lua, as infindáveis variações da Lua. Lua crescente de tarde cedo, muito bem desenhada e com a sombra bem preta, quer dizer fim de inverno. Lua com lagoa, Lua sem lagoa – até menino pequeno entende de lagoa de Lua. E ainda tem as nuvens, cada uma com a sua explicação. Quando elas são compridas e altas como torres, quando são baixas e esfarrapadas, quando são miúdas e gordas, quando são brancas, cinzentas, azuladas, roxas, negras... Quando recebem o reflexo do sol por baixo ou por cima, quando filtram a luz como um pano esgarçado, quando enchumaçam o céu de algodão, de alto a baixo.

E os relâmpagos? Se relampeja do norte é uma coisa, do sul é outra. Tem relâmpago aprumado e relâmpago deitado, tem até relâmpago telegrafista, um comprido e dois curtos, dizendo que a chuva vem urgente.

Já o trovão pode ser de estalo e pode ser trovão de risada, como se alguém achasse graça, lá em cima. E trovão de ronco e trovão de tiro, mais grave e mais forte que o trovão de foguete, que de todos é o mais leviano.

*

Ninguém aí no Rio sabe disso. Pois são estas, agora, as minhas preocupações. Me esqueci do Governo e das candidaturas, do drama de Portugal, tenho até me descuidado do que anda fazendo o Marechal Lott. Quando estou aí, sempre acordo inquieta, pensando que ele pode muito bem ter aprontado alguma novidade durante a noite. Mas aqui, deixa pra lá. Faz um mês que não leio jornal nem revista, só velhos livros como *A marechala d'Ancre*, *Os crimes da Maçonaria*, essas coisas antigas. Esqueci aí na Glória o meu rádio de bateria, que era quem ia me dar as notícias do mundo. Às vezes chega uma pessoa e conta um caso: que o Governo do Estado vai diminuir o ordenado das professoras – volta tudo ao antigo salário de trinta mil-réis por dia, para que professora quer mais de novecentos cruzeiros por mês? Ou então as últimas da famosa derrubada que até parece o tempo do Império, quando subiam os conservadores e não ficava um liberal no emprego. Andam falando que já foram demitidos mais de cinco mil adversários. Enfim, políticas.

Aqui, no entanto, nada disso tem muito eco, parece tudo tão longe como se a gente estivesse olhando do lado avesso de um binóculo. Longe, miúdo e embaraçado. O problema agora, nas casas de pobre, é arranjar paiol para o feijão, que a safra é grande. Na força destas chuvas de maio, o feijão tem que ser apanhado ligeiro senão nasce todo no roçado. Milho já é mais fácil, basta virar. Mas o feijão ou se corre ou se perde. Em casa não fica mais nem velho nem menino: deixou de engatinhar e vai catar bagem de feijão.

Caça é que tem muito pouca. Marreca não se vê, nem pato-do-mato que aqui se chama putrião. Andaram umas avoantes mas sumiram, uma que outra sericoia e uns jacus muito sem-vergonhas, que aparecem de tardezinha, fazem uma estralada dos diabos mas não deixam o caçador tomar chegada. O goiano fica tão furioso com esta falta de caça que já chegou a dar tiro até mesmo em tetéu; só faz agora se rebaixar a atirar em anu... O azar é tanto que na hora em que encontrou um gato-do-mato estava sem arma...

Fartura é mesmo de marimbondo-de-chapéu. Outro sinal de que o inverno continua bom. Parece que eles desconfiam do abrigo das árvores e se atacam para as casas. Só aqui no meu alpendre já matei com fachos de fogo umas oito casas deles, e só se pode queimar de noite, depois que estão dormindo. Aquele bicho acordado, pegando a gente no ferrão, dá febre, frio e dor de cabeça.

Na frente da casa o pé de jucá está florindo todo amarelinho.

E com esta, adeus.

(Não me Deixes, maio de 1960)

TRAGÉDIA CARIOCA

A menina vestia calças compridas e um casacão de malha, informe, de mangas arregaçadas. Sentou-se no sofá, cruzou as pernas longas, pediu licença para se servir de um dos meus cigarros. O nariz arrebitado, a pele borrifada de sardas, o cabelo curto de rapazinho dão-lhe um ar de grande imaturidade – 15, 16 anos no mais. Ela diz que tem 17 e está grávida. Meu Deus, como é que estão casando meninas assim tão novas? Mas olhando a mão esquerda da moça, não lhe vejo aliança. E, antes que eu possa fazer qualquer pergunta, ela é que vai explicando:

– A senhora já ouviu falar em transviada? Pois está aqui uma. Pelo menos até o carnaval deste ano eu era das péssimas. Doida por garupa de lambreta, anarquia em inferninho, cuba-libre, bolinha, camisa de homem...

Meteu-se com uma turma forte que o pessoal do quarteirão chamava o "jardim de infância"... mas cada jardim de infância! Depois, fez par com um garoto da idade dela, um cretininho de cabeça de peruca, dizia que tinha vindo dos Estados Unidos mas nem falar inglês não sabia, só dizer "*oh boy let's go, golly*", essas besteiras. Inglês mesmo de conversar com americano ele não pesca tusta. E nem lambreta dele mesmo tinha, era emprestada; bem, propriamente emprestada não, de condomínio; todo o grupo pagava um rateio e cada um tinha o seu horário de usar a máquina. O dele caía de tarde, na hora do *rush*, quando Copacabana fica infecta pra lambreta, então procuravam esses lugares mais desertos onde se pode dar uma chispada. E a gente andando assim os dois sozinhos, às vezes encosta a máquina, tem cada lugar lindo de floresta e montanha, não é mesmo? Este Rio de Janeiro não é à toa que se chama Cidade Maravilhosa. E depois com essa balda de geração em revolta, educação sexual, ninguém se lembra que pode vir criança, parece tão borô pensar em criança. Pois foi logo o que apareceu.

O povo lá em casa recebeu como se fosse o fim do mundo – quero dizer minha mãe porque a irmã não liga mesmo e pai não tenho mais. Agora me diga, a gente é mulher, e para uma mulher ter um filho é fim de mundo? Minha mãe foi logo avisar ao pai dele que ia dar queixa na polícia, mas o pai dele tem um irmão que trabalha no Fórum e ele explicou para minha mãe que se nós déssemos queixa do garoto eles davam queixa de mim – que ele também sendo menor o crime é recíproco. A senhora sabia que nesses casos tem crime recíproco? Pois é.

Aí minha mãe ficou com medo, quem sabe me mandavam para o presídio, aquele em que botam as moças-mães do SAM, que saiu a reportagem na revista, uma coisa pavorosa. O garoto diz que não precisa fazer *show*, que ele casa e pronto. Isso ele queria! Mas eu que não quero. Que é que eu ganho casando com aquele boboca? A senhora me diga, eu posso ter algum futuro? O cara ainda não fez nem 18, se sabe ler esconde, quanto mais ganhar a vida direitinho, está bem? Eu quero ser aeromoça ou modelo, mas casada não posso ser nada disso, em qualquer dessas profissões não permite casamento. A senhora me vendo agora não diz, mas tenho mesmo todas as medidas de manequim – altura 1,68, cintura 56, 80 de quadris e 81 de busto. Já disse pra minha mãe aguentar a mão até a criança nascer, depois a gente resolve. E ela aí me enche de tapa, diz que estou completamente perdida, que aquele cara ou casa comigo ou casa com o Juiz de Menores. Imagine tanta loucura!

Sei que a senhora não tem nada com isso, mas não podia dar um conselho? Não falo pra mim, mas para minha mãe, que ela disse que ia telefonar à senhora, pedindo para botar uma reportagem contando como é que está sendo esse caso de mocidade transviada e que a filha dela é uma vítima da dissolução da família. Mas o que ela quer mesmo é o casamento, e eu já disse pra ela que se fizer o casamento vai ver – tem que sustentar a mim, à criança e ao mustafá do genro. Louco pra isso está mesmo ele! Eu, hein?

Mas minha mãe diz que prefere, contanto que eu fique com o nome limpo. A senhora acha que ser esposa de um tipinho cafajeste daqueles é ter nome limpo? Ah, eu não entendo a minha mãe! Parece uma criança, o que o pessoal diz pra ela logo ela acredita.

Eu vim na frente pra pedir à senhora que explique a ela, porque eu dizer não adianta. Que esse negócio de casar pro bem da honra foi no tempo do dom João Charuto. Ela aguenta a mão agora, depois eu fico emancipada, e se a profissão de modelo não der certo sempre posso tentar o rebolado.

E, por favor, não bote essa reportagem que ela quer, a turma até pode achar ruim, desacatar a velha, eles são loucos – imagina se acontece aí um acidente, atropelam a minha mãe, quero ver se eu tenho a culpa!

Ai, quanto problema nesta vida, a senhora vê, eu estou só com 17 anos, mas me parece que já vivi foi uns 107! E com essa mãe que eu tenho – me dá licença pra tirar outro cigarro?

(Rio, 8.7.1961)

O CASO DOS BEM-TE-VIS

Era um casal de bem-te-vis apaixonados. Voavam e pousavam, naquela primeira fase de amor de passarinho; namoro de asa e bico, entre o céu claro e a copa mais alta das árvores, ai, tão parecido com namoro de gente – com a diferença de que gente não pode voar.

Aliás, não seria o namoro desses bem-te-vis passado entre árvores; bem-te-vis urbanos, seu pouso natural são postes e fios elétricos. Esses dois voejavam e curtiam o amor junto à linha-tronco abastecedora da rede aérea da Central do Brasil, a qual serve os trens com 44 mil volts. Era perto de uma subestação, onde os fios de distribuição (em três fases) ficam muito próximos uns dos outros.

Fios juntos, paralelos – haverá poleiro mais lírico para passarinhos em estado de amor? A bem-te-vi donzela pousou no fio à direita, o bem-te-vi mancebo impetuosamente baixou sobre o fio fronteiro. E, naquela confrontação de fio a fio, trocaram o primeiro beijo.

Jamais, na história dos homens e dos bichos, teve um beijo tão tremendas consequências. Porque os inocentes passarinhos, cada um pousado no seu fio condutor de 44 mil volts, naquela rápida carícia de bico a bico, criaram um curto-circuito. Passando pela frágil cadeia dos seus corpos, a terrífica corrente os eletrocutou; mas o curto também atingiu o aparelho automático que desligou a corrente, paralisando instantaneamente todos os trens. O interruptor automático funcionou como um *kamikase* – conseguiu interromper a corrente, como era da sua obrigação, mas morreu no posto –, quer dizer, incendiou-se. Segundo diz o jornal, "o fogo foi nele mesmo e não chegou a desligar a energia".

O sacrifício do automático protegeu os transformadores da subestação; assim mesmo houve tanta queima de fios e outros desastres menores que, durante quatro horas, ficou paralisada toda a rede de trens elétricos da Central do Brasil.

Por um beijo de passarinhos, meio milhão de pessoas – que é esse o número de usuários dos trens da Central no período – ficaram durante meio dia sem poder chegar ao trabalho: só o beijo imortal trocado por Helena e o pastor Páris, que desencadeou o lançamento de mil navios e causou a guerra de Troia, pode lhe ser comparado.

E é por fatos assim que a gente verifica a fragilidade da chamada civilização. Como é que dois bem-te-vis – tão pequeninos que os dois juntos não pesarão meio quilo – podem determinar tão gigantesca perturbação na vida da metrópole, tal confusão e prejuízo a tão imensa quantidade de homens: meio milhão.

Isso acontece para quebrar o orgulho dos técnicos; eles podem muito, mas não podem tudo, e de vez em quando Deus Nosso Senhor suscita um fenômeno – servindo-se das mais pequeninas e frágeis entre as suas criaturas – no caso dois passarinhos – para pôr em xeque a soberba do homem com as suas máquinas.

A gente vê as imensas composições passando, carregadas de gente até do lado de fora, naquele estrépito de trovão que abala as pontes de concreto e aço – e aí vêm dois bem-te-vis – novo Romeu, nova Julieta – e tocam de leve os bicos numa carícia fugitiva – e as dezenas de trens se imobilizam e os automáticos se incendeiam e vai tudo numa confusão de fim de mundo.

Vocês morreram, é certo, pobre casal de bem-te-vis apaixonados; morreram, mas serviram para provar um ponto importantíssimo de filosofia: de que adianta a arrogância dos homens, se um singelo amor de passarinho tem força para reduzi-la a cinza e fumaça?

(Rio, 29.9.1971)

O BRASILEIRO PERPLEXO

Você me peça a Lua que eu te dou a Lua, meu bem; mas dez mil cruzeiros não pode ser. A gente na vida tem que tomar o costume de desejar o impossível, porque o possível é muito mais difícil. O impossível, como não se alcança nunca, acaba se dizendo que afinal eram sonhos, e o sonho é no sonho que fica. Já o possível a gente pensa que se quisesse mesmo, se tentasse e fizesse força... E aí começa a amargura.

E ainda mais, o que é possível é uma espécie de saco sem fundo, todo dia aparece novidade. Você hoje quer dez mil cruzeiros, amanhã serão vinte mil, ou é um relógio, um sofá Drago, uma televisão. O impossível, você fala nele e não se azeda – é viagem a Paris, ou ser artista de cinema, ou tomar lanche com o presidente no Palácio da Alvorada, ou ter cinco filhos gêmeos como aquelas Dionne – como as Dionne não, que são feias e já morreu uma, mas como aqueles quíntuplos Dilligenti da Argentina, ricos e bonitos que parecem fantasia de filme. Sendo ele impossível você pode ficar a vida inteira com o mesmo ideal; já que não tem perigo de realizar, não precisa estar mudando.

Ah! minha filha, pensa que é só você que deseja as coisas? Desejar desejo eu e desejo coisas grandes para este nosso Brasil. Desde quando eu era menina e o Getúlio andou no nosso Estado que eu sonhava Getúlio chegar na nossa escola e perguntar à professora quem era o aluno mais inteligente e a professora dizia que era eu e aí ele botava uma medalha de ouro no meu peito. Mas o Getúlio nem foi na escola, passou de automóvel escoltado por um piquete de cavalaria, dando adeus com a mão.

Depois mandaram o Getúlio embora: eu tinha completado idade de eleitor mas não tirei título. Votar em quem? No Brigadeiro o povo todo dizia que ele só pensava nos ricos e nas altas classes, e o Dutra – como escrevia o *Correio do Trabalho* – depois de ter sido o braço direito do Estado Novo não lhe cabia ocupar o lugar do chefe. Só quando o Getúlio voltou em 50 votei, mas votei mesmo, com aquele entusiasmo queimando no peito. Mil votos que tivesse dava todos ao sorriso do velhinho. Muita gente me dizia para, que essa mania de Getúlio um dia ainda eu me daria mal; mas o que eu pensava era que nós tínhamos o Getúlio como um pai, pois nem se conhecia outro presidente desde os tempos do Barbado e dos carcomidos. E pai ninguém discute, se ama e se respeita.

Ora, afinal o Getúlio subiu de novo e foi aquele desgosto – falou-se muito, teve o Gregório e o mar de lama e o caso de quererem matar o Lacerda e em lugar mataram o pobrezinho do major que não tinha nada com a história – e o velho, coitado que de coisa nenhuma sabia, acabou tendo que dar aquele tiro no peito para cumprir o juramento de só deixar o Catete depois de morto. Chorei por Getúlio. Conto mesmo que botei fumo de luto na lapela, porque é verdade. E tomei um tão grande desagrado de política que fiquei sem querer mais saber de nada; se ainda votava em eleição é porque a essas alturas já tinha família e emprego e sem votar não se recebe vencimento – recebendo, embora com atraso, já se vive mal e mal, quanto mais sem receber. E você ainda vem falar que precisa agora de dez mil cruzeiros!

Fiquei assim até que veio aquela influência de Jânio – e lhe confesso que acreditei. Votei nele e acho que outra vez ainda votava. Mas não deixaram o homem governar. Fechou-se por cima dele um mistério – ele não contou nada a ninguém e foi embora. Uns dizem que ainda voltará, ah, mas as voltas não são felizes. E agora está aí esse outro que dizem que é herdeiro do Getúlio, mas nunca! Esse não é carne nem é peixe, não é cristão nem é mouro. Getúlio era como um gato, fazia-se adormecido até ao momento de dar o bote – e sabia dá-lo. Liquidava com tudo e não ficava ninguém. Esse aí é como juiz de futebol quando dá sururu em campo: apita, mas de que vale apito?

Não é que eu não goste das conquistas do trabalhador; o difícil é se compreender o que é para o bem e o que é para o mal. Salário mínimo, por exemplo, parecia que se tinha achado a solução, mas ninguém contou com os tubarões, que enquanto o salário ainda está nas primeiras conversas eles já fizeram por conta o seu aumento no feijão, no calçado, no ônibus e tudo o mais. E também essas greves – como se entendem essas greves, porque quem paga é o pequeno que fica sem condução e sem outras utilidades, porque os cartolas, esses têm o seu bom carro, e motorista particular não faz greve. E passam zunindo pelo asfalto a fumar o seu bom charuto enquanto a gente vai a pé para o batente. Ah, não é mole. E os manifestos? Toda semana querem que você assine um manifesto. Vem um pedindo a sua assinatura num protesto para não se entregar o nosso amado Brasil ao imperialismo ianque e logo vem outro em defesa da família cristã para não se transformar a pátria brasileira numa segunda Cuba nas garras do comunismo ateu e assassino. E uns dizem que já tem soviete com Julião e Arraes em Pernambuco e outros que o Lacerda na Guanabara quer ser o De Gaulle do Brasil – não se entende mais nada.

E a inflação? Aliás tenho evitado comentar a inflação. Porque então terei que lhe explicar os assuntos do dinheiro, e logo você me volta que, por falar em dinheiro, precisa, agora, dos seus dez contos de réis...

(Rio, 11.5.1963)

DUAS HISTÓRIAS PARA O FLÁVIO
(AMBAS DE ONÇA)

Esta é a primeira:

Morava na serra do Estevão um velho por nome Luiz Gonçalves, caçador e famoso matador de onças. Fazendo as contas, dizia que só de onça-tigre já matara onze, das pixunas vinte e seis, das pintadas quarenta; maçaroca, suçuarana, onça-vermelha nem contava – para ele já nem era onça, era gato.

Não guardava os couros em casa porque era pobre e vivia de vender as peles do que caçava. Mas a cada onça morta tirava alguns dentes e já tinha um saco cheio deles; e entre esses se achavam os dentes de uma tigre velha que ele fora matar no Piauí, e até pareciam dentes de lobisomem de tão grandes e amarelos.

Mestre Luiz queria bem a duas coisas no mundo: à sua espingarda Lazarina que nunca lhe fizera uma vergonha e ao seu filho Luizinho, agora com quinze anos, e que o pai andava ensinando nas artes de caçador.

Luizinho já sabia rastrear uma caça quase tão bem quanto o velho, já chumbava uma marreca no voo e até já matara de chuço o seu gato maracajá. Era um menino calado e tanto tinha o pai de pábulo quanto ele de sonso. Nas histórias de caçador, só o pai falava e contava vantagem,

Luizinho não ajudava em nada; ficava num tamborete, a um canto, e se contentava em sorrir encabulado, muito vermelho, quando alguém o metia na conversa e pedia confirmação de alguma façanha mais mirabolante. Mesmo porque nem precisava falar. Se mestre Luiz se gabava pelos dois, dizia que o menino já dava parte de tanta coragem que ele, que era pai, se assombrava, não fosse aquele frangote fazer alguma arte!

Razão por que ainda não deixava o Luizinho ir caçar só, pois menino atrevido como aquele – vou dizer – pode ser que se encontre parecido mas igual nunca.

Ora um dia mestre Luiz recebeu recado do Coronel Zé Marinho do Barro Vermelho para que fosse matar uma pintada que lhe andava comendo os carneiros e até mesmo se atrevera a sangrar um bezerro no pátio da fazenda. A gata parece que tinha furna naqueles serrotes de perto, porque o rastro que deixava ia limpo e grande até se sumir quando encontrava pedra. A bicha era tão ladina que, se ficava na pedra sinal de sangue dos bichos que arrastava, ela achava jeito de apagar – talvez lambendo; o certo é que até então ninguém lhe localizara a furna.

Ninguém – até chegar mestre Luiz. Porque assim que a noite fechou ele amarrou um cabrito mesmo no pé do serrote onde maldava mais que a pintada morasse, e ficou na espera junto com o Luizinho e o cachorro onceiro.

Pelas dez da noite a onça urrou lá em cima. Desceu depois, chegou-se ao cabrito e, ou porque desconfiasse, ou porque estivesse de barriga cheia, abanou o rabo, deu meia-volta e tornou a subir.

O caçador é que não precisava de mais nada. Do seu esconderijo acompanhou os movimentos da onça, esperou que ela saísse e levou o cachorro para tomar faro no rastro. Guiado pelo cão, foi subindo a pedra, sem engano, dando volta, contornando cada despenhadeiro que dava vertigem, subindo e descendo até que, com uma hora de escalar serrote, deu de repente com a entrada da furna.

O cachorro pôs-se a gemer, ansioso, e lá de dentro o esturro da bicha acuada foi respondendo. Mestre Luiz preparou a forquilha, o chuço, a faca. Mas quando se voltou para chamar o Luizinho, viu que o menino apavorado se encolhia num desvão de pedra, amarelo de medo.

Aí deu no velho uma raiva danada e ele resolveu ensinar o filho de uma vez por todas. Chamou de manso:

– Vem cá Luiz, não tem medo, quem vai matar a onça sou eu.

Depois de muito rogo o menino se chegou, tremendo. O velho de supetão jogou as armas na boca da furna, e com um pescoção empurrou para dentro o Luizinho. Pegou num pedaço de laje, tapou a entrada da lapa, e gritou para o rapaz:

– Filho meu não tem medo de onça, seu mal-ensinado! Vou voltar pra minha rede na espera, e não me apareça de volta sem levar o couro da pintada!

Realmente, ao raiar do dia Luizinho apareceu. No ombro trazia as armas, no chão arrastava o couro da onça. Tinha a cara tão lanhada das unhas da fera que quase não se lhe via feição. A roupa virara molambo, o chapéu se perdera. Quando ele viu o pai, foi levantando a mão para tomar a bênção. Mas no meio se arrependeu.

– A bênção não senhor, que eu nunca mais lhe tomo a bênção. Bênção se toma a pai, e quem tranca o filho numa furna com uma onça não é pai, é carrasco! Taí o couro da pintada. E o senhor arranje outro, porque nunca mais me verá.

Dito isso rebolou o couro nos pés do velho, deu meia-volta e saiu correndo, sem nem ao menos olhar pra trás.

Desse dia em diante nunca mais o viram. Depois chegou história que tinha virado cangaceiro e se metera num bando da Serra Talhada. Mas nunca se soube ao certo.

*

A outra história se deu no Amazonas. O sujeito me contou que tinha saído de madrugada na sua estrada de seringa. Não sabe como, se distraiu, deixou a vereda batida; quando deu em si estava perdido na mata.

Rodou, rodou, até que topou com um pau tão grosso que quatro homens de mãos dadas não o abarcavam. E acontecia que esse pau tinha um oco bem no meio, cavado a modo de um pilão – sendo porém que o tal pilão tinha umas duas braças de fundo por uma braça de largo. E por uma fenda que mostrava o interior do oco ele viu que uma onça ali agasalhara a ninhada e dois filhotes roncavam e buliam lá dentro.

A onça não estava no ninho; e o homem, deu-lhe uma grande vontade de apanhar os gatinhos e os levar para criar. Com muita dificuldade subiu no pau, se agarrando num cipó e foi descendo pelo meio do oco, em procura dos gatos. Mas a meio caminho o cipó rebentou, e ele caiu em cheio dentro da cova da onça.

Então é que foi o diabo. Porque o oco era liso sem falha e ele não via jeito de se safar do buraco. Tentou que sangrou os dedos, deu pulos de doido e só o que conseguiu foi cair por cima de um dos gatos que lhe enfiou os dentes no calcanhar. Acabou o infeliz se sentando no chão, chorando de raiva, no meio da caatinga de carniça.

E o pior não era isso, o pior foi mesmo quando a onça velha apareceu, farejou pela fenda e veio ver o que lhe acontecera aos filhos.

De um salto a fera subiu no pau, e de lá de cima veio, baixando, mas de costas, primeiro o rabo, depois os quartos, enquanto ia se agarrando com as unhas para amortecer a descida. E aí o homem, que já encomendara a alma a Deus, teve de repente uma ideia.

Estendeu a mão e quando o rabo da onça chegou ao seu alcance agarrou-se a ele, dando um berro com toda a força do peito:

– ONÇA!!!

Assombrada com o berro, sentindo-se presa, a onça armou o pulo e atirou-se para cima. E com ela subiu o camarada, só lhe soltando o rabo quando tocou com os pés no chão. A onça sumiu no mato, como um corisco. E o homem se benzeu, fechou os olhos. E assim mesmo com os olhos fechados, mas correndo como um desesperado, nem sabe como deu com o terreiro de casa.

(Não me Deixes, 9.6.1962)

NADA É SAGRADO

A mocinha cheia de candor juvenil descreve o encontro que teve com o seu escritor predileto: de tão emocionada quase perde a voz e a mão lhe tremia ao apertar aquela mão privilegiada...

Privilegiado. Sim, provavelmente o próprio grande escritor, embora não sendo um fátuo, participa da opinião da moça e não se considera um mortal comum. Todo artista, quando não erige a si próprio um pedestal, pelo menos se isola, sem querer mistura com a demais raça de homens, de quem não se considera um igual. É alguém diferente, é alguém marcado, com direitos mais amplos. Sente-se um príncipe mesmo quando ande roto e com fome, mesmo quando não saiba sequer o nome de pai e mãe. Sabe que a sua senhoria não lhe vem do berço nem de nenhum sinal visível – vem dessa coisa intrínseca que ele tem dentro do peito e se revela num toque de sino de prata e lhe guia a mão e lhe inspira a língua.

*

A mão do padre levantava a hóstia no momento da consagração. Por baixo da foto a legenda dizia: "Missa na Candelária celebrada pelo Cardeal Leme". Ou seria o Cardeal Arcoverde? Faz muito tempo, sei que eu era menina e o que me impressionou não foi o nome do cardeal celebrante. Chocou-me a audácia do repórter; imagine fazer chapa naquela hora sagrada e quase temível, quando todo o mundo de joelhos curvava a cabeça, batia no peito e baixava a vista para o chão em reverência ao Santíssimo. No colégio se contava que um homem ficara cego só por fitar atrevidamente a hóstia consagrada, e quando acaba aquele homem do jornal não apenas olhava, mas tirava retrato!

E até hoje essa impressão de meninice a me dizer que o ofício se alimenta de tudo, inclusive o sacrilégio, não mudou essencialmente. O homem que vive do favor público exibe tudo que pode, até os seus segredos mais íntimos, até suas lembranças ditas mais sagradas. Sagradas? Ora, para ele nada é sagrado. Tudo é assunto, notícia, tema de história, material de trabalho.

Olha aquele romancista que assiste em prantos ao enterro do irmão predileto. Com um olho ele chora, mas com o outro espia o risco da morte na face descorada, o grotesco dos ritos fúnebres, a pancada da terra a bater nas tábuas do esquife, o ar de chuva no céu, o pó de arroz manchado de lágrimas no rosto da viúva. Espia e anota mentalmente e, não tarda, aparecerá um conto ou novela onde se mostre um defunto, uma tarde no cemitério num ar brusco de chuva e uma viúva a chorar.

Ele, por isso, diz que é *sincero* e as gentes, os leitores, lhe batem palmas pela sinceridade. E então aquela sinceridade votada ao aplauso (ou filha de uma irrefreável necessidade de exibir-se?) cada dia mostra mais, ignora qualquer limite. Alega que o público *quer ver tudo e saber tudo*. E o homem que escreve vai-se despindo até o último pano, igual à rapariga do *striptease* que pouco a pouco arranca a roupa do corpo bonito.

Mas no caso dele a roupa não chega – o homem parece que ainda é mais exigente que a plateia dos espetáculos de nu artístico: ele então abre a arca do peito e mostra o coração batendo, rasga a barriga e exibe as entranhas. Mostra-se a qualquer hora do dia ou da noite, dormindo e acordado, rezando e pecando, chorando, comendo – até na hora do amor, até na hora do parto – se o escritor é mulher.

Em busca dessa sinceridade, Jean-Jacques Rousseau não se peja de contar que obrigava a pobre Teresa a enjeitar os filhos dele na roda dos expostos. Dostoiévski esmiúça até à exaustão os seus espasmos de epiléptico, a terrível embriaguez do seu vício incurável, o jogo. Gide expõe, perversamente, as nuanças mais íntimas do seu desvio e, achando pouco, não nos poupa sequer o espetáculo de frustração e ressentimento que é a vida da pobre Emmanuelle. O'Neill, esse arrasta a família toda para a ribalta – literalmente a ribalta –, a mãe morfinômana, os irmãos e o pai alcoólatra.

E não se diga que eles foram grandes *a despeito* disso. Não, eles se chamam grandes precisamente *por causa* disso.

Os mais pudicos, se se pode aplicar a ideia de pudor a quem vive de tal ofício, os mais pudicos contentam-se em não aparecer na primeira pessoa e transferem a um personagem supostamente imaginário aquilo que eles não têm coragem de contar de si próprios. Mas o artifício é transparente, jamais engana o leitor curioso. E nem falta o grande exército de críticos, comentadores e biográfos, para esmiuçar o leve disfarce e suprir a palavra não dita ou interpretar a imagem velada.

E para onde vai tudo isso? As confissões mais doidas, as saudades, os remorsos, os desgostos, o erros, as horas negras e, muitas vezes, os crimes? Vai para um altar, para um ouvido amigo, um coração confidente? Não, queridos, vai para um balcão. Vai ser vendido, feito papel impresso – jornal, revista, livro, bilhete de teatro. Antigamente chegava a ser retalhado por cinco tostões – e menos, pois havia jornais de dois tostões. Hoje subiu de preço mas ainda é barato, baratíssimo.

E assim mesmo baratíssimo, muita vez fica a se estorcer nas vitrinas e a se esganiçar nos palcos, sem achar quem compre.

(s.d.)

TERRA

Chegam os amigos de visita pelo sertão e nos seus olhos leio o espanto, e quando não é espanto pelo menos é estranheza: que é que nos prenderá nesta secura e nesta rusticidade? Ou, nos meses que precedem a secura, os excessos dos invernos nordestinos, as águas torrenciais, os caminhos desfeitos, as várzeas alagadas, qualquer comunicação interrompida.

Tudo tão pobre. Tudo tão longe do conforto e da civilização, da boa cidade com as suas pompas e as suas obras. Aqui, a gente tem apenas o mínimo e até esse mínimo é chorado.

Nem paisagem tem, no sentido tradicional de paisagem. Agora, por exemplo, fins-d'águas e começos de agosto, o mato já está todo zarolho. E o que não é zarolho é porque já secou. Folha que resta é vermelha, caíram as últimas flores das catingueiras e dos paus-d'arco, e não haveria mais flor nenhuma não fossem as campânulas das salsas, roxas e rasteiras.

No horizonte largo tudo vai ficando entre sépia e cinza, salvo as manchas verdes, aqui e além, dos velhos juazeiros ou das novatas algarobas. E os serrotes de pedra do Quixadá também trazem a sua nota colorida; até mesmo quando o sol bate neles de chapa, tira faíscas de arco-íris.

E a água, a própria água, não dá a impressão de fresca: nos pratos-d'água espelhantes ela tem reflexos de aço, que dói nos olhos.

A casa fica num alto lavado de ventos. Casa tão rústica, austera como um convento pobre, as paredes caiadas, os ladrilhos vermelhos, o soalho areado. As instalações rudimentares, a lenha a queimar no fogão, a água de beber a refrescar nos potes. O encanamento novo é um anacronismo, a geladeira entre os móveis primitivos de cumaru parece sentir-se mal.

Não tem jardim; as zínias e os manjericões, que levantavam um muro colorido ao pé dos estacotes, estão ressequidos como ramos bentos guardados num baú. Também não tem pomar, fora os coqueiros e as bananeiras do baixio.

Não tem nada dos encantos tradicionais do campo, como os conhecemos pelo mundo além. Nem sebes floridas, nem regatos arrulhantes, nem sombrios frescos de bosque – só se a gente der para chamar a caatinga de bosque.

Não, aqui não há por onde tentar a velha comparação, a clássica comparação dos encantos do campo aos encantos da cidade. Aqui não há encantos. Pode-se afirmar com segurança que isto por aqui não chega sequer a ser campo. É apenas sertão e caatinga. As delgadas, escuras cercas de pau a pique cavalgando as lombadas, o horizonte redondo e desnudo, o vento nordeste varrendo os ariscos.

*

Comparo este mistério do Nordeste ao mistério de Israel. Aquela terra árida, aquelas águas mornas, aqueles pedregulhos, aqueles cardos, aquelas oliveiras de parca folhagem empoeirada – por que tanta luta por ela, milênios de amor, de guerra e saudade?

Por que tanto suor e carinho no cultivo daquele chão que aparentemente só dá pedra, espinho e garrancho?

Não sei. Mistério é assim: está aí e ninguém sabe. Talvez a gente se sinta mais puros, mais nus, mais lavados. E depois a gente sonha. Naquele cabeço limpo vou plantar uma árvore enorme. Naquelas duas ombreiras a cavaleiro da grota dá para fazer um açudinho. No pé da parede caberão uns coqueiros e no choro da revência, quem sabe, há de dar umas leiras de melancia. Terei melancias em novembro.

Quem tem melancia em qualquer mês e não sabe de onde elas vêm, compreenderá acaso este simples milagre – melancias em novembro?

Aqui tudo é diferente. Você vê falar em ovelhas – e evoca prados relvosos, os brancos carneirinhos redondos de lã. Mas as nossas ovelhas se confundem com as cabras e têm o pelo vermelho e curto de cachorro-do-mato; verdade que os cordeirinhos são lindos.

E ainda não se falou no povo. Que não tem celeiros nem gordos rebanhos; só o parco feijão e as mãos de milho seco para virar o ano, no quarto do paiol, e os magros bodes, que é este o país dos bodes.

Há um prazer áspero na permanente descoberta de quanto supérfluo a gente se sobrecarrega e de como é fácil a gente se despojar dele. É como tirar uma casca suja. Ou uma pele velha, seca, engelhada.

Viver no dia a dia, sem conhecer ambição – mesmo porque não há o que se querer.

Tudo tão longe. Tão longe as solicitações. Por isso falei em pureza. Nem anúncios oferecendo, nem oportunidades de tentação. A pobreza é uma garantia. Falem em bezerro de ouro aqui, ninguém entende. Todo o ouro que se possui mal dá para os brincos levíssimos que as moças compram nas feiras; nem para um dente de ouro dá.

*

Sim, só comparo o Nordeste à Terra Santa. Homens magros, tostados, ascéticos. A carne de bode, o queijo duro, a fruta de lavra seca, o grão cozido n'água e sal. Um poço, uma lagoa é como um sol líquido, em torno do qual gravitam as plantas, os homens e os bichos. Pequenas ilhas d'água cercadas de terra por todos os lados e em redor dessas ilhas a vida se concentra.

O mais é a paz, o sol, o mormaço.

(Não me Deixes, 17.8.1963)

O MENINO E O *CARAVELLE*

Os olhos do menino pareciam duas estrelas: *Caravelle*! Para ele é uma palavra mágica, a era do jato depois da era da hélice. Do jeito que ele fala, parece que avião a hélice é coisa tão obsoleta como carro de boi. Nos tipos obsoletos ele já viajou outrora – precisamente no ano passado. Agora sobe a escada, penetra na nave com emoção inaugural – ele que só estava acostumado a lhe seguir com a vista as linhas paralelas de fumaça, riscando o céu.

Exigiu que nos sentássemos logo no primeiro par de poltronas; era talvez para se sentir mais perto do próprio coração da nave (coração ou cabeça?), o santuário misterioso dos pilotos. Afivelou cuidadosa e lentamente o cinto de segurança, como um ritual. Defronte a nós a aeromoça se sentou no seu banquinho e ela também afivelou o seu próprio cinto. Vestia uniforme vermelho de bolero e o menino, com o olho estendido que lhe dá a TV para esses assuntos, perguntou baixinho:

– Isso é roupa de desfilar?

Não, esqueço. Antes de apertar o seu cinto para a decolagem, a aeromoça veio oferecer ao jovem passageiro a cestinha das balas. E precisamente esse episódio marcou o início de uma bela amizade, porque ele, indeciso, tocava as balas com as pontas dos dedos, sem saber qual seria a melhor naquela variedade e a moça lhe murmurou:

– As azuis.

E no que ele, cerimonioso, tirava só uma bala, a moça catou rapidamente no cesto uma meia dúzia – todas azuis – enchendo-lhe a mão.

Depois, como já contei, ela sentou-se defronte, no banquinho que lhe é reservado, prendeu o cinto e o menino reajustou o seu, copiando-lhe os gestos.

E aí foi a emoção da decolagem: o avião corria na pista e a todo momento o menino indagava:

– Já está voando? Já está voando?

A aeromoça lhe ensinou um segredo:

– Quando voar você *sente* que fica mais leve, despregado do chão.

Mas, na concentração para sentir-se mais leve, ele fechou os olhos e, quando os abriu, já voava alto, as casas lá embaixo começavam a ficar pequeninas. E ele a reclamar por não ter sentido nada, quando de repente veio um choque novo:

– Uma nuvem, vamos bater numa nuvem!

Ele prendia a respiração enquanto o avião penetrava nuvem adentro e se envolvia em névoas esgarçadas. O menino soltou o fôlego numa surpresa deslumbrada:

– Pensei que nuvem era gelo puro, durinho, e que o avião ia rebentar tudo. Mas nuvem parece mesmo algodão de açúcar!

Aí se escutou uma voz no alto-falante. Prevenia que voávamos a 12 mil metros de altitude, em velocidade de cruzeiro de 850 quilômetros por hora, e que a temperatura lá fora era de uns 20 graus abaixo de zero... Esses miraculosos dados técnicos quase esgotam a capacidade admirativa do menino. Qualquer daquelas informações, vindo isolada, já seria pretexto para profundas cogitações e infinitas perguntas. Vindas assim em massa só um cérebro eletrônico para destrinçar tudo! Bem, botando os dados em ordem:

– Doze mil metros eu sei, são 12 quilômetros... Quer dizer que estamos mais ou menos na distância que vai da cidade a Ipanema... quantas léguas são 12 quilômetros? Ah, duas? Imagine, estamos a duas léguas de altura! E a velocidade – 850 quilômetros por hora... vamos ver... o carrinho lá de casa quando corre feito um doido, não passa do cem... 850 é quantas vezes cem? Oito vezes e meia? Então eu neste jato estou correndo como se fossem oito carros e meio de uma vez na velocidade de cem quilômetros por hora... Puxa vida! Agora a temperatura? Com quantos graus vira gelo? Zero grau? Então vinte graus abaixo – uai, por que é que não está tudo aqui virado gelo, como no congelador da geladeira? Ah, aquecimento... Eles soltam umas baforadas quentes do motor dos jatos... que pena, eu gostava de ver era tudo gelado!

Mesinha para o lanche.

– Por que é que lá em casa não se compra uma mesinha destas de enfiar na poltrona? Assim não dava trabalho de arrumar a mesa grande e a gente comia feito em avião – e para ver televisão era bárbaro!

Aperitivo? Tem grapete? Sanduichinho de presunto com palito prateado – legal às pampas!

E aí chegou a Bahia. O dia é de sol, o asfalto do aeroporto é um convite. E depois o alto-falante chama e de novo se terá que subir por aquela escada de rodas, e receber os cumprimentos dos comissários e apertar os cintos, e decolar, e desta vez ele vai *sentir mesmo* quando o avião despegar do chão.

E novamente as mesinhas e agora o almoço. O avião desliza sobre um colchão de nuvens tão acamadas e branquinhas que parecem um ninho. Mas um ninho do tamanho do mundo! Bandeja de almoço, comida de gente grande e comida de criança – e o que é para ser quente vem quente e o que é para ser frio vem gelado mesmo! Entre as coisas que o menino mais aprecia estão os dois canudinhos de sal e pimenta e o estojinho do palito. E ele explica, muito grave, que o palito vem escondido porque palito não é elegante.

À descida no Recife se renovam os prazeres da Bahia, com o acréscimo dos murais de Lula Cardoso Ayres que exigem acurado estudo e inesgotáveis perguntas. Felizmente interrompidas pelo chamado de embarque – e a escada, o cinto, o apito fino do jato, a decolagem, o discursinho do comandante, música e mais lanche!

– Acho que dão tanta comida é para distrair as pessoas mais velhas *que ainda têm medo de voar*...

Por fim o alto-falante anuncia que estamos sobrevoando a cidade de Fortaleza. O avião trepida (naquele deslizar de cisne a gente já esquecera que avião *antigamente* trepidava) mas lá vem a voz do comandante a explicar que a trepidação é devida ao emprego dos freios aerodinâmicos. O vocabulário do menino entesoura a nova aquisição: freio *aerodinâmico*. E ele fica rolando a palavra na boca como um doce.

Afinal o avião toca o solo... uma vez, outra... como andorinha que pousa e levanta os pés, experimentando.

Já se pode desafivelar o cinto. Já se pode apanhar a frasqueira debaixo do banco, os casacos na rede. O comissário realiza aquela fascinante manobra de abrir a porta – igualzinha a uma porta de astronave. A luz do sol invade o avião. A aeromoça calçou as luvas e o menino a cumprimenta solenemente. Suspira:

– Nunca mais vou me esquecer deste avião!

E se encaminha para a escada, o primeiro passageiro a descer, a enfrentar a aventura nova que será a descoberta da cidade.

(Ceará, 9.9.1967)

VERÃO

Todo nordestino fica danado da vida quando pessoas a que ele dá importância vêm conhecer a sua terra nos meses de verão. Não é que ele não goste do verão. O verão, para o nativo, é tempo muito agradável, sem chuvas nem atoleiros, o campo aberto multiplicado em caminhos, o leito dos maiores rios vadeáveis a pé enxuto, convidando ao nomadismo que ainda está tão perto de nós, já que nós mesmos ainda estamos tão perto do índio andejo.

E no verão não há moscas, nem mosquitos, nem mutucas, nem muriçocas, nem friagem, nem frieiras, nem dor-d'olhos, nem papocas roxas, nem defluxos, nem reumatismo.

Nem trabalho. Porque em pleno verão, acabada a colheita do feijão e do algodão, virado o milho; quando ainda não se começaram os remontes de cercas, a broca e a coivara dos roçados novos, há um período intermediário em que, literalmente, não se faz nada. Lá alguma desmancha de farinha, que é mais uma festa que um serviço. Ou moagem, nas raras fazendas onde há sítio de cana. O mais são os sambas, os forrós, as cantorias, as viagens de recreio, o passar uns dias em casa de parentes distantes, as romarias em pagamento de promessas a Canindé ou ao Juazeiro. As novenas, os festejos dos santos, com barriquinha, leilão e foguete. E sanfona muita.

Mas tudo isso em família, não para estranho ver. Estranho chega e logo vai estranhando, como é natural. Aos olhos deles o sertão está horrível, seco, cinzento, sem folha verde à vista, a caatinga virada numa floresta de garranchos. O gado fica magreirão, é claro, pois só come capim seco e o resto da palha do legume nas capoeiras. Os açudes baixam, os rios deixam de correr, as águas não são tão cristalinas, muita gente se abastece nas grosseiras cacimbas que são apenas grandes buracos rústicos cavados na areia, sem paredes de alvenaria, ou quaisquer obras de arte. Tudo improvisado e perecível – tudo provisório, como o próprio verão.

Provisório. É essa a palavra que os estranhos não entendem. Que a secura, a falta do verde, as águas baixas, tudo é provisório e salutar.

E por mim confesso que tinha o maior acanhamento em mostrar o sertão na quadra seca ao pessoal da Bahia pra baixo. Só depois que conheci a nudez de outono e inverno em outras latitudes foi que perdi a cerimônia. Esse negócio de mata tropical, permanentemente verde e úmida, é coisa de subdesenvolvido, que não conhece as alternativas das estações; para eles é sempre uma coisa só. Mas nas terras civilizadas da Europa e Norte-América, o ritmo é semelhante ao nosso, no Nordeste. Folha nasce e folha cai no tempo certo, e ninguém na Alemanha ou na Escócia se lembraria de ter vergonha de mostrar aos de fora a nudez das árvores ou a grama queimada e morta. Aliás, foi só isso que vi nos famosos campos da Inglaterra – os relvados secos, o arvoredo nu.

Era fim de outono. Também no Vermont, nos Estados Unidos, em novembro, meu Deus, não fosse o testemunho das estrelas no céu, tão diversas, e o povo todo falando inglês, e a comida inconfundível, a gente podia jurar que aquele novembro era em pleno sertão do Quixeramobim. O chão cinzento, a mata rala desfolhada, os bichos comendo capim seco, as águas escassas depois dos calores do verão. A terra como adormecida, esperando o despertar para desabrochar. Tal e qual como nós. A única diferença era a espera da neve e do frio – e nisso nós levamos vantagem, pois ninguém pode comparar o conforto da ventilação marinha que nos banha a terra toda, o sol claríssimo, os lindos luares, as noites frescas, as madrugadas esplendorosas, com o frio e a umidade e a neve nos telhados e o gelo no chão, e tudo trancafiado a tiritar, procurando aquecimento.

Mas vem aqui algum carioca, ou paulista, ou goiano, na quadra estival, para nós tão propícia e logo exclama:

– Que horror! Como se pode viver assim? Coitada dessa gente! Cadê os retirantes?

Não sabem que retirante é assunto de seca, e verão não é seca. Não sabem que é por causa do verão que nós praticamente não conhecemos moléstias, não sabemos o que é impaludismo, bouba, mal de chagas, febre amarela, aqui não dá berne no gado, e, se aparece alguma aftosa ou raiva, é sempre trazida de longe.

Mas não adianta explicar, que eles não entendem. Veem um rio seco; não pensam que é uma ocorrência sazonal, regular, se espantam, acham que houve calamidade. O rio secou!

Não sabem que nos calores do verão a terra dorme e os homens folgam. Pra depois rebentarem em flor e fruto, com as águas novas.

(Ceará, 7.7.1971)

AI, AMAZONAS

Um nordestino que subia conosco o Amazonas olhava a imensidão do rio alagando a terra plana a caminho de se perder no mar, e deu um suspiro sentido:

– Ah, se a gente pudesse tirar uma levada desta água e ir com ela até ao Rio Grande do Norte!

Não sei se pelo resto do Brasil *levada* tem o mesmo sentido. Para nós, quer dizer o rego-d'água da irrigação. Realmente, se a gente pudesse encaminhar uma levada com um pouco do excesso daquelas águas até às nossas terras secas!

Mas só um pouco. Porque, pelo menos a nós, o efeito que nos causa a visão daquele sem-fim de águas é principalmente o medo. Espanto, igualmente, porém o medo é maior que o espanto. Ali, sente-se que toda a vida é a água, mas também a água é toda a morte. Tudo vem da água do rio – o alimento, o transporte, a fartura vegetal das margens, a bebida, a fácil limpeza do corpo; e do rio vêm as doenças, a tremura e a febre, a umidade, a lama; do rio parte a rede dos furos recortando a mata, as águas paradas e malsãs dos igapós. No rio, ou à margem do rio, vivem as feras perigosas. Os homens conseguem sobreviver ali, mas sempre de sobreaviso, permanentemente sitiados por milhares de inimigos. As casas de madeira e palha, leves como gaiolas, são erguidas em jiraus de dois metros de altura, por temor das águas que sobem. Ali não se anda a pé como é o natural do homem, senão praticamente no quintal de casa. Qualquer percurso maior é uma travessia e se faz na pequena embarcação que é um traste mais indispensável à família do que o fogão. Nos tempos de dantes, os paroaras chamavam de *montarias* a essas canoas domésticas; hoje não sei se ainda se chamam assim.

O povo é cristão, de longe em longe se levanta uma capela, mas se dirá que o deus dali é o rio, o pai de tudo. Ou pelo menos será o rio o Olimpo amazônico, porque lá nas águas é que moram todas as entidades fabulosas, a cobra-grande, os botos encantados, as iaras, os caboclos-d'água que pastoram as piracemas de peixe. Mas são divindades familiares, quase todas benéficas, algumas graciosas; as divindades do terror são as da floresta, curupiras e onças que riem, e caiporas, ah, ninguém sabe quantas, sendo que o inimigo pior de todos é a floresta propriamente.

O fato é que o homem amazônico é, a bem dizer, um animal aquático. Nasce por cima d'água na sua casa de palafitas, cria-se sobre a água, come da água, vive literalmente da água, e nem sempre quando morre escapa da água, mesmo que não morra afogado. Tive um exemplo disso num daqueles estreitos em que o grande navio passa tão perto da mata que, no convés, quase se toca na folhagem com as mãos. A certa altura avistou-se um pequeno cemitério, a cavaleiro da barranca. Fora defendido por uma cerca forte e, naturalmente, cada morto ganhara a sua cruz de madeira. Mas isso, antes da enchente. Porque a enchente veio, derrubou a cerca, arrancou as cruzes, e carregou consigo os defuntos plantados mais rasos. Nem morto escapa do rio. Hoje, dizem, o lugar é mal-assombrado.

Ah, o mistério amazônico. A gente anda por lá, dias e dias, pensando que o enfrenta e na verdade mal o roça. Aprende uns nomes, navega sobre as águas largas, vê e conversa com os caboclos de fala doce e face de índio.

Da floresta só se enxergam os troncos na barranca e as altas copas, além; e os partidos de palmeiras, as castanheiras de folha escura, aquela espécie de mangue que parece plantada de propósito e não sei como se chama. E os troncos navegando o rio como jangadas vivas. E na cidade um peixe-boi cativo, uns pequenos jacarés; no mercado o estendal de peixes, alguns maiores que um homem, outros pequenos e lindos como uma mão de prata. E o céu perto e forte, vidrento, duro, que o sol do meio-dia transforma em massa de luz violenta, mas que de repente se dissolve em chuva, que cai aos jorros.

Por toda a parte, água; barrenta no rio-mar, dum sépia transparente no Tapajós, dum preto de vidro esfumado no rio Negro. E os horizontes. Fora do mar, nunca vi tanto horizonte. Decerto para compensar da floresta, onde horizonte nenhum existe, só a abóbada vegetal sufocando os viventes.

(Manaus, 7.6.1972)

MAPINGUARI

Noite de lua, no terreiro, os homens procuram se esquecer do assunto eterno que é a falta da chuva e recordam histórias do Amazonas.

Recordam é modo de dizer: desses todos que estão aí nenhum foi do tempo em que se ia para o Amazonas, e o que sabem ouviram de pais e avós. Contam os casos clássicos de boto e curupira, e hoje saiu em cena um bicho pouco falado, o mapinguari.

Bicho não, que o mapinguari tem a figura de um caboclo gigante, três metros de altura, pés espalhados e braços enormes. Anda nu, o corpo azeitão e pelado é liso, sem o menor arranhão de mato. Cabelo só tem na cabeça, curto e ruivo, deixando à vista as orelhas pontudas.

Mapinguari só come coisa viva. O gosto dele é morder na carne quente e sentir o sangue esguichar. Come guariba e outros macacos que apanha nas árvores, com muita fome, é capaz de se agachar à beira d'água tentando pegar algum peixe de couro; de escama não gosta. Mas a comida predileta do mapinguari é mesmo gente e, só quando lhe falta carne de homem, come a dos bichos. Quando caça, imita pio de pássaro e voz humana; mas só sabe dar uma fala fininha, esquisita, que mal engana à distância.

Pois um dia saíram para o mato dois seringueiros, e um deles se chamava Luís. Pouco além se separaram, tomando cada um a sua estrada de trabalho. Mas não estavam afastados, tanto que um ouvia a machadinha do outro a abrir o corte do leite na seringueira. Passou-se um tempo, e o que não se chamava Luís reparou que já não escutava a batida do companheiro. Prestou atenção – nada. Por um momento, teve a impressão de que ouvia a pisada de bicho grande quebrando o mato, mas devagar, cuidadoso. Teve medo e gritou: "Luís!"

E como se viesse de longe, uma vozinha fina respondeu: "Luíííííís!"

Ai, por que tão fina a voz de Luís? E por que dizia *Luís* em resposta, se ele que chamara não se chamava Luís? Assustado, insistiu: "Luís!" E de novo o gritinho, como um eco: "Luís! Luíííííís!"

O caboclo aí compreendeu que era o mapinguari imitando a sua voz. Não quis saber mais de nada e, morrendo de medo, meteu-se pelo mato, trepou numa árvore alta e se escondeu entre os galhos.

Foi em tempo. Porque lá vinha o mapinguari pela vereda, vagaroso, olhando de um lado para o outro, caçando. Caçando a ele! Debaixo do braço o bruto trazia o pobre do Luís e, de vez em quando, baixava a boca sobre o desgraçado e lhe arrancava uma dentada, um naco da cara, a orelha, uma lasca do peito. Mas entre um mastigo e outro o mapinguari continuava a caçada – parava, escutava e soltava o seu gritinho: "Luíííííís!"

Afinal desistiu, deu nova dentada no Luís, que ainda estrebuchava, e se afundou na mata. O outro esperou muitas horas, encolhido lá em cima, até o sol do meio-dia ficar bem alto; então escorregou da árvore e saiu correndo em procura de casa.

(Ceará, 21.6.1972)

OS SOBRENOMES

O nome de batismo, pai e mãe escolhem tirando de livro, de artista, de celebridade ou da folhinha. Mas sobrenome a gente herda dos antepassados. Seria curioso se se pudesse descobrir como esses nomes se fixaram, o que significam. A maioria, claro, veio de apelidos; no sertão está ainda em curso a transformação de alcunha em sobrenome (Luís Ferreiro, João Zanolho, Maria Boleira), como a formação dos patronímicos: Zé Cirilo, Mané Rosa, Chico Júlio são os filhos de Cirilo, Rosa e Júlio. Aliás essa dos patronímicos é a base de inúmeros sobrenomes que trouxemos de Portugal: Rodrigues filho de Rodrigo, Fernandes de Fernão, Peres de Pero, Mendes de Mem ou Mendo, Sanches de Sancho, Alvarez de Álvaro, e daí por diante.

Há, porém, entre os muito usados, os que não fazem mais sentido nenhum, não têm tradução inteligível atualmente: Queiroz, Peixoto, Macedo, Fonseca, Alencar (que Pedro Nava diz vir do árabe), Andrade etc.

Entre os nomes de árvores (que alguns pretendem foram os adotados preferencialmente pelos cristãos-novos), nota-se a particularidade de que só algumas árvores vindas do Velho Mundo são as escolhidas: – Carvalho, Pereira, Pinheiro, Silveira (ou Silva); já bananeira, aroeira, abacateiro, por serem árvores do Novo Mundo, não têm tempo nem tradição para se transformarem em genealógicas.

Os bichos são aqueles onde reina a mais singular discriminação. Nome de bovino, por exemplo, usa-se só o Bezerra; bezerro masculino, vitelo/a, boi, vaca, touro, ninguém usa. Carneiro e Cordeiro há aos milhares; mas ovelha, borrego, não. Dos suínos tirou-se o Leitão, mas jamais o porco. Da capoeira saem Pinto, Galo, Pato, Coelho: mas galinha e peru, não. Tem Leão mas não tem leoa; poucos Tigres e Camelos: inúmeros Lobos, Falcão. Mas hiena, chacal, crocodilo, píton, abutre, não tem, e todos são do Velho Mundo e não novidades americanas. Dir-se-á que é porque se trata de bichos traiçoeiros, peçonhentos ou repugnantes. Mas então por que ninguém usa a inocente girafa, o belo leopardo, o majestoso elefante, a imperial águia? São comuns Rato, Barata, nossos inimigos. Porém os dois maiores amigos do homem, o cão e o cavalo, não têm vez.

Muitos usam o nome de um país como apelido: França, Portugal, Holanda, Brasil. Mas não tem Inglaterra, Alemanha, Noruega etc. Por quê? Embora alguns dos seus gentílicos apareçam; lembro Inglês de Souza, Freire Alemão, Ferreira Francês. Os profissionais deveriam ser muitos, mas são poucos – Monteiro, Lavrador; e Ferreiro, que, curiosamente, só existe no feminino: Ferreira.

Das províncias brasileiras só dão sobrenome Amazonas, Bahia, Maranhão. Não conheço Sergipe, Pará, Mato Grosso etc. Por que será? E há os nomes dos descendentes dos nobres do Império, que não podendo herdar o título ficavam na terra do título – Jaguaribe, Ouro Preto, Rio Branco.

Os sobrenomes mais comuns do brasileiro são, como se sabe, Silva, Costa, Lima, Pereira, Oliveira. Costa, evidentemente, não se refere ao detalhe anatômico – no caso seria Costas; terá alguma conotação com marujo ou negreiro, homem ido ou vindo da costa (d'África)? E se é verdadeiro que os nomes de árvores e plantas são de cristãos-novos, todos os nossos milhões de Lima, Silva, Oliveira, Pereira serão descendentes de judeus batizados?

Está aí um estudo para se fazer. A gente procura resolver os mistérios da Lua e Marte, mas com os mistérios que pululam ao nosso redor ninguém se preocupa.

(Rio, 7.2.1973)

OS BONDES

Pode ser fantasia, papel leva tudo, diz o povo, mas das gentis novidades que os jornais prometem por obra do novo prefeito do Rio, a que mais me entusiasma será a volta dos bondes, imagina, os bondes. Nem acredito, a tanto não chegam as minhas veleidades. Bonde circulando pela rua, a gente esperando no poste de listra branca, escalando o alto estribo, instalando-se no velho banco de madeira, abrindo o jornal e deixando o motorneiro correr, o vento nos banhando o rosto... E o dito motorneiro badalando na sua campa delém-delém! e o condutor tilintando os níqueis no nosso nariz distraído, faz favor! – e marcando as passagens na caixa sonora do teto, e a gente puxando a sineta para descer e os pingentes circunavegando os carros – não, não ouso acreditar. Bonde, o mais civilizado veículo concebido pela técnica, bonde que não esquenta, não queima óleo, não vomita fumaça, não buzina, não sai do caminho, não ultrapassa os outros, não abalroa, não agride, não vira em canal, não despenca de viaduto, não caça pedestre, não fura pneu, não quebra barra de direção, não dá tranco para acomodar a carga humana, não depende de um motorista sofrendo de psicotécnica, mas de um motorneiro pachorrento, bonde, ah, bonde, não sei o que diga em teu louvor, já que, plagiando Manuel Bandeira, por mais que te louvemos nunca te louvaremos bem!

Sim, sei que são sonhos. Mas como para Deus nada é impossível, por que não um milagre? Um anjo pode inspirar o prefeito e ele começar, tentativamente, pondo bondinhos a correr pela periferia da cidade, subúrbios, ilhas, esses lugares cariocas mais pacíficos. Na Ilha do Governador, por exemplo, de onde tiraram os bondes foi um crime, com aquelas ruas estreitíssimas à beira-mar, onde só o bonde, preso ao trilho, circulava por elas sem risco. Depois dos ônibus, é só verem as estatísticas, morre lá mais gente atropelada do que de assalto.

E a experiência dando certo em Campo Grande, Santa Cruz – os felizardos! por que não ousar uma tentativa pelo Leblon, talvez um circular pela Lagoa, seria muito turístico. Ou, ainda melhor, uma linha Leblon-Arpoador, ao longo da praia, de onde seriam expulsos os automóveis; nos bondes, os banhistas poderiam circular até de calção molhado – devolvendo-se ao uso a venerável instituição do taioba.

Falei em taioba. Alguém já pensou que, depois de extintos os bondes de segunda classe, não existe mais maneira alguma de pobre carregar seus fardos – lavadeira a sua trouxa, mascate a sua mala, vassoureiro as suas vassouras, verdureiro a sua cesta? Que foi que botaram em substituição do bonde taioba? Nada, claro. Quem pôde, comprou a sua bicicleta ou triciclo para atravancar ainda mais o tráfego. Pobre cada dia tem menos vez.

Nos tempos de eu mocinha, em Fortaleza, era de bonde que se namorava. O primeiro sinal de interesse que o rapaz dava à moça era pagar a passagem dela. Se ela aceitava, estava começado o namoro e o galã tinha direito de vir sentar-se ao seu lado, ou pendurar-se no balaústre, junto, se ela ia na ponta do banco. Menina namoradeira escolhia sempre a ponta do banco, para facilitar.

Em Belo Horizonte, no bonde que, do Bar do Ponto, subia a Rua da Bahia, quando o condutor ficava quieto lá atrás, já se sabia: era o Senador Melo Viana que vinha naquele bonde e pagava a lotação inteira. Todos se viravam em procura do perfil severo do senador que lia o seu jornal; de um lado e de outro pipocavam discretos agradecimentos mineiros e o senador se mantinha impassível, embora, naturalmente, gratificadíssimo.

As moças da Tijuca aqui no Rio, que vinham trabalhar na cidade, bordavam no trajeto de bonde grande parte do seu enxoval; muita velha senhora tijucana, hoje em dia, há de lembrar-se disso. As de Ipanema não sei, nunca me contaram. Mas todas essas galanterias se acabaram. Hoje, em transporte coletivo, só se escuta palavrão, resmungos e ranger de dentes.

Então, ante a dura realidade, ante os dinossauros assassinos disparados pelo asfalto, deixem-me sonhar com os bondes. Nesta cidade feroz, seria cada bonde uma ilha de segurança, de amável fraternidade, sempre cabia mais um! ai, saudades.

Nosso reino por um bonde!

(Rio, 7.4.1975)

PICI

Foi em 1927. Eu estava naquela faixa de entreaberto botão entrefechada rosa, louca por desabrochar e ver o mundo. No sertão o vento nordeste já soprava violento, a folha do marmeleiro enrolava e caía, e o mormaço do verão, entre as duas e as três da tarde, era de crestar a pele do rosto e as flores no meu pequeno jardim.

E então nós iniciamos a campanha pelo sítio de veraneio: e meu pai acabou comprando o sonhado sítio: por nome Pici, com açude, pomar, baixio de cana, num vale fresco e ventilado para os lados da lagoa da Parangaba. Só que nesse tempo se dizia Porangaba.

E começou nessa época um período muito feliz. Nós éramos seis filhos – dois rapazes, dois meninos e a caçula que começava a engatinhar. E eu. O transporte era o trem suburbano que parava defronte ao Asilo e nos levava para a cidade. Meu pai começou logo a plantar o baixio, a fazer planos para o engenho. Trouxe da fazenda as melhores vacas para a vacaria. Eu me iniciava timidamente, frequentando a roda dos literatos na cidade, roda liderada pelo nosso amado guru Antônio Sales. Júlio Ibiapina me deixava escrever as primeiras croniquinhas no jornal *O Ceará*. Foi quando conheci Demócrito Rocha, que me dava muita confiança literária; Djacir Meneses, amigo fraterno até hoje. Jáder de Carvalho, meu primo, já amizade velha. O ruidoso e fulgurante Antônio Furtado. Ah, tantos que ainda hoje são amigos, essa graça Deus me deu de conservar os amigos, só a Inominável os carrega.

Mas isso não são recordações literárias, quero falar no sítio Pici.

O casarão era talvez mais do que centenário, feio e mal-amanhado, o chão interno em diversos planos, cheio de camarinhas e cafuas. Assim mesmo ainda hoje me dá remorso quando recordo que promovi os planos para o reformar – e no que se iam derrubando paredes, abrindo portas, a velha estrutura ia desmoronando toda, e por fim o jeito era arrasar tudo e fazer casa nova. Mereço desculpa, tinha só 16 anos, não dava valor a essas obras antigas. Meu pai, sei que lhe doeu a demolição; mas afinal a casa desabou mesmo e não tinha sido erguida nem morada por gente dele, argumento forte. Pertencera à família do Padre Rodolfo Ferreira da Cunha e fora vendida depois a um industrial, José Guedes, de quem a compramos.

A casa nova fizemos imensa, um vaticano, salas largas, rodeada de alpendres como nós gostávamos. Ali escrevi meu primeiro livro, *O quinze*. Muito perseguida, minha mãe me obrigava a dormir cedo – essa menina acaba tísica! – e assim, quando todos se recolhiam, eu me deitava de bruços no soalho da sala, junto ao farol de querosene que dormia aceso (ainda não chegara a eletricidade lá) e em cadernos de colegial, a lápis, escrevi o livrinho todo. Nas grandes mangueiras do pomar eu armava a minha rede e passava as tardes lendo. De noite, nós formávamos uma pequena orquestra com nosso professor de violão, Litrê (puxando no banjo), e a filha dele, Altair, muito bonitinha e afinada, e tinha um menino, Perose. Nas noites de lua vinham uns moços de Porangaba e nos faziam serenata, cantando *Mi noche triste*. Porque nesse tempo o chique era tango.

Mas depois fomos dispersando. Os rapazes se formavam, morreu um aos 18 anos, e desceu uma sombra escura sobre o Pici. Veio a guerra, já então eu andava por longe, os americanos estabeleceram uma base lá perto e os *blimps*, os pequenos dirigíveis prateados, pousavam quase acima da nossa casa. Enquanto isso a cidade crescia, ia cercando o sítio com seus exércitos de casinholas populares. Dava ladrão na fruta, na cana, até nas galinhas e patos. Meu pai morreu. Morreu o outro rapaz. Minha mãe ainda tentou valentemente ficar – mas o cerco urbano se apertava. Vendeu-se o sítio.

Hoje, me contam que por lá mal há vestígios do que foi: aterraram o açude; onde era o engenho é agora uma igreja; abriram ruas no pomar, derrubando as grandes mangueiras. Leio nos jornais a respeito do *campus* universitário do Pici – será na base dos americanos? Diz que o casarão é hoje uma velha casa de quintal pequeno, habitada por sucessivas famílias de estranhos.

Nunca mais fui lá. Dói demais, vai doer demais, imagino. Eu ainda escuto no coração as passadas de meu pai no ladrilho do alpendre, o sorriso de minha mãe abrindo a janela do meu quarto, manhã cedo: "Acorda, literata! Olha que sol lindo!" E as mangas bola-de-ouro, que eram os cuidados dela – terão derrubado a mangueira bola-de-ouro?

Não, nunca mais quero ir lá. Ninguém desenterra um defunto amado para ver como é que estão os ossos.

(Rio, 24.8.1975)

SÃO PAULO E EU

Ah, conheci São Paulo quando ainda se chamava, orgulhosamente, "a cidade das mil chaminés". Agora, com essa história de poluição, vá alguém falar em chaminés! O que envaidece hoje, te envergonha amanhã. Naquele tempo, fumaça industrial no ar dava prestígio.

Uns dois anos depois, transcendi da condição de simples turista deslumbrada para a condição de habitante. Mulher de funcionário, tratei de também cavar a vida num pequeno jornalismo e dando aulas particulares. O que me permitiu ingresso e frequência no Sindicato de Professores do Ensino Livre – aliás, uma estreita salinha onde mal cabiam a mesa e o presidente. Esse presidente, um senhor alto, forte, simpático, voz empostada, tinha ascendência ilustre, era neto do Brigadeiro Tobias e da Marquesa de Santos. Um brasão que compensava as modéstias do sindicato.

São Paulo, nesse período, sofria o dolorido rescaldo da perdida Revolução de 32. Ainda se choravam os mortos e se enterravam esperanças. Na rua, a todo instante, se esbarrava em mulheres de luto, homens de fumo negro na manga.

Fomos morar num pequeno edifício da Rua do Carmo, pertinho da Praça da Sé – imaginem! Basta isso para se entender quanto era diferente da de hoje a São Paulo de então. Toda a vida da cidade se exercia dentro dos limites do chamado Triângulo, formado pela Rua Direita, Rua 15,

Rua de São Bento e se prolongando um pouco pela Avenida São João, Rua Líbero, Praça do Patriarca.

Grande marco era o Viaduto do Chá, de onde as mulheres traídas ameaçavam suicidar-se. Dentro dessa geografia funcionava tudo, ou, antes, funcionávamos nós. O nosso limite extremo, no tempo e no espaço, era o Bar Franciscano, onde se tirava um belo chope escuro e onde debatíamos soturnamente os destinos do país e do mundo – quero dizer, do proletariado internacional. E do nacional, também.

São Paulo, longe das leviandades do Rio, nos parecia mais confiável. Tinha a tradição, tinha os quatrocentões lendários, tinha a italianada diligente, ruidosa e próspera. Já se sentia um pouco a presença dos japoneses. Mas ainda não começara a grande invasão nordestina. E eu, apesar da minha cara redonda e da cor de bugra, meu sotaque cearense, todo mundo me aceitava – alguns chegavam a me querer bem. E, por mim, nunca tinha me sentido tão bem quanto naquele país paulista. Provinciano, diziam os nativos; mas, para mim, que sabia bem demais o que era de verdade a província, São Paulo era Paris, era Roma, era Londres. O frio da garoa no rosto, na volta noturna para casa, o corpo enrolado estreitamente no capote (e o capote era outra novidade), o pastel quente do japonês na esquina da Sé, as cantinas, o Brás, o Bexiga, puro Antoninho de Alcântara Machado, nosso ídolo.

Nas manhãs de sol tinha o Parque Pedro II, onde um velho italiano, barbudo e solitário, me ensinava a fazer tricô enquanto tecia intermináveis cachecóis de lã cinzenta. No gramado, junto ao banco, a minha menininha engatinhava; e, à saída, eu deixava que ela estendesse a mãozinha e roubasse uma flor na moita de heliotrópio. Como se vê, São Paulo, pra mim, nesse tempo, é uma lembrança muito especial.

Depois, nunca mais morei em São Paulo. Vai-se lá, sempre com retorno marcado, começou essa aflição da ponte aérea, ida e volta no mesmo dia, que nos foi distanciando de São Paulo. Principalmente a nova topografia da cidade nos confunde. Parece que os paulistas fazem de propósito: basta a gente dar uma pequena ausência, eles aproveitam, mexem em tudo, mudam as ruas, as fachadas dos prédios, estiram pernas de viadutos cobrindo as avenidas, a periferia avança como um exército em todas as direções da rosa dos ventos.

Mas, de vez em quando, a gente descobre um referencial do passado, ou um elemento novo e sedutor. A minha última surpresa foram os grafites, e a peregrinação que fiz à rota deles me deixou tranquilizada. Podem os progressistas erguer edifícios de mais de cem andares, pode a população crescer a mais de vinte milhões – os meninos dos grafites são a prova de que não se conseguiu matar a parte do sonho, a alma de Macunaíma. Ali estão as pegadas do Mário, do Oswald, de Cassiano, do Antoninho. De Tarsilla, de Pagu. E por que não, também, as de Monteiro Lobato? E tudo vivo, bulindo, rompendo caminho. É só saber procurar. Como certo coração atravessado por flecha, que outrora conheci, talhado num tronco do Parque Trianon. Outro dia descobri, no mesmo parque, outro coração, aberto em outro tronco. Atravessado de seta, sangrando, igualzinho.

(Rio, 12.1.1988)

BRASÍLIA E A ROSA DOS VENTOS

Quando se resolveu assentar a sede do governo federal bem no centro do Planalto Central e mais ou menos equidistante de todas as fronteiras nacionais, na verdade o que se estava fazendo era localizar a nova capital igualmente longe de todos os centros populacionais do país, ou seja, dos seus polos de civilização e cultura.

Brasília ficou assim a mais de mil e muitos quilômetros das cidades capitais onde vive, trabalha, estuda, faz política a parte mais importante do povo brasileiro: Rio, São Paulo, Belo Horizonte, Salvador, Fortaleza, Recife, Porto Alegre, Curitiba, Manaus e todas mais.

Dessa localização temerária decorreu, entre outros, um problema que se não nos preocupa a todos nós, brasileiros, nos deveria preocupar, já que ninguém ainda tratou de o resolver. Ou será ele insolúvel?

Refiro-me ao tremendo desgaste a que são submetidos os nossos homens públicos, usuários obrigatórios e diários da ponte aérea, tomando voo de suas bases, de suas repartições, de suas estatais e até dos seus governos, para colher instruções, comandos, ordens, decisões – em Brasília. É lá que tem de ser dada a última palavra, sempre. E não se fale sequer nos incômodos físicos que atacam os pobres cidadãos expostos a tão infrene rotina. O mais grave serão os resultados, para o serviço e a marcha dos negócios do Estado, dessa insensata correria dos seus servidores, na dança das baldeações de Brasília e para Brasília.

Em que tempo estudam esses servidores públicos os assuntos em pauta, colhem informações seguras, ouvem as partes, fazem a indispensável análise das opções de governo? É verdade que eles vivem realizando reuniões. Aliás, é principalmente para essas reuniões que se movimentam os homens do poder na sua infrene lançadeira Rio-Brasília, São Paulo-Brasília, etc. Será, contudo, que para tais conclaves chegam os participantes devidamente informados dos problemas do dia, das respostas fundamentadas, quando não das soluções para os debates? E em que momento, em que hora, podem esses infelizes homens e mulheres estudar, pensar, deliberar?

Há deles que chegam a viajar para Brasília mais de três vezes por semana. Acordam de madrugada, na pressa de enfrentar a ponte aérea e só à noite, exaustos, voltam para casa. Quando não voltam à tarde, diretamente do aeroporto para a repartição. Será que nessas tardes, uma vez sentados nos seus gabinetes, terão condições físicas e psíquicas para qualquer esforço intelectual, decisório?

Ministros, coitados, são eternos volantes viajores, em deslocamentos frenéticos para todas as direções da rosa dos ventos. Abrem um simpósio pela manhã em Manaus, vão visitar uma obra pública em Porto Alegre na tarde desse mesmo dia, no dia seguinte pela manhã já estão em despacho com um presidente também exausto por périplos idênticos. No próprio gabinete, em horário normal, deliberando em paz sobre as matérias da sua alçada, isso ninguém os vê, a não ser por milagre. Quanto ao próprio presidente, nem é bom falar. O seu tempo é tão apertado, tão contado, tão voado, navegado, rodado, que talvez mal possa dormir algumas horas por noite. O homem não tem direito sequer às suas insônias, com tanto nó cego para desfazer!

E afinal esses homens precisam das suas horas de sono, de comer, beber, olhar o céu, a terra em redor, brincar com as crianças. Ler! Terão esquecido que também são de carne como nós?

(Rio, 14.5.1988)

ESSES MOÇOS, FELIZES MOÇOS

Bem, de início vamos declarar, confirmando o samba, que, aqui, o Rio de Janeiro continua lindo – floresta, montanha e mar.

Mas cheio de percalços. O furacão brizolista deixou por cá uma terra devastada, que ainda não se recuperou. Nunca, no Rio, se viveu tão mal.

O que não falta está ruim. Telefone, condução, asfalto das ruas, escolas. A bandidagem dominando as favelas – é a da pesada, a da droga, a que usa escopeta e metralha. Hoje nos recordamos da contravenção dos banqueiros do bicho, com o seu código de cavalheiros, como a vera idade da inocência. Até as escolas de samba estão em crise até a última gota.

Felizmente a mocidade se segura. Ainda neste verão anda solta pelas praias, dourando ao sol, lindos. E – vocês já repararam? – quando se instala dominante uma ideologia, parece que a própria natureza se dobra à voga. Hoje em dia, com a abominação universal pelo gordo, os corpos das pessoas se submetem à ideologia geral, e praticamente não se vê moço gordo e muito menos moça gorda, nas áreas de exibição corporal – praias, piscinas, academias.

Bem, claro que aqui, como aí, como em toda parte, os moços gostam de *rock*, que costumam escutar sem consideração de local ou hora, em decibéis praticamente intoleráveis. E também todo o mundo sabe que realmente o *rock* não corresponde aos ideais melódicos das gerações mais velhas. Contudo, há qualquer coisa de fascinante naquele baticum primitivo, no tuntuntum repetitivo, constante, que talvez se ligue direto às batidas do coração. E quanto às letras cantadas pelos roqueiros, até os mais venenosos, com as maquiagens de vampiro, as roupas insólitas, os cabelos fora do contexto, são na verdade uns versinhos simplezinhos e açucarados, quase que só falando de amor e fossa. Só que intercalados pelos brados e interjeições do jargão deles. Ora, deixa os meninos *roquear*.

Creio mesmo que o abuso frenético dos decibéis de som, parte integral da cultura roqueira, seja talvez consequência ou desafio ao ainda mais intolerável barulho urbano que nos ataca nas grandes cidades. Vivemos todos martelados por uma desumana agressão sonora. É o tráfego pesado e veículos na rua que nos sobe de janela adentro – especialmente o explosivo escapamento das motos. É a música em ponto máximo que sai das lojas, são os alarmes estridentes contra o roubo de automóveis, são os tambores e baterias dos blocos ensaiando carnaval muito antes do Natal chegar. E há os inimigos especiais, como os caminhões da Comlurb, que trituram o lixo à nossa porta, naqueles seus imundos liquidificadores de refugos. E as serras, betumeiras, bate-estacas, da construção civil? Tudo isso é que está levando a espécie humana a uma surdez talvez incurável.

Outro lugar-comum dos tempos é acusar de analfabeta ou quase isso a mocidade em geral. É aquela velha história de uma minoria dar má fama à maioria. Por cada candidato a vestibular que ignora os elementos da arte de escrever, há muitas dezenas de outros estudantes que vão de razoáveis a bons, e há o apreciável grupo dos ótimos.

Há que pensar nas péssimas condições do ensino, professores mal pagos, sobrecarregados por turmas enormes e carga horária excessiva, eles próprios oriundos de escolas deficientes, geradas na onda da proliferação universitária que nos assolou o país. O mal não está na meninada, mas no sistema.

E, assim mesmo, bem que eles sabem das coisas. Fique de lado escutando o que conversam – as noções que têm deste mundo de alta tecnologia em que nasceram. Como se entusiasmam explicando a maravilha eletrônica de sua nova aparelhagem de som, as gracinhas do micro que viram funcionando no escritório de um certo cara. Os que pendem para a ecologia te espantam de repente com o que sabem sobre genética de bichos e de plantas, as estatísticas que decoraram a respeito das espécies em extinção, e a devoção enternecida que alimentam por sujeitos como Jacques Cousteau – um dos seus ídolos.

É, os meninos bem que sabem das coisas. Acontece que eles diversificaram as fontes de informação, que já não são apenas matérias de livro e jornal. Deles é toda a mídia eletrônica.

Meu palpite é que, se não derraparem em caminho, vai sair deles uma humanidade muito especial.

(Rio, 19.1.1988)

AS TERRAS ÁSPERAS

(*96 crônicas escolhidas*, Siciliano, 1993)

UMA SIMPLES FOLHA DE PAPEL...

Ontem, num programa de TV, discutíamos entre escritores e jornalistas o drama do papel em branco na máquina e, diante dele, o pobre de nós obrigado a espremer o juízo até produzir qualquer coisa que encha as laudas necessárias e possa ir para a impressão. Acho que essa angústia existe desde que o primeiro escriba de cuneiforme, na Mesopotâmia, se afligia por uma ideia a gravar no tijolinho fresco, e depressa, antes que o barro secasse. Ou o emissário real, no Egito, diante do papiro virgem, rabiscando tentativamente um começo de hieróglifo sem saber o que contar na mensagem para o Faraó.

O curioso é que nem sempre, desse esforço de última hora, sai um resultado pífio. Às vezes, depois de minutos e minutos de indecisão e bloqueio, brota de repente uma ideia que é um clarão, o escriba bate freneticamente na máquina, tentando forçar os dedos a uma marcha mais veloz que a dos miolos; e em pouco ele entrega à oficina a sua melhor matéria do mês. Quando esse branco se dá na produção de livro, não tem tanta importância. O romance espera, o conto espera. E o poema só nasce na hora que quer. O jornal – que vive à custa do cotidiano e é voraz por fatos atuais e comentários sobre esses fatos, mal se consolando com projeções sobre o futuro ou meditações sobre o passado –, o jornal é que é o grande tirano. Ele é como um alto forno de usina siderúrgica que não pode se apagar nunca e exige, dia e noite, combustível, minério, e a atenção infatigável dos seus alimentadores e manobreiros.

Aliás, para fazer justiça, não é propriamente o jornal o nosso tirano. O déspota implacável é mesmo o público, de quem o jornal é apenas o humilde, solícito, serviçal. O público é quem dá sentença de vida e morte, o público é quem boceja ou aplaude. Ele é quem recorta com amor o tópico feliz, ele quem amarrota a folha enfadonha a caminho da cesta. Nessa trêmula serventia vivemos todos os que dependemos da fera, e por isso a bajulamos, hesitamos num fraseado, trocamos um verbo mais incisivo por outro mais ameno, polvilhamos com um sal de malícia qualquer flagrante inocente, descobrimos interpretações sutis ou sibilinas para o que seria apenas massudo e incolor, sem o nosso intempestivo *inuendo*. Mas quanto equilíbrio e cuidados são necessários para não transpor o frágil limite da verdade dos fatos e não cair no perigoso terreno da invenção! Às vezes, basta insinuar que o figurão sorriu antes de dar a sua resposta e se derruba todo um laborioso esforço de credibilidade, em hora de crise política.

Há um ditado que diz: "O papel leva tudo". O mais certo seria dizer: "O papel (no caso, o jornal) leva a tudo". Todo o bem e todo o mal do mundo podem nascer de uma folha de diário. Um telegrama falsificado, uma frase apócrifa, já desencadearam guerras. E continuam desencadeando.

(Rio, 9.11.1990)

A IMPONDERÁVEL AFLIÇÃO DE ESTAR VIVO

A gente procura ser otimista, mas anda tudo muito difícil. Na vida urbana e na rural, para os pobres e até mesmo para os ricos. Pelo menos para aquela parcela dos só *riquinhos*, ou menos ricos, que não têm a chave dos truques e desconhecem os macetes dos sabidos.

O mal talvez pior é a insegurança. Você sai à rua e não sabe mais quando volta, nem sequer se volta. As pessoas que costumam usar os transportes públicos, especialmente os ônibus, já têm o costume de levar um dinheiro menor, num bolso de fácil acesso – é o dinheiro do ladrão. O diabo é que o ladrão já descobriu esse ingênuo recurso, pega o seu dinheiro e em seguida ordena: "Agora me dê o dinheiro escondido". Interior do sapato, cano das meias, cós das calças, cuecas, calcinhas e sutiãs, é tudo devassado, num *strip-tease* extremamente vexatório. Ainda ontem chegou aqui em casa uma moça que, no ônibus, após entregar o dinheiro do ladrão que trazia no bolsinho da blusa, teve aberto o zíper da saia e sofreu busca até que o jovem assaltante descobrisse a nota alta que a coitada escondera sob o elástico da calcinha. Ela mesma meteu a mão e entregou a nota para evitar piores intimidades. No ônibus vinham apenas oito passageiros; foram todos revistados. Os ladrões eram três: dois homens e uma mulher. Um dos homens apontava a arma e, detalhe singular, o outro homem examinava as mulheres e a mulher se encarregava dos homens. Pegaram o dinheiro da caixa, mas pouparam o trocador e o motorista. E saltaram lépidos, depois de, tranquilamente, tocarem a campainha. Ninguém reagiu, no que, como disse a ladrona ao saltar do veículo, "mostraram que são gente fina".

Está muito difícil ser carioca. E paulistano, e curitibano, e fortalezense, e baiano etc. etc. Até no meu Quixadá, imagine, já dá quadrilha que toma táxi na rodoviária, diz o endereço de um sítio distante e, atingindo um local propício, manda descer o motorista, enxota-o a tiros e some com o carro. Aconteceu isso com um amigo meu. Os ladrões eram do Iguatu, mas explicaram que se revezam: os de Quixadá e de Quixeramobim vão operar no Iguatu. Questão de tática.

Falei nos assaltos em primeiro lugar mas o problema urbano número 1 ainda é outro e nos punge demais: os meninos de rua. Até aqui não apareceu solução. As crianças se multiplicam, ninguém sabe o que fazer, o governo nem alude a esse drama nas suas comunicações aos governados. Fecha os olhos e, como governo também é feito de carne que nem nós, deve igualmente morrer de pena e de vergonha. Quem sabe esperam resolver primeiro a inflação para então cuidar disso a sério? É uma esperança.

Enquanto isso, o cólera continua impávido, descendo as águas majestosas do Solimões, que é o primeiro codinome do rio Amazonas. Quem diria, entre um rio tão imenso e um bichinho tão pequeno como o *vibrião colérico*, é o micróbio, até agora, que está ganhando do gigante das águas. Não dá para entender como eles não se somem nas águas sem fim do Mar Doce.

Ah, a gente tinha tanta vontade de comemorar belos eventos, alegrias do povo. Será um castigo? Por que não nasceu um novo Garrincha? Por que não tem mais uma Elis Regina? Por que já não desfila pela rua a banda dos Fuzileiros Navais? Por que até escola de samba é hoje vedada ao povo, trancafiada dentro dos altos muros do Sambódromo, cobrando entrada tão alta que só manipulador da Bolsa e banqueiro de bicho pode pagar?

Ah, o pior é que, além de tão duríssima para nós todos, esta vida também nos fica cada vez mais incompreensível.

(Rio, 4.1.1991)

AO SOM DOS FOGUETES DO ANO-NOVO

Ah, essa história de Ano-Novo! Devia ser uma festa móvel, pois se a Terra passa o tempo dando voltas e voltas em redor do Sol, podia-se convencionar que o ano começasse e terminasse num ponto mais agradável da elipse, na órbita que na verdade não tem começo nem fim, posto que é um círculo, ligeiramente achatado, mas contínuo.

Por que, necessariamente, marcar o fim do Ano Velho e o começo do Ano-Novo justamente em dezembro/janeiro? Os meses mais desagradáveis do ano, que no hemisfério Sul são um tempo de calor intolerável e no hemisfério Norte se cobrem de neve e gelo?

Não se poderia começar o ano no mês de maio? Mês das flores no mundo inteiro, mês das noivas, mês de esperanças renovadas. Mês das falas novas, como dizia Kippling. Mas dezembro? E de dezembro sair para janeiro, cada qual pior?

Creio que nesta data mal transada não existe nenhum pequeno local, no Brasil todo, que não esteja fervendo, em torno dos 40 graus de calor. Fora a montanha, claro, mas mesmo na montanha, durante o dia o sol é ardente. Talvez no Pico da Neblina, quem sabe, seja frio, dentro de todas aquelas névoas. Mas quem vai lá?

Dezembro ou janeiro são os meses das praias, meses das férias, dirão. Mas são de férias porque eles assim o querem. E mês das praias porque é tudo louco. Essa exposição violenta ao sol do verão, ninguém me convence de que não seja um perigo. Imagino que se se fizesse uma experiência e depois de três, quatro horas deles tomarem sol na cabeça, se abrisse o crânio da juventude praieira, como quem abre um coco, garanto que se encontraria lá dentro o miolo todo cozinhado, como ovos duros. Pois miolo também não é basicamente albumina?

Bicho de clima quente não enfrenta sol. Entre o meio-dia e as três da tarde, todos os animais domésticos se recolhem à sombra; as galinhas, as ovelhas, o gado. As vacas malhadas debaixo de uma árvore, é a sua hora de remoer, até que se quebre a força do sol. E com os bichos do mato é a mesma coisa: nunca vi uma raposa atravessando a estrada no sol quente, invadindo galinheiro ao meio-dia. Cobra fica no buraco. Até gavião faz uma pausa; pois se talvez não tem medo do sol, não sai à caça, sabendo que naquela hora não há pinto solto nos terreiros, está tudo abrigado em redor da mãe.

E caboclo? Caboclo acorda cedo, vai ao roçado, às nove faz uma pausa pro sonhim de pão de milho, café, rapadura, e às onze volta pro almoço em casa. Descansa, e só quando o sol quebra retorna à planta, até perto do escurecer. E isso, aliás, só quando ele trabalha no dele; as frentes de trabalho do governo, durante as recentes e numerosas secas, viciaram os caboclos num horário de funcionário público: não chegam nunca antes das oito, e às onze já estão se mandando. Patrão carrasco é o que exige o dia todo, das sete às quatro, com ligeira parada para o almoço. Mas não acha quem o sirva.

Eu sou contra. Contra Natal, Ano-Novo, nestes meses intoleráveis quando se tem vontade de arrancar até a pele do corpo, porque nem ficar nu adianta. E vão dançar até o sol raiar, e vão beber e se embriagar e vão esconjurar a má sorte que anda braba, levar flor pra Iemanjá – cada um tem a sua devoção.

Contudo, como é hora de cumprimentos, cumprimento a todos, especialmente os amigos. Aos do governo, os votos de que venha alguma melhora.

E à minha pobre classe dos aposentados, o que posso desejar? Que tenhamos vida mais breve, morte mais fácil, pouca doença – ou pelo menos doença curta, que não doa muito. Dinheiro que baste para pagar casa, comida, remédio, disso já perdi a esperança. Aposentado não tem como se rebelar, nem protestar, não tem força, não se sindicaliza. Pois que a arma do sindicato é a greve, e nós só podemos fazer uma miserável espécie de greve: a greve da fome. Que é muito radical e desagradável, sabem todos.

(Rio, 29.12.1991)

JORGE AMADO, OITENTA ANOS

Jorge Amado faz 80 anos e isso é coisa que está acontecendo com grande frequência à nossa geração. Mas houve um tempo em que éramos todos jovens; e gosto de recordar o menino de 19 anos que conheci no Rio, nos princípios da era de 30, magro, baiano, falador e, como nós todos, meio irresponsável, tal como convinha a tanta juventude. Surgia ele com o seu já vitorioso romance de estreia, *O país do carnaval*; falava um baianês chiado, contando as graças do velho Pinheiro Viegas e do seu grupo de Salvador – entre os quais se incluía Édison Carneiro, a quem imediatamente passamos a amar pela sua doçura e precoce sabedoria. Namorador, Jorge tinha a mania de ficar noivo; curtos noivados que ele logo rompia, inventando a história de um filho natural que teria de uma moça, na Bahia... Foi-me Jorge apresentado pelo nosso querido, saudoso, nunca esquecido amigo Carlos Echenique, figura lendária que eu tentei pintar canhestramente sob os traços do empresário Brandini, personagem do meu *Dôra, Doralina*. Éramos todos jovens, insisto, e era bom viver então, escrever, desafiar a vida, curtir as ideologias e as pessoas. Jorge "estudava" direito, e escrevia, escrevia, escrevia. Por uns tempos nos falava de um romance que se chamaria *Ruy Barbosa nº 2*.

E creio que foi nos rastros desse Rui 2º que se foi formando o seu *Terras do sem fim*, título inspirado talvez no poema de Raul Bopp, grande amigo de Echenique e que nós muito admirávamos.

Depois voltei ao Ceará, me casei, fui morar na Bahia, em Itabuna, que o cacau já fazia rica. Na minha ignorância cearense, nunca tinha ouvido falar em Itabuna – para mim parecia um desterro. E foi o Jorge, então, que nos entusiasmou, nos tomou pela mão, nos explicou como Itabuna tinha, entre outras virtudes, a de ser próxima a Ilhéus – e Ilhéus era o paraíso, onde moravam seu pai, sua mãe, seus irmãos.

Dizer apenas que "moravam", assim ligeiramente, não cabe: e sim residiam, em grande estilo, num lindo bangalô (como se dizia então) que era em verdade um palacete; tinha até um pequeno torreão, ou mirante, de onde se via o mar! Decorado pela Leandro Martins, do Rio, muito me lembro da bela mobília e das cortinas de renda e tafetá. O pai, o "velho" João Amado, nos mostrava os de casa: "É um bando de grapiúnas, arranchado na cidade!"

Jorge logo decretou que ficaríamos com eles enquanto se arranjava casa para nós, em Itabuna. Casada de poucos meses, eu chegava a Ilhéus muito enjoada, atribuindo as náuseas e tonturas à travessia no pequeno navio da Baiana, pelos mares tempestuosos entre Salvador e Ilhéus. Foi dona Eulália, a mãe de Jorge, que gentilmente me fez entender a razão desses males: eu não tinha enjoo do mar, mas "enjoo de menino novo". Era uma senhora de aparência frágil, rosto claro e suave, muito viva e inteligente. Me ajudou muito com o seu carinho naquela hora delicada.

Depois nos instalamos num sobradinho em Itabuna, e de vez em quando o Jorge aparecia, de visita. E eu, além das complicações dos meus antojos, apanhei uma malária braba, com acessos de febre de até 40 graus. E "provocava" (que é o eufemismo nordestino para vomitar) com tal frequência e intensidade, que chegava a me escorrer sangue no canto da boca. O marido, bancário, instalando a agência nova, trabalhava feito um escravo todo o dia e ainda fazia serão. Jorge, então, se tornou meu enfermeiro. Mal me começava o acesso, corria a me dar uma colherada de cada uma das duas poções receitadas pelo médico, uma alcalina e a outra azeda; e eram ambas horríveis. E como as crises cada vez mais se amiudavam, Jorge passou a andar com um frasco de poção em cada bolso da camisa, a colher junto, me acudindo com instantânea presteza. Tudo tão fraterno, tão amigo.

Só o famoso artigo 13, do regulamento do Partidão, viria anos mais tarde nos distanciar, proibindo o convívio dele, stalinista, com a "canalha trotskista" que éramos nós. Não podiam nem nos cumprimentar na rua. Foi um baque.

Talvez o patriarca glorioso das nossas letras se lembre ainda desses tempos antigos e inocentes. E sinta uma pontada de saudade. Como, enternecida, sinto eu.

(Rio, 6.9.1992)

A CONTAGEM REGRESSIVA ESTÁ CORRENDO

A vida não tem compromisso com nada, só com os seus esquemas. Então se você se adiantou nos setenta, já está a perigo. Coração, pressão alta, fígado, pâncreas – entranhas. Tudo aquilo já vem funcionando com desgaste desde os tais setenta e tantos anos, e muitas das engrenagens corporais vêm batendo pino.

Isso tudo a gente filosofa porque é verdade, mas quando se trata de parente, amigo, pessoa de bem-querer, a filosofia não funciona. Vem "a dor que punge, o mal que mora n'alma", no dizer do triste Raimundo. E a gente chora, reage mal, pode se desesperar. Afinal, não sentimos em nós próprios que estejamos chegando ao fim, e eles chegaram, e são da nossa mesma faixa etária!

Esses últimos anos têm sido especialmente cruéis; quando se estava tentando aceitar a ideia de que teríamos de viver sem Dinah, Odylo, Octávio de Faria, Pedro Nava, vão nos morrendo os outros, de um em um: Drummond, Rubem, Afonsinho, os Gregoris, Chico Barbosa, Deolindo. E José Olympio, Athos e Daniel Pereira. E lá na Bahia, de repente, a perda das mais intoleráveis: Adonias. Ah, já nem quero lembrar outros, que ainda tem muitos para trás, e cada um deles é uma facada no coração. Como há dias

Ricardo Ramos. E hoje é Paulo Rónai. Está bem, sabe-se, ele já tinha 85 anos e sofria de mal incurável – liberou-se. Isso dizem. Mas a gente não acha. O que sente é o prejuízo, a ilogicidade do fim: tanta riqueza alojada naquela cabeça, tesouro precioso que era uma espécie de patrimônio dividido com nós todos, agora desperdiçado; e, ademais do prejuízo, a saudade, a lembrança de uma palavra, de um sorriso, de um gesto de amizade e confidência.

Bem que eu sempre digo: a velhice é muito ruim. Quando se é novo, a morte também fere, mas com muito menor assiduidade. Cada um pode até se dedicar a cultivar uma dor, uma perda grande – terá tempo para isso, as perdas seguintes demoram a vir.

E Paulo Rónai – não dizemos isso só porque ele está morto (ele, vivo, já era voz comum); Paulo foi sempre um ser humano excepcional. E nem estou lhe gabando os talentos, tão inúmeros, tão justamente celebrados. Digo da inteireza, da fidelidade, da capacidade de ser amigo – de querer bem sem falhas, nunca. Fui testemunha e um pouco cúmplice da odisseia que representou para ele trazer para o Brasil os remanescentes de sua família, destroçada pelos nazistas, na Hungria. Depois desse episódio, se eu respeitava o professor, se me socorria do mestre, isso passou a vir atrás da fraterna convivência que se criou entre nós e os seus. Dona Gisela, Catarina, Eva, Pista, Clara, Imre; depois Nora, a companheira perfeita que parecia até ter nascido Rónai! E as meninas, e a ida para Friburgo, e os encontros mais raros com ele e Nora e o carinho que me deram durante a minha tragédia pessoal, dez anos atrás. Mas agora tudo acabou, como com os outros, antes. E o que a gente podia ter dito e não disse, o gesto de afeto que podia ter feito e ficou no ar. Ah, é muito triste essa derrubada. O consolo é que talvez, em breve, a gente também se vai. Cada um tem a sua vez de fazer doer aos que ficam.

TRIBUTO A JOSÉ OLYMPIO

Cabe bem, já que os mortos são o nosso tema de hoje, lembrar os amigos, os irmãos, companheiros, povo em geral, que ainda lê o seu nome no logotipo da Editora, que José Olympio, se vivo fosse, teria completado 90 anos a 10 de dezembro. Ele estaria reclamando muito, chamando a gente pelo sobrenome, andando descalço pelo apartamento, exigindo livros novos, ralhando, se preocupando, que era essa a sua maneira de amar. Adeus, José. Se lembra que você deu para me fazer bilhetes me chamando de "*ma soeur*"? Ainda os tenho, mas não gosto de pegar neles porque me dá muita vontade de chorar. E te digo em troca: "Aí, onde você estiver, cuide do Daniel, o nosso Beleu, que deve estar tão tristinho, sentindo falta dos daqui, mesmo que esteja no céu. *Au revoir*, mano velho, me espera que eu já estou na contagem regressiva, já fiz 82...

(Rio, 20.12.1992)

FALSO MAR, FALSO MUNDO

(*Falso mar, falso mundo*, Arx, 2002)

A CAATINGA GELADA, RÉPLICA DA NORDESTINA

Em plena Berlim Ocidental descobri – quem diria? – a caatinga nordestina em réplica, como gêmeos univitelinos. A mata baixa que não tem mais árvores seculares, abatidas que foram para virar carvão durante os invernos de guerra. Sim, a mata é baixa como a nossa, os troncos não chegam a um palmo de diâmetro, dão no geral de garrafa, a garrafa e meia. Nem uma única folha, só galhos secos, garranchos agressivos no chão, o tapete das folhas secas escondendo a terra. E a neve, ainda fina, cobre como uma película os troncos do arvoredo tal como acontece com os pés de pau da caatinga, também brancos, fiéis ao seu nome indígena caa-tinga, ou seja, mato branco. Olha, tive até um choque. Me vi de repente no Ceará, tal como deve ele estar agora, a caatinga em plena seca (*hélas*), os esqueletos das árvores, a confusão dos garranchos espetados, as manchas de branco cobrindo irregularmente o arvoredo esquálido. Mas eis que me aparece, entre a galharia pelada, um vulto insólito, de capotão longo, peruca de cachos, pingando água do nariz de mármore... Credo, é uma estátua, nós estamos num parque! Mas neste começo de inverno europeu é perfeita a ilusão de que enfrentamos a mata das Tubibas, em pleno sertão do Ceará... Só faltam os mandacarus – o que até se compreende, pois lá também eles estão dizimados, feito ração de gado. Só que a caatinga daqui é mais triste, frígida, sem sinal de sol. E lá é aquela claridade insolente, o brilho cegante do céu, que a mata rala não tem força para amaciar.

Hoje me despeço de Frankfurt, cidade de 600 mil habitantes, polo bancário da República. Dá todos os sinais de que está se preparando, com apuro e precisão germânicos, para se tornar a réplica de uma cidade japonesa. Organiza-se para receber visitantes. Não turistas, mas empresários, banqueiros, reis das finanças e seus acólitos, dentro dos limites – que eles consideram estreitos – da urbe e sem a inchar excessivamente.

O hotel onde estou é novíssimo, como convém. Os quartos, um prodígio de miniaturismo arquitetônico. Num espaço que talvez não passe de uns oito metros quadrados cabe tudo: banheiro com boxe e os etc. Cama boa, mesa longa de escrever e tomar café, poltrona, dois armários, telefone, frigobar, TV, porta-malas e uma ampla janela. Tudo tão bem triangulado – o banheiro é meio em diagonal e encaixa os cantos no que vem a ser os cantos do armário. E com conforto! Você, depois que localiza as coisas, se sente perfeitamente à vontade, não colide com nada, cabe tão bem nesta "máquina-quarto" como se fosse num quarto comum. Diz-se que os escritórios também são feitos aqui dessa maneira, cada andar, em vez de comportar uma ou duas firmas, abriga nas suas salas, de formato e mobiliário absolutamente inusitados mas funcionais, as instalações de quatro ou cinco firmas. Imagino os alçapões, os móveis triangulares, as mesas escamoteáveis, abrigando os fax e os micros que entulham hoje os escritórios. Aqui não entulham, cada um tem o seu espaço engenhosamente planejado, até com luz natural para quem quiser, pois as janelas se podem abrir mesmo no inverno. Como abro eu aqui a minha, meio cismada, me sentindo um pouco como ajudante de mágico, novato, que tenta ainda aprender os truques do mestre e se maravilha com eles. Frankfurt, não tarda, dará para matar de inveja qualquer arquiteto japonês. Sim, hoje me despeço da Alemanha. Amanhã será Paris, a nossa Pasárgada, a "outra civilização", como dizia Manuel Bandeira.

(25.12.1993)

FALSO MAR, FALSO MUNDO

O mundo anda cada vez mais complicado, o que não é bom. O nosso frágil corpo humano não foi feito para competir com a máquina, conviver com a máquina e explorá-la. A cada adiantamento técnico-científico, o conflito fica mais duro para o nosso lado. A massificação da vida cotidiana, por exemplo. Há uns vinte anos, Oyama e eu nos hospedamos num hotel americano que tinha vinte e cinco andares; o nosso quarto ficava no segundo andar, e cada andar era a cópia fiel do outro, superpostos corredor sobre corredor, quarto sobre quarto. E, de noite, eu não conseguia dormir, pensando que, por cima de nós, empilhados em monte, estavam vinte e três quartos iguais, e as camas iguais, uma sobre a outra. E em cada cama um casal dormindo, roncando, brigando. E se de repente o hotel afundasse, os soalhos afundassem... Lembrei aí que, embaixo de nós tinha um quarto igual, outro casal na cama; e a impressão era desagradabilíssima, não sei se me entendem, aquela espécie de promiscuidade invisível mas concreta, cada casal na sua alcova, como aqueles montes de caixas de ovos nas prateleiras dos supermercados...

Viajar de avião – quem não tem medo adora. Por mim, detesto. Não tenho medo, mas também não acho agradável a ideia de que estamos todos nós ali, arrumadinhos, em filas simétricas, dentro daquela lata voadora... Um menino que estudava ciências me explicou que o voo dos aviões a jato era comandado pelas leis da balística: o motor funciona como uma pistola automática que constantemente estivesse disparando. O voo é mantido pela explosão contínua de jato, como a bala é impulsionada pela explosão da pólvora. O avião não pode cair enquanto o jato estiver mandando o seu impulso. (Estaria o menino certo? Tinha só doze anos!) Mas, de qualquer forma, me senti segura e tranquilizei os medrosos: todos sabemos que uma bala jamais cai a meio do caminho antes de chegar ao seu ponto de alcance. Só uma senhora gorda, que mantinha a mão enfiada na bolsa, debulhando secretamente o seu terço; essa ficou até pior, dizendo que a coisa de que tinha mais medo era de tiro, e a gente, então, era voada por tiro? Puxou pra fora o terço e eu nunca mais tentei tranquilizar ninguém em avião.

Mas nesta semana vi na TV uma reportagem que me horrorizou como prova de que, a cada dia, mais renunciamos às nossas prerrogativas de seres vivos e nos tornamos robotizados. Foi a "praia artificial" no Japão (logo no Japão, arquipélago penetrado e cercado de mar por todos os lados!). É um galpão imenso, maior do que qualquer aeroporto, coberto por uma espécie de cúpula oblonga, de plástico. E filas à entrada, lá dentro há um guichê, o pessoal paga a entrada, que é cara, e some. Deve entrar no vestiário, ou antes, no despiário, pois surgem já sem a roupa, convenientemente seminus, como se faz na praia. Pois que debaixo daquele imenso teto de plástico está um mar, com a sua praia. Mar que, na tela, aparece bem azul com ondas de verdade, coroadas de espuma branca; ondas que chegam a derrubar as pessoas e sobre as quais jovens atletas surfam e rebolam. E um falso sol, de luz e calor graduáveis; e a praia é de areia composta por pedrinhas de mármore, a cujo contato algumas moças de biquíni se queixavam de que doía um pouco. "Mas valia a pena."

Não sei se pelo exotismo das feições ou se pelo perfeito comportamento dos figurantes, a gente tinha a impressão absoluta de que assistia a uma cena de animação figurada em computador, como aguelas mulheres afuniladas que fazem a abertura do *Fantástico*.

A única presença viva, destacando-se no elenco de bonecos, era a nossa querida, bela e intrépida repórter Glória Maria, apresentadora do espetáculo "mar artificial". Já se viu! Se fosse uma honesta piscina de água morna, tudo bem. Mas fingir as ondas, falsificar um sol bronzeando, de trinta e cinco graus, e toda aquela gente se deitando com a simulação e depois voltando para a rua vestida nos seus casacos! Me deu pena, horror, sei lá.

Aquilo não pode deixar de ser pecado. Falsificar com tanta impudência as criações da natureza, e pra quê! Cadê o Partido Verde, o Greenpeace, os naturebas de todos os gêneros, para clamarem contra o sacrilégio?

(5.11.1994)

NÃO ACONSELHO ENVELHECER

Aos moços dou um conselho: não fiquem velhos. Verdade que as opções são poucas – morrer, ou lutar contra a velhice. E morrer não seria opção, mas entrega; e a luta! Bem, a luta resulta sempre numa batalha perdida e inglória.

Entre os processos cruéis da natureza, é a velhice o mais cruel. Implacável, insidiosa, ataca por todos os lados, abre a porta a todas as moléstias mortais. Pensando bem, é uma espécie de HIV a longo prazo. Te ataca o coração, o pulmão, todas as demais vísceras – a tripa, o fígado, o que nos abatedouros se chama *o arrasto*. E mais a fiação arterial e venosa; e a coluna! E não falei na atividade cerebral. E também esqueci os ossos, a infame osteoporose, que te rói os ossos pelo tutano, deixando-os como frágeis cascas de ovos. E então basta um pequeno escorregão na banheira para deixar um fêmur fraturado.

Os moços compadecidos, os quarentões assustados e os próprios velhos, apelando para tudo, inventaram ultimamente essas bobagens de "terceira idade", clubes e associações que trabalham contra o isolamento e as tristezas da velhice. Mas não se iluda, velho, meu amigo e colega. Ninguém está acreditando naquilo. Você já viu na TV um quadro de propaganda dessa falsa recuperação de terceira idade? Um velho e uma velha, vestidos à moda dos anos 30, tentando dançar um tango argentino? É patético, embora a maioria dos moços apenas o considere docemente ridículo.

Diz-se que já se consegue muito na luta contra a velhice. Ginástica, dieta, malhação, corrida etc. Cirurgia plástica. Ah, já pensaram no tormento de uma bela mulher, atriz, dama do soçaite, cortesã, que viva da e para a sua beleza, ao descobrir as primeiras rugas, a flacidez do mento, daquela sutil rede de outras pequenas rugas que rodeiam os lábios? O dr. Pitanguy opera e os seus colegas de mérito variável também operam. Mas, por mais famosos, competentes e mágicos que sejam os cirurgiões plásticos, só fazem mágicas, não fazem milagres. Esticam a pele sobre os músculos flácidos, fazem um *peeling*, que é uma espécie de raladura na cútis, fica lindo a princípio, mas, como toda mágica, não dura muito. E aí tem que começar tudo outra vez, as cicatrizes já não se escondem tão bem atrás das orelhas ou no couro cabeludo, que, aparado, vai encurtando, deixando as pacientes com testas enormes, quase uma calvície. E nem falei em calvície que, mercê de Deus, ataca mais os homens que as mulheres!

Você contempla no espelho, vê as rugas do seu rosto, do seu pescoço, como se olhasse uma máscara que se desfaz. Vê bem, sabe como está velho, embora não *sinta* que está velho. Sua alma, seus sentimentos, sua cabeça, nada disso confirma a palavra ou a imagem do espelho. Mas os outros só veem de você o que o espelho vê.

E a par disso as cãs, quer dizer, os cabelos brancos? Bem, os cabelos pintam-se. Mas vocês já descobriram que, por mais excelentes que sejam os cabeleireiros e as tinturas, o cabelo pintado fica sempre gritantemente diverso do natural? Pensei sobre isso e acabei descobrindo: o cabelo nosso, a natureza lhe dá cor de fio em fio, cada fio na sua tonalidade, uns mais claros, outros mais escuros: o conjunto toma esse colorido inimitável, que profissional nenhum pode obter, já que lhe é impossível tingir fio por fio. E, daí, essas senhoras de comas tão louras, tão ruivas, tão castanhas e negras, não iludirem nunca, darem mesmo a impressão de que usam perucas.

E, no final de tudo, vem o envelhecimento da cabeça, da inteligência, das ideias, da alma – da chamada psique. O velho tenta se equiparar às audácias dos jovens, até mesmo excedê-las – mas a si próprio não se convence. Sabe que as suas ideias são as do seu tempo, fruto do que leu, viu e acumulou; e isso pode ser camuflado, mas não pode ser modificado. Dizem que as células cerebrais não se renovam, como as demais células do corpo – será verdade? Até mesmo as ideias dos gênios mortos envelhecem; e diante das ideias de um Nietzsche, de um Freud, tem que se dar o desconto do tempo e das mudanças. Contudo, o pior mesmo é quando você, com honesta sinceridade, lamenta diante de alguém os estragos que lhe traz a velhice, e esse alguém protesta com veemência: "Eu queria, quando chegar à sua idade, ter essa sua lucidez!"

Lucidez! O que é que esse cara esperava? Que você já estivesse caduco?

(18.3.1995)

O NOSSO HUMILDE OFÍCIO DE ESCREVER

Uma moça escritora pede que eu lhe explique como se faz um romance. Se a gente planeja tudo sistematicamente – o enredo, seus desenvolvimentos, os personagens, a inspiração sociológica ou "social", romântica, histórica etc. E se escreve à mão, à máquina ou em computador. Bem, acho que todo romancista tem o seu processo especial de criar. Émile Zola, por exemplo, planejou a série dos Rougon Macquart – era a saga de uma família francesa, origem humilde, e suas lutas para conseguir poder e riqueza. Já outros, como por exemplo Dostoiévski, parece que não planejavam nada, deixavam explodir aquele imenso coração torturado.

Mas nós, modestos escribas do Terceiro Mundo, não temos, eu creio, essas audácias criativas. E muito menos eu, que só faço os meus livrinhos quando eles querem sair. Ficam emitindo sinais, incomodando, e então sinto que está na hora de trabalhar. Na verdade sempre comparo a concepção de um livro à concepção de um filho. Sim, a uma gravidez. Quando você vê, o livro já está dentro, vivo e mexendo, bulindo com a sua cabeça, ocupando a cada dia espaço maior, fazendo você levantar de noite para tomar nota de uma frase – um pedaço de diálogo, o rascunho de um conflito. Daí, a sua ideia inicial vai se desenvolvendo, o tema se desdobrando, suscitando situações novas, personagens novos, que às vezes surgem de repente, inesperados; pode ser até num virar de esquina ou num bate-papo de bar. O fio vai se desenrolando do novelo, se embaraça e se desdobra, muda de cor e consistência, até adquirir uma identidade, personalidade, ou, digamos, uma feição própria. De certo tempo em diante você não governa mais a história, são os personagens que mandam.

Eles que exigem a sua coerência, eles que de repente querem falar, e às vezes, com alguma declaração ou atitude inesperada, alteram todo o plano da obra; o que, no meu caso, não é problema maior, pois que o meu plano já de si era fluido, sem programação rigorosa. Outra preocupação do ficcionista é a localização da história. Comigo, mantenho vagas relações com a geografia e a topografia, e, só quando se torna indispensável, conservo o nome real dos locais por onde perambulam as minhas figuras. Ninguém vá procurar no mapa o local verdadeiro onde se situa aquela fazenda, aquele tiroteio, aquela vila ou cidade. Ah, e tem ainda uma das partes mais penosas, que é o batizado dos personagens. Como mãe exigente, quero que cada um mostre quem é através do nome, que o nome lhe assente de cara e alma, e é difícil demais. Nome nenhum parece que dá certo, crio combinações, recorro a memória de infância. Por exemplo, aquela Xavinha de *Dôra, Doralina* existe no livro tal como foi na vida – com o mesmo nome, personagem secundária, solteirona, beata, dentuça, cara amarela e, no meio disso tudo, uns doces olhos azuis. Para nós lá, olho azul é um luxo raro, uma dádiva especial. E parecia um esperdício de Deus Nosso Senhor dar aqueles olhos à Xavinha, que não merecia. Quanto aos demais protagonistas, os importantes, eu não diria, como Flaubert, que "*Madame Bovary c'est moi*", mas você, autor, tem que se meter na pele de cada um dos seus personagens, encarnar neles, de certa forma ser eles – pois que você só conta para lhes dar vida, com a sua própria experiência. Tem que produzir um ser de verdade, não um simples retrato ou caricatura riscada no papel. Quanto ao ato de escrever, propriamente, só *O quinze* escrevi de próprio punho, a lápis, num caderno de colegial. Os outros – eu já então tinha ganho uma maquininha Corona, alemã, comprada por meu pai do nosso amigo frei Leopoldo Plass (que tinha os pulmões corroídos por gás tóxico, soldado que fora na Primeira Grande Guerra, e morreu como um santo).

Não entrei na era do computador, convivi com um, na casa de um amigo em Paris, que tinha um computador emprestado. Me deixei tentar, voltei, juntei o dinheiro necessário para comprar o meu micro, mas, na véspera do pagamento, a ministra Zélia me tomou a poupança; teimei, tinha uns dólares que sobraram da viagem, dava para pagar. Aí chegou o assaltante aqui em casa e carregou os dólares, junto com outras coisas. Fiquei abalada, ia desistindo, quando me telefonou um querido amigo de Minas dizendo que arranjara um contrabandista que trazia computadores do Paraguai. Encomendamos os nossos. E, daí a uma semana, o amigo telefona de novo, dizendo que o contrabandista tinha sido preso junto com os computadores. Era evidente que Deus não queria que eu possuísse computador! Ademais, minhas retinas não se davam bem com a telinha de luz tremelicante da máquina. Fiquei pois com a minha pequena Olivetti elétrica, que aliás já são duas, ambas ganhas de presente. Quando vou ao Ceará, já que a voltagem daqui é 110 e a de lá 220, uso a máquina do meu primo Jorge Barreira, um luxo! Nela foi batida grande parte da *Maria Moura*. E assim deixo aqui descobertos todos os meus segredos profissionais, tão sem importância e rotineiros quanto a obra e a autora que tentava se ocultar atrás deles.

(22.5.1995)

DE ARMAS NA MÃO PELA LIBERDADE

Não estou inventando: saiu no jornal: "Em Porto Alegre, senhora de 90 anos (90, sim) arma-se com dois (dois!) revólveres e abre caminho para a rua, garantindo o seu direito de ir e vir". Não lhe dou o nome porque não sou dedo-duro; conta-se o milagre sem precisar dizer o nome do santo.

Os revólveres, no caso, eram dois trinta e oito. Ou, como se diz na gíria, dois trezoitãos. E tinham bala dentro, e a idosa dona, pelo jeito leve com que os empunhava, mostrava que sabia atirar.

Assim mesmo foi detida pelos policiais, tiraram-lhe as armas, sob os veementes protestos da anciã. E, mostrando--se as autoridades curiosas quanto à procedência dos revólveres, ela declarou que haviam pertencido ao seu falecido pai, e que os guardava num velho baú, no porão da "casa de idosos" onde mora. Recebendo uma pensão de uns dois salários mínimos, não podia, logicamente, pagar a mensalidade que lhe cobrariam por um quarto normal, na "casa de idosos". Deram-lhe então o tal porão, a preço módico, escuro, sem janelas – imagine o calor que não faz lá, nos meses de verão, principalmente janeiro, em Porto Alegre! E no inverno, no frio, como não deve ser escuro e mal arejado. Assim mesmo, parece que a diretoria da casa não lhe permitia saídas. E a repórter o confirma: a direção a proibia de sair, receando que, assim idosa, ela se perdesse na rua, sofresse algum acidente ou assalto. Na mentalidade da maioria das pessoas, velho é pra viver preso, na casa, no quarto; o ideal é uma cadeira de rodas, mas nem sempre a conseguem. E o infeliz do idoso quase nunca pode se defender da solicitude dos mais moços, filhos, parentes, guardiões; "Não coma esse doce, olha o diabetes!" (como se o doce fosse de arsênico). "Cuidado, não vá tropeçar!" "Calma, segure bem no corrimão!" "Olha o buraco na calçada, veja onde está pisando!" E os mais solícitos ou mais medrosos nos seguram com tanta força o braço que até parecem estar carregando às grades um preso renitente.

Imagine o grau de indignação, de constrangimento, de "cólera que espuma", como dizia o soneto, que sufocava o coração da nossa heroína. A vontade louca de ver o céu, luz, rua, pessoas desconhecidas, e não as caras severas dos seus guardiões. No jornal de Porto Alegre diz-se que ela é solteira, ou "inupta" (a que não convolou núpcias), segundo a fórmula legal. Fadada a viver sozinha, na nua solidão, sem nem ter a companhia de outro velho, de um companheiro ao seu lado, que lhe fizesse massagens contra reumatismo, com quem dividisse a surdez, as deficiências visuais; ou, viúva que fosse, tivesse do companheiro as perenes lembranças de uma vida comum, até mesmo lembranças do amor. Digo isso timidamente, temendo risos, pois quem vai admitir que um velho ou velha, de 90 anos, tenha lembranças de amor?

Verdade que nessas campanhas caritativas em prol da "terceira idade" eles brincam carinhosamente com a ideia de dois velhos dançando (na televisão, os velhotes dançarinos sempre ensaiam um tango argentino e são vestidos à moda de 1925, ela já de saia meio curta de melindrosa e ele de colete e polainas!). Botam os velhos para estudar vestibular, ou pra fazer ioga, pra treinar pintura a óleo (flores e paisagens rústicas), a cantar em coros etc. etc. Ninguém parece entender que a primeira condição para o velho não se sentir tão velho é deixá-lo sentir-se livre. Resolver seus problemas pessoais; ser ele próprio quem conte os seus sintomas ao médico, ser ele próprio quem decide se toma ou não os remédios prescritos – como faz todo mundo. Deixar que ele se liberte um instante ao menos da tutela dos "entes queridos" e não lhe ralhar se ele, liberado, der uma topada, um tropicão, no exercício dessa liberdade. Deixá-lo que durma só, que não lhe apareça ninguém no quarto à meia-noite, perguntando se ele está insone (está muito feliz, lendo), se esqueceu de tomar o Lexotan...

Ah, como a gente entende a velha pistoleira do Rio Grande do Sul. E fico preocupada – que estarão fazendo com ela, sem nem ao menos serem os filhos que a tiranizem, vítima da ácida vigilância dos estranhos. E agora, então, as coisas devem ter piorado. Já que a nossa nonagenária pistoleira e fujona confessou que guardava as armas num velho baú. Cuidado, velhos e velhas, meus colegas: vocês vão ver que, de hoje em diante, niguém mais vai nos deixar possuir um baú!

(18.11.1995)

AH, OS AMIGOS

Sim, amigo é coisa muito séria. Acho que a gente pode viver sem emprego, sem dinheiro, sem saúde e até sem amor, mas sem amigos, nunca. Pois o amigo é capaz inclusive de suprir discretamente essas faltas e lhe conseguir trabalho, lhe emprestar dinheiro, lhe tratar na doença. Só não pode se envolver em assuntos de amor, porque aí deixa de ser amigo; e a maior tolice a que se arrisca a incorrer alguém é misturar amigo com amor.

Amizade e amor são qualidades paralelas na vida de cada um; se conhecem, até se estimam, mas nunca se encontram ou se confundem. Aliás, não estou dizendo novidade nenhuma, todo mundo sabe que o namoro, noivado, casamento, amores são relações essencialmente antípodas da amizade. Quer pela sua impermanência, ou, quando são permanentes, pela sua natureza tumultuária, absorvente, egoísta, as relações de amor têm que ter categoria à parte. Transforme em amante o seu amigo ou amiga, e você perde o amigo e terá um péssimo amante, que sabe todos os seus defeitos, lhe conhece do tempo em que você não se enfeitava para ele, não lhe escondia as suas falhas do corpo e da alma, e que, portanto, sabe de todos os seus pontos fracos. Fica impossível.

A primeira lei da boa amizade creio que é ter poucos amigos. Muitos camaradas, colegas, conhecidos cordiais, mas amigos, poucos. E, tendo poucos, poder e saber tratá-los. Jamais criar tempo de rivalidade entre os amigos: cada um há de ter sua área específica, sua zona própria de influência.

Não vê que cada amigo, por ser o único no seu território, não precisa sequer conhecer os donos dos outros territórios. É que, sendo a nossa alma tão variada nas suas exigências, precisamos de amigos de acordo com os diferentes ângulos do nosso coração. O amigo da comunicação intelectual não pode ser o mesmo amigo da confidência íntima; o velho companheiro da infância não tem nada a ver com o precioso camarada adquirido nos anos da maturidade.

E há outras razões práticas para não misturar os amigos: eles podem se coligar contra a gente, ou se tornar amigos entre si, por conta própria, nos excluindo. Ou também podem se chatear uns com os outros, porque os companheiros espirituais deles nem sempre correspondem aos nossos. Se você adora fulano porque toca em suas cordas nostálgicas, contando-lhe lembranças de mocidade passadas na barranca de um rio em Mato Grosso, o seu amigo intelectual talvez não tolere regionalismo e por isso desdenhe intensamente as barrancas de Mato Grosso. Assim com o futebol, os debates sobre religião, as intrigas políticas, os negócios, o gosto de recordar os sambas de Noel Rosa. Insisto, mantenha com rigor cada amigo no seu compartimento.

Axioma absoluto em assuntos de amizade: amigo é insubstituível. O que um lhe deu jamais outro lhe poderá dar igual. Pode vir um amigo novo para preencher a área vazia deixada pelo amigo que se foi por morte ou briga. Mas só ocupará mesmo aquele espaço físico. E há vezes em que nem isso é possível. E o melhor será fechar aquele nicho do coração, dada a dificuldade de encontrar outro ser vivo que satisfaça ante nós as especificações do ausente. Ai de mim, bem o sei. Minha amiga de infância que morreu deixou no meu peito esse santuário vazio.

Respeite seus amigos. Isso é essencial. Não procure influir neles, governá-los ou corrigi-los. Aceite-os como são. O lindo da amizade é a gente saber que é querida a despeito de todos os nossos defeitos. E nisso está outra superioridade da amizade sobre o amor: a amizade conhece as nossas falhas e as tolera e, até mesmo, as encara com condescendência e afeto. Já o amor é só de extremos e, ou se entrincheira na intolerância, ou se anula na cegueira total. Amigo entende, aguenta, perdoa, "Amigo é pra essas coisas", como diz aquela cantiga tão bonita.

Se você não é capaz de ter amigos, você é um erro da natureza, você é como o unicórnio, o animal de que se fala mas não existe. Porque até os bichos têm amigos; e dizem que, depois da morte, no outro mundo, as almas mantêm sublimadas as amizades cá de baixo, naquela quintessência de excelências que só o céu pode dar.

(21.9.1996)

A HORA DA CIDADANIA

Eu tinha vontade de falar com os jovens – rapazes e moças – que atingem neste ano de 1998 a idade de dezesseis anos, alcançando o direito de votar já nas próximas eleições.

Pelas declarações de jovens, que se leem nos jornais ou se escutam na TV, a moçada parece que não sente grande entusiasmo pelo seu novo direito. Não sei se por observação própria, pelo que veem difundido através dos meios de comunicação, ou por observação pessoal – ou por tudo isso junto – a política não os seduz. Salvo um ou outro mais ambicioso, que sonhe em fazer uma carreira, eles não se interessam por "política ou por políticos" – como dizem alguns, desdenhosamente, na ponta do beiço.

Felizmente não são maciçamente todos. Há uma minoria que aceita ser eleitor, quer em São Paulo, quer no Rio, ou nas outras grandes cidades nacionais. E esses até criaram um *slogan*, formulado no próprio jargão em uso entre eles: "Se liga, 16!" Traduzindo: "Acordem, companheiros de 16 anos".

Vocês têm que se lembrar de que essa lei, permitindo o direito do voto à mocidade de dezesseis anos, não lhes está impondo mais uma obrigação chata; está lhes prestando uma homenagem. E essa homenagem é representada por uma dádiva extremamente valiosa: está outorgando a vocês o uso pleno da cidadania. Eleitores, vocês todos, moças e rapazes, estão de posse do seu título de cidadão, pois que o direito de votar é privilégio único do cidadão. E nem me venham denegrir esse diploma de cidadania, falando "que é coisa de políticos", pois "política", dita nesse modo, quer dizer politicagem, arranjos, compadrio, tudo que de feio se associa tradicionalmente à política, aqui no Brasil.

E não é bem assim. Não tem que obrigatoriamente ser assim. A política, quando é exercida em sã plenitude, é uma arte nobre, mais nobre e mais necessária do que todas as outras artes.

A política se desmoraliza e cada vez mais se degrada aos olhos do povo, justamente porque os que deveriam cultivá-la com amor, honestidade e severa vigilância contra os transgressores, a abandonam, sua generalidade, em mãos dos que menos merecem o título de cidadão. Os direitos de cidadão.

Quando foi promulgada a lei que abre a cidadania aos jovens de dezesseis anos, foi opinião geral que se estava abrindo uma grande possibilidade para que se mudassem as coisas no Brasil. Que a face feia, desfigurada, maculada e até mesmo enlameada da política corrente no país se transfigurasse graças ao idealismo dos jovens, que os velhos vícios fossem denunciados e perseguidos pelo entusiasmo juvenil, o idealismo luminoso que se sabia existir na cabeça e no coração dos jovens.

Até hoje, a cabeça dos jovens só se interessara (mas, quando interessada, era capaz de chegar até ao sacrifício) por posições extremistas – de esquerda ou de direita. Tendo absoluta prioridade as ideias esquerdistas, porque falava ao idealismo da rapaziada, prometendo justiça social e outras utopias. Muitos deles se sacrificaram por essas ideias, pagando preço duríssimo: prisão, tortura, exílio e até mesmo morte.

Mas parece que, com a derrocada do mundo soviético, os jovens, como os mais velhos, perderam as suas ilusões de uma nova e justa ordem através da vitória da esquerda. E ficaram nessa grande disponibilidade atual: influenciados pela música que vem de fora, pelos padrões de comportamento mais ousados que, de fora, também aqui chegam. Os mais generosos, mais dotados, interessam-se às vezes por causas como a preservação da natureza, no que são absolutamente louváveis. Mas vocês devem compreender, meninos e meninas, que o exercício da cidadania, que parecem ignorar, é a arma suprema do homem organizado em sociedade. E vocês recebem esse privilégio excepcional com indiferença, ou mesmo com desdém, que lhes foi concedido graças ao simples mérito de nascerem aqui!

Meninos, meninas, vocês já pensaram com algum interesse que, se se concentrarem num partido, num movimento, no amor por uma causa legítima, podem com o seu voto – só com o seu voto! – esmagar esse ambiente politicamente sujo onde nos afundamos? Esse lodo onde proliferam os Sérgio Naya e os seus comparsas – somente porque não prestamos atenção às coisas, especialmente na hora de votar e escolher os nossos representantes?

Para corrigir a maioria dos males que degradam a vida no nosso país, bastaria que fosse bem utilizada essa arma única: o título de eleitor. E essa tarefa redentora cabe a vocês, jovens, que alcançaram a maioridade política ao completarem dezesseis anos. Não escutem a lenga-lenga dos mais velhos, não compactuem com as tradições familiares que fazem dos cargos políticos feudos herdados de pais a filhos. Aqui já não temos aristocratas com suas tradições familiares, e o filho de um operário emigrante dispõe de um voto tão valioso quanto o filho de um magnata da política ou dos negócios.

Briguem, discutam, lutem nas ruas, desfraldem bandeiras, façam comícios, exerçam a política na sua plenitude.

Contanto que se empenhem realmente, que ponham nisso a sua paixão – que é sempre desinteressada e idealista nos corações jovens. Aproveitem, enquanto lhes bate no peito esse coração de moço – enquanto ele permanecer assim. Exerçam a sua cidadania, pelo amor de Deus, enquanto ela não se filia aos interesses dos mais velhos – divididos quase sempre pelas ambições de riqueza ou de poder.

"Se liga, 16!" vamos repetir. E quem sabe se, depois da experiência inicial, vocês tomam gosto pela boa política, levam a peito os interesses do pobre povo que não se defende porque não sabe como e que põe em vocês, mocidade brasileira, vendo-a unida, na hora de ver consagradas, pelo batismo da cidadania, todas as suas esperanças de redenção e justiça social.

(18.4.1998)

O FUTEBOL E O REI

Futebol, no Brasil, é como esses imigrantes que, de tal forma, se afeiçoam ao país de adoção, a ponto de excederem em patriotismo os próprios nativos.

E acabou mudando de nome. Quando eu era menina, os jornais já falavam no esporte, mas sob o seu nome inglês de "football". Aos poucos os jornais foram adaptando não apenas o nome do esporte, mas a própria designação de "sport", para "esporte". "Goal keeper" passou a ser "goleiro", "back", "beque" e traduziu-se, claro, esse "goal", que também passou a ser simplesmente "gol". Assim, através dos anos, aqueles que as folhas, de início, chamavam de "esporte bretão", hoje é o esporte mais querido, exercido, praticado, estudado e sobretudo preferido, em todo o território nacional. Ainda há poucos dias vi, numa foto de jornal, índios amazônicos, nus, apenas com um cipó na cintura, jogando uma perfeita partida de futebol. Tinha até apito, instrumento que, tratando-se de índios, deve ser essencial. Em qualquer lugarejo perdido, se três ou quatro garotos se juntam, improvisam uma bola e se põem a chutar. Aliás, dizem é que desses meninos pobres de interior ou de subúrbio que nascem os melhores craques. Eles não têm as obrigações escolares rígidas dos meninos classe-média, nem os pais aspirações burguesas para os seus rapazes. Todos os nossos grandes craques se formaram assim, nas peladinhas de terreiro.

Mas houve um tempo em que as coisas eram muito diferentes. Quando o esporte apareceu aqui foi pela mão dos grã-finos (então chamados de "elite"). Me lembro de uma cançoneta (os mais velhos devem recordar o gênero "cançoneta", uma cantiga curta, celebrando ou referente a qualquer tema especial, infalível nos programas de festas escolares ou em representações de amadores, onde sempre aparecia um jovem cantando a sua cançoneta). Pois quero lembrar uma cançoneta por nome *Foot-ball* que diz assim: "Este esporte está na moda/ é de gosto internacional, os rapazes da alta-roda/ não conhecem outro igual"... Isso mesmo, os rapazes da alta-roda que o trouxeram da Inglaterra. Quando começou aqui, também só os grã-finos o praticavam. Um filho do escritor e acadêmico Coelho Neto, por nome Emanuel e apelido de Mano, era jogador, e parece que foi morto em consequência de uma bolada no peito; o pai até escreveu um livro intitulado *Mano* dedicado ao filho, onde chorava a perda do rapaz e, creio, lhe cantava os méritos esportivos.

E, depressa, dos campos nos jardins dos ricos, o jogo foi se espalhando pelos fundos de quintal, pelos terreiros suburbanos. E, hoje, creio que em nenhum outro lugar do mundo o futebol é tão amado, tão assumido, tão brasileiro quanto o é no Brasil.

Por isso é que a perda do "penta" (que já nos adoçava a boca, como conquista garantida) doeu tanto, foi quase um luto nacional. Vi senhoras idosas chorando, velhos burocratas falando tão agravados, quanto se tivessem sofrido um golpe pessoal. Aliás, tudo quanto é brasileiro, da criança ao idoso, lamenta e chora a "usurpação" da Copa, feita pela França.

E vá dizer a verdade, que a França mereceu, que ela jogou melhor, arrebatando o nosso "penta"! Neste momento de ira, *"La belle France"* é o grande vilão. Mas que é que se há de fazer? Paixão é isso. E quando a gente sugere que de quatro em quatro anos tem Copa, quem sabe no ano 2002 a gente ganha... Eles nos olham com desprezo e chegam a nos apodar de traidores.

A sorte é que, ao início da nova temporada, as lágrimas se enxugam, as esperanças renascem. É o eterno ciclo da vida. Futebol é como a vida mesmo, se repete e se renova. Quem foi vencedor hoje pode estar entre os últimos, ano que vem. Pelo menos esta é a nossa esperança.

O mal pior é se perderem as coroas e as glórias que pareciam propriedades nossas. Imaginem se eles descobrem um novo rei, destronam Pelé! Falei "destronar" de propósito, pois que Pelé é realmente um príncipe, não só pelas suas qualidades de atleta, mas pelo seu comportamento social, pela dignidade que levou ao seu lugar de "primeiro jogador do mundo", e pela gentil naturalidade com que exerce essa suserania. Todo o mundo não viu? Durante esses jogos da Copa 98, quando havia uma dúvida, quando se discutia uma jogada duvidosa, a quem o árbitro, ou os árbitros pediam a palavra decisiva? Claro que a Pelé, sempre oculto e sempre presente, porque Pelé não se exibe. Mas está sempre ali; ainda no último domingo, numa hora crítica, o árbitro exclamou: "Vamos perguntar ao Pelé!" E como que abriu uma cortina, tirou de lá o Rei, que, tranquilo, quase sorridente, como se pedisse desculpas de ser tão importante, deu a sua opinião (frisando o termo "opinião"), a qual, naturalmente, foi a sentença adotada.

Pelé não joga mais, aposentou-se. Uma das decorrências lamentáveis da sua real posição: rei não disputa, rei que se preza não briga, não tem preferências, tem que ser impecavelmente imparcial. Tal como faz Pelé. E como ficará fazendo, até ficar velhinho. Pois que Pelé, como todo rei de boa cepa, jamais perde a majestade.

(18.7.1998)

A COBRA QUE MORDE O RABO

Mais um ano que se passa. Quando eu era menina, pensava na passagem do século e dizia comigo: "Vou estar muito velha. Quando acabar 1999, eu irei completar 89 anos!" e esses 80 anos me pareciam tão distantes quanto o fim do mundo; e me imaginava como seria eu, então (se sobrevivesse até lá!) velhinha, apoiada no bastão, ralhando com os bisnetos... e já cá estou, sem bastão, andando livremente (até de salto alto, às vezes!), enfrentando a vida e suas tristezas, com a velha resignação cearense, que a gente já traz na massa do sangue. Não sei muito bem como se comportam os outros ante a adversidade, mas creio que nós, cearenses, temos a alma elástica: a batida vem, mas a gente reage sempre e se levanta. Tiramos o exemplo da natureza – a nossa natureza, lá! Vá, por exemplo, ao sertão nordestino, nos meses de novembro e dezembro. O povo, lá, não tira os olhos do céu, em procura dos prenúncios. Pequenas nuvens ao poente..., pequenas, claro, ainda não é tempo das grandes, mas se elas se juntam para o sul quer dizer uma coisa; se aparecem ao poente, a coisa muda. Só o que eles não dizem é que coisa será essa: como todos os adivinhos do mundo, gostam de se envolver em mistério. E aquelas nuvens inocentes são branquinhas como se fossem feitas só de gelo e neve, não têm nada a ver com chuva, são só enfeites do céu...

Aqui no Rio, chove e a gente se maldiz. Ousam os nativos dizer que a chuva "estragou" a exibição de fogos na passagem da meia-noite. Mas a velha Chiquinha Rufino é que sabia interpretar essas coisas: "fogo é coisa do diabo, e a chuva é coisa de Deus".

Por mim, não gosto de passagem de ano. Cada ano que se acaba é como se o cortassem de mim. Era meu e não é mais. Eu dependo dele para fazer projetos, marcar viagens, dividi-lo em mínimas porções: "Semana que vem vou a São Paulo, faço isto e aquilo lá (divido as horas e até os minutos em variados compromissos), é como se eu tivesse comprado o tempo para o meu uso.

E como a gente se engana! O tempo é que é o nosso dono, suscita o inesperado, valendo-se das coisas mais íntimas. Até um salto de sapato que se quebra pode impedir o encontro definitivo da sua vida: você não consegue chegar na hora, e a pessoa amada vai embora após a espera inútil, certa de que a sua ausência era a prova definitiva do rompimento. E quando você consegue chegar ao ponto marcado, com duas horas de atraso, a pessoa amada já foi embora, certa de que tudo acabou.

O que estou querendo dizer é que a gente é muito mais joguete das circunstâncias do que se pode imaginar. E estava errada minha avó quando dizia: "Tudo que Deus manda é para o nosso bem". Primeiro, é até um pecado acreditar que Deus Nosso Senhor, lá do seu trono, no Paraíso, vai se preocupar em quebrar o salto do teu sapato e, por via disso, pôr fim a um caso de amor. Na realidade, na sua maioria, os casos de amor são fora da lei, ou dos costumes, ou dos preconceitos. Deus Nosso Senhor não cuida neles; e, embora os veja se quiser, já que Ele pode ver tudo, deve sorrir paciente, diante das nossas vicissitudes sentimentais e esperar que passem. Ele, mais que ninguém, no céu e na terra, sabe que tudo passa. Aliás, tenho a impressão de que a grande sorte do ser humano, na sua passagem pela vida, é saber que tudo é transitório. A começar pela própria vida, a sua própria existência.

Além de tão curta, tão repartida: infância, mocidade, maturidade, velhice, cada capítulo tem sua sorte própria, seus risos, suas dores, seus mistérios.

Mas o curioso é que viver não é um aprendizado. Um velho de cabelos brancos é tão inexperiente e crédulo quanto um menino, diante da vida.

Cai nos mesmos tropeços, o menino ao aprender a andar, o velho que já não pode confiar nas pernas para cruzar os passos. E a gente acaba, na vida, no mesmo ponto em que começou. Como a cobra que morde o rabo.

(9.1.1999)

BIOGRAFIA

Rachel de Queiroz nasceu na casa número 86 da rua da Amélia, em Fortaleza, Ceará, no dia 17 de novembro de 1910. Mais precisamente, na casa de sua bisavó Miliquinha, parente, pelo lado materno, de José de Alencar. D. Miliquinha foi uma das familiares eleitas por José de Alencar para constituir o círculo de ouvintes para quem o famoso escritor lia seus folhetins antes de mandá-los para publicação. Rachel nascia, portanto, com a marca e o gosto literários impressos em seu destino.

Seus pais eram Clotilde Franklin de Queiroz e Daniel de Queiroz. Com um mês e meio de vida, Rachel mudou-se com a família para Quixadá, onde dr. Daniel era Juiz de Direito.

A infância de Rachel dividiu-se num ir e vir entre a cidade e o campo, entre Quixadá e a Fazenda do Junco.

Em 1913, o dr. Daniel foi nomeado promotor e todos se mudaram para Fortaleza, onde moraram numa casa na Praça Coração de Jesus. Sem conseguir se adaptar ao papel de promotor, dr. Daniel acabou sendo nomeado professor de geografia do liceu local. Rachel nunca frequentou a escola primária, apesar de sonhar com isso. Seu pai, que sempre foi sua maior influência, fez questão fechada de dedicar-se pessoalmente à sua educação, e foi quem lhe ensinou as primeiras letras. No inverno, a família voltava para o sertão. Iam todos para a Fazenda do Junco, onde Rachel vivia intensamente a vida no campo, seus tipos e personagens, o açude, o rico imaginário do sertão. A intimidade e o gosto da menina pelo sertão não a abandonariam jamais.

Na casa da família Queiroz, a leitura, mais do que um hábito, ocupava lugar de destaque. Lia-se sempre e lia-se de tudo: livros, jornais, revistas. A infância de Rachel foi certamente povoada pela emoção e pelas fantasias geradas por essas leituras, que repercutiriam em toda a sua obra. Rachel não escondia sua grande predileção pela ficção científica de Júlio Verne, mais precisamente por um livro: *Vinte mil léguas submarinas*. Foi pelas mãos de Verne que, no silêncio do açude do Junco, Rachel passava horas e horas sonhando com aventuras em alto-mar. O primeiro romance brasileiro que leu foi *A mão e a luva*, de Machado de Assis. Daí para frente, passou a devorar nossos autores com um entusiasmo raro de ser encontrado em leitores tão jovens.

Por volta de 1915, uma enorme seca abateu-se sobre o Ceará, trazendo consequências dramáticas para toda a população dos sertões. A família Queiroz não fugiu da regra: perdeu toda a sua plantação de arroz e quase todo o seu gado, o que configurou grande prejuízo econômico e familiar. A experiência e a memória dessa estiagem marcaram de forma indelével a obra de Rachel de Queiroz e, especialmente, seu romance de estreia, *O quinze*. Diante do flagelo da seca, Rachel, em 1917, vê-se forçada a mudar de residência mais outras tantas vezes. A família mora uns tempos na travessa da Universidade, no Andaraí, Rio de Janeiro e, em seguida, muda-se para Santa Maria de Belém do Pará, onde dr. Daniel comprara um curtume. Dois anos mais tarde, volta para o Ceará.

É nesse momento, durante o ano de 1921, que Rachel começa seus estudos no Colégio Imaculada Conceição, dirigido por freiras francesas. Foi ali que, aos quinze anos, formou-se no Curso Normal. Mas, mesmo atuando como professora, Rachel de Queiroz não abandonou sua antiga paixão: mergulhou no estudo da literatura brasileira e francesa e começou a escrever, escondido, vários contos de terror. A esta altura, morava num casarão bem antigo, próximo ao centro de Fortaleza, onde nasceu, em 1926, sua irmã caçula, Maria Luiza, companheira inseparável vida afora.

Em janeiro de 1927, a família muda-se novamente para o sertão. Foi nesse momento que a jovem Rachel, indignada com a eleição da jornalista Suzana de Alencar Guimarães como Rainha dos Estudantes, tomou da pena e escreveu uma carta para o diretor do jornal, debochando do concurso – e da candidata –, sob o pseudônimo de Rita de Queluz. Sucesso imediato. A carta foi comentadíssima, mas ninguém sabia quem era Rita de Queluz. Rachel, entretanto, traiu-se pela pista deixada pelo carimbo da carta, postada na Estação de Junco, nome da fazenda de seu pai. A autora da carta ácida e crítica é então descoberta, e, imediatamente, é convidada a escrever para o jornal *O Ceará*.

Aos 17 anos, já colaboradora de *O Ceará*, publica seu primeiro texto literário: *História de um nome*, romance em folhetim. Em seguida, escreve a peça de teatro *Minha prima Nazaré e* começa a colaborar em jornais literários, além de arriscar algumas poesias.

Aos 19 anos, enquanto submetia-se a um tratamento de saúde, escreveu seu primeiro romance, *O quinze*, que repercutiu para muito além das fronteiras cearenses. Augusto Frederico Schmidt, no Rio, Alceu Amoroso Lima e Artur Mota, em São Paulo, saúdam, com entusiasmo, sua estreia literária; assim Rachel se torna um nome nacional. Aos vinte anos já era uma figura pública. O sucesso de *O quinze* abriu-lhe as portas. Recebia cartas, telegramas, pedidos de livros. Seu retrato estava em jornais e revistas. Quando viajava e parava em algum porto, era visitada pelos intelectuais locais. Luís da Câmara Cascudo, em rompante de admiração, faz, numa dessas paradas, um recital a bordo em homenagem a Rachel. "Era como se eu tivesse sido eleita Miss", conta ela, lembrando a repercussão de seu primeiro romance. É bem verdade que se Rachel não se admirou com seu rápido e fulgurante reconhecimento, não se pode dizer o mesmo de seus padrinhos literários. O famoso artigo "Uma revelação: *O quinze*", publicado por Schmidt em *Novidades literárias* em 18 de agosto de 1930 (ao que, segundo tudo indica, Schmidt acabou "divulgando-a" ao explicitar seu entusiasmo com o surgimento de um grande escritor brasileiro, inteiramente desconhecido), suspeita abertamente de sua autoria, já que não vê no livro de Rachel "nada que lembre, nem de longe, o pernosticismo, a futilidade, a falsidade de nossa literatura feminina". A mesma dúvida foi confessada por Graciliano Ramos quando este escreveu sobre *Caminho de pedras,* alguns anos mais tarde. Diz ele:

> *O quinze* caiu de repente ali por meados de 30 e fez nos espíritos estragos maiores que o romance de José Américo, por ser livro de mulher e, o que realmente causava assombro, de mulher nova. Seria realmente de mulher? Não acreditei. Lido o volume e visto o retrato no jornal, balancei a cabeça: Não há ninguém com este nome. É pilhéria. Uma garota assim fazer romance! Deve ser pseudônimo de sujeito barbado.

Rachel, fleumática, não entrava no mérito das inquietações que sua obra estimulava nos corações masculinos. Em vez disso, mandava o livro para uma lista de cem críticos e escritores, entre eles, para o polêmico Graça Aranha, na época líder irreverente em guerra contra a Academia Brasileira de Letras e a favor dos novos ventos modernistas. Em março de 1931, o Prêmio Graça Aranha, conferido pela primeira vez, contemplava Murilo Mendes na categoria poesia, Cícero Dias na pintura e Rachel de Queiroz no romance. Quando morreu, sentado numa poltrona em sua casa do

Flamengo, Graça Aranha relia *O quinze*. Essa imagem foi reconstituída no Museu Graça Aranha: na sala, *O quinze*, aberto na página 32, no braço da poltrona na qual morreu o escritor. A partir do prêmio, a segunda edição do romance passa a ser disputada pelos editores nacionais. Rachel escolhe a Editora Nacional. Antes mesmo que esta segunda edição se esgotasse, Rachel foi procurada por um então modesto editor, cuja firma se chamava Editora José Olympio. Daí nasceu uma associação entre ela, José e os irmãos Daniel e Athos, que durou 57 anos, quando a morte os separou.

Hoje *O quinze* encontra-se na 75ª edição, já foi lido por mais de 800 mil pessoas e é unanimemente considerado um clássico na história da literatura brasileira.

Sobre esse sucesso instantâneo, Rachel comenta:

> O livro explodiu mesmo. Mas foi muito bom, porque eu sempre tive a cabeça no lugar, nunca me deixei levar muito por aquele barulho todo, era comunista e no fundo queria mesmo era destruir aquela sociedade toda, inclusive a Editora Nacional.

Foi nessa época que, trazendo uma carta de apresentação para Mário Magalhães e Nise da Silveira, passou dois meses no Rio de Janeiro, na casa de seu tio Esperidião. Rapidamente ligou-se aos meios intelectuais da capital e foi assim que começou a conviver com um grupo de integrantes do Partido Comunista. A época era de grande agitação política. Rachel fez sólidos contatos com os remanescentes do Bloco Operário e Camponês e estreitou relações com importantes políticos do partido, como Hyder Corrêa Lima e Djacir de Meneses. Foi nomeada secretária do partido na região do Ceará, pelo que acabou se tornando uma das fundadoras do Partido Comunista Cearense. Nessas idas e vindas, conheceu, em Recife, o bancário e poeta bissexto

José Auto da Cruz Oliveira, com quem manteve correspondência quase diária durante um ano.

No dia 14 de dezembro de 1932, numa cerimônia simples, no sítio do Pici, casava-se com José Auto. Rachel tinha 22 anos. Seu forte envolvimento com a política não foi interrompido pelo casamento. Ao contrário, continuava militando na linha de frente, chegando a ser fichada pela polícia de Pernambuco como perigosa agitadora comunista. Sua ligação com o partido durou até 1932, quando a agremiação exigiu alterações no texto de seu segundo romance, *João Miguel*.

Neste período, José Auto, que além de poeta era funcionário do Banco do Brasil, foi nomeado para a agência de Itabuna, na Bahia, onde o casal morou por algum tempo no casarão da família de Jorge Amado.

Rachel, então grávida de quatro meses, contraiu malária e, para proteger o bebê, recusou-se a tomar remédios. Isso agravou bastante seu estado, já debilitado pela doença. Pouco depois, na cama de sua avó no Pici, nascia sua tão esperada Clotildinha. O bebê gozava de boa saúde.

Um mês depois, em função do trabalho de José Auto, a nova família mudou-se para o Rio de Janeiro e, logo em seguida, para São Paulo, onde Rachel trabalhou como jornalista, professora e tradutora das memórias de Trotski. Nesse período, seu marido esteve preso por mais de uma vez por pertencer à facção Quarta Internacional.

De volta ao Ceará, Rachel, que integrava a Frente Única do Partido Socialista, logo começou a fazer comícios e candidatou-se a deputada. Mas sua vida seria sempre itinerante. A família muda-se mais uma vez. Desta feita para Maceió, para onde José Auto fora transferido. Este foi um período importante na carreira de Rachel. A vida literária de Alagoas era intensa. O grupo formado por Graciliano Ramos, Aurélio Buarque de Holanda, José Lins do Rego, Jorge de Lima, Santa Rosa, Valdemar Cavalcanti e Alberto

Passos Guimatães marcaria o modernismo brasileiro. Integrada nesse grupo, Rachel fez grandes e duradouras amizades. Tudo corria bem, Rachel impunha-se no meio literário, atuava politicamente, enfim, era feliz. Foi quando abateram-se sobre ela dois golpes irreparáveis.

Em 1935, com um ano e meio de vida, Clotildinha morreu de meningite. Três meses depois, Flávio, irmão da escritora, morre de septicemia. Inconsolável, Rachel consegue que o marido negocie a volta da família para o Ceará em busca do apoio e do afeto dos familiares. O momento foi terrível para Rachel. Numa tentativa de superar essas perdas, decide então trabalhar numa grande firma de exportação, a G. Gradhvol et Fils.

O tempo passa com dificuldade e, sorrateira, outra surpresa desagradável a espera. A ditadura de Getúlio Vargas começa a atuar com mão de ferro no Nordeste, intensificando suas estratégias de defesa contra "o perigo vermelho". Rachel foi presa como comunista no Corpo de Bombeiros de Fortaleza, em severo regime incomunicável.

Mesmo assim, não interrompeu seus trabalhos; foi nesse tempo de prisão que escreveu seu terceiro romance. Lançado pouco depois, em 1937, *Caminho de pedras* foi apreendido e queimado, junto com seus romances anteriores (*O quinze* e *João Miguel)*, por ordem da Sexta Região Militar de Salvador.

Estava na hora de Rachel de Queiroz mudar de vida e tentar novas frentes e oportunidades. Em 1939 separa-se de José Auto e muda-se para o Rio de Janeiro. Na capital, consegue trabalho como colaboradora semanal no *Diário de Notícias* e colabora também em vários outros jornais, como *O Jornal*, *Diário da Tarde* e *A Vanguarda Socialista* (periódico fundado por um grupo de trotskistas), *Última Hora*, *Jornal do Comércio* e, bem mais tarde, *Diário de Pernambuco* e *O Estado de S. Paulo*. Foi cronista exclusiva de *O Cruzeiro* por trinta anos, de 1945 até o fim da revista.

No Rio, onde já era bastante reconhecida profissionalmente e tinha amigos influentes, morava sozinha. Enfim, era uma vida conquistada, tornara-se uma mulher profissional, independente, emancipada, o que era raro na época. Nesse período, num encontro inesperado, foi apresentada por seu primo Pedro Nava ao médico goiano Oyama de Macedo. Encontro decisivo. Oyama foi o grande amor e companheiro de sua vida. Em pouquíssimo tempo Rachel e Oyama estavam morando juntos em Laranjeiras, e depois na Ilha do Governador. Era o ano de 1940 e, com o novo marido, Rachel viveu até a morte deste em 1982. Oyama foi o maior incentivador da produção literária de Rachel. Era seu mais severo crítico literário e comentava minuciosamente cada palavra escrita por ela. Após a morte do médico, Rachel nunca mais foi a mesma.

Mas, voltando aos anos 1940 e à bem-sucedida carreira de Rachel, é importante lembrar que, além de grande romancista e cronista impecável, foi também dramaturga, autora de literatura infantil e tradutora de cerca de quarenta obras importantes da literatura mundial, escritas por autores como Dostoiévski, A. J. Cronin, Samuel Butler, Leon Tolstoi, Emily Brontë, Pearl Buck, John Galsworthy, Elizabeth Gaskell, Honoré de Balzac, Jack London e tantos outros.

Publicou *A donzela e a moura torta* (1948) e, ainda nesse mesmo gênero de crônicas, entre outros, *Um alpendre, uma rede, um açude* (1958), *Mapinguari* (1964), *O caçador de tatu* (1967) e *As terras ásperas* (1993).

Escreveu duas peças de teatro: *Lampião*, montada em 1953 no Municipal do Rio de Janeiro e no Teatro Leopoldo Fróes em São Paulo e, em 1958, *A beata Maria do Egito*. A peça *O padrezinho santo* foi escrita para a televisão, assim como outras, encenadas por Tônia Carrero, Agildo Ribeiro e Cláudio Cavalcanti. Estas, porém, se perderam pelo fato de à época ainda não haver gravação audiovisual.

Embora sua produção jornalística e literária fosse incessante, Rachel nunca abandonou de todo a política. Esse grande interesse pelas arenas públicas fez que, em vários governos, fosse chamada para ocupar importantes cargos políticos. Recusou o convite para ser ministra da Educação do governo Jânio Quadros, participou da deposição de João Goulart, a quem fazia ferrenha oposição em função da herança getulista que ele representava, integrou o diretório da Arena, foi delegada do Brasil na 21ª Sessão da Assembleia Geral da ONU, na Comissão dos Direitos do Homem, e finalmente, em 1967, passou a ser membro do Conselho Federal de Cultura, posto que ocupou até a extinção desse órgão, em 1989.

Ainda em 1969, estreou na literatura infantojuvenil com *O menino mágico*, gênero ao qual retorna com as obras *Cafute & Pena-de-prata,* em 1986, e *Andira,* em 1992. Em 1975, depois de 38 anos, volta ao romance com *Dôra, Doralina*, com traços biográficos, como havia feito em 1939 com *As três Marias*, cujo eixo eram as lembranças de seus tempos de colégio.

No embalo dessa carreira de sucesso e presença ativa na vida pública nacional, Rachel se propõe um desafio quase impertinente: franquear as portas da Academia Brasileira de Letras às mulheres escritoras.

Desde sua fundação em 1897, a ABL era intransigente em relação à sua interdição estatutária sobre a questão de membros do sexo feminino. Então, num certo dia de julho de 1977, Rachel de Queiroz envia à Academia Brasileira de Letras uma carta na qual se candidata a uma vaga aberta para a cadeira número 5. Em 4 de agosto, é eleita no primeiro escrutínio com 23 votos, tornando-se a primeira mulher eleita para a ABL, e ocupa a cadeira fundada por Raimundo Correia, tendo como patrono Bernardo Guimarães. Sua posse foi no dia 4 de novembro de 1977, tendo sido recebida pelo acadêmico Adonias Filho.

Até hoje, nenhum imortal foi tão saudado como Rachel de Queiroz e, pela primeira vez em oitenta anos, uma cerimônia de posse ganhava ar de manifestação popular.

> A escola de samba Portela quer homenagear a primeira mulher a entrar na ABL, mas, barrada pelo presidente Austregésilo de Athaíde, que alegou ser a cerimônia formalíssima e, portanto, incompatível com a presença carnavalesca da escola, prontificou-se a prestar a homenagem do lado de fora da Academia, em plena Avenida Presidente Wilson. (*Jornal do Brasil*, Zózimo, 15 set. 1977).

Além do *Jornal do Brasil*, o fato foi noticiado pelo *Diário de Notícias*, de Porto Alegre, e pelo *Jornal do Comércio*, do Rio. Como choveu, entretanto, a Portela não pôde fazer seu prometido desfile de inauguração da ala das "acadêmicas", decepção que foi compensada pelos desfiles de várias escolas em todo o Ceará.

No Crato, os desfiles formavam blocos ornamentados com os livros de Rachel, reproduzidos em enormes esculturas alegóricas.

O futebol também esteve na pauta das comemorações. *O Jornal dos Sports* de 21 de setembro lembrou a seus leitores que "antes de ser imortal e ascender à Academia, Rachel, grande torcedora do Vasco da Gama, havia sido sagrada Cardeal do time por Nelson Rodrigues e admitida entre os pontífices vascaínos". Sabe-se, inclusive, que o Vasco da Gama tentou oferecer a Rachel a indumentária para a posse.

Deputados, senadores, prefeitos e vereadores homenagearam a escritora. Mauro Benevides, senador cearense pelo extinto MDB, fez, no Congresso Nacional, um relato da vida e obra de Rachel. Intervenções dos senadores Franco Montoro (SP), Benjamim Farah (RJ) e Agenor Mazia (RN), do MDB, e Magalhães Pinto (MG) e Benedito Ferreira (GO), da Arena, complementaram a homenagem. "Na sessão do Senado, de 7 de novembro, o vice-líder do Governo, Ruy Santos (Arena-BA) também fez discurso sobre a posse de Rachel, celebrando sua vitória como marco civilizatório do país."

Do samba ao futebol, passando pelos políticos, a festa de Rachel ganhou um tom de conquista nacional.

No dia seguinte à posse, o jornal *Última Hora* estampava a manchete: "Posse de Rachel vira comício e o público derrota protocolo".

Rachel sempre foi pioneira. Foi a única escritora mulher aceita como representante do movimento modernista. Foi uma das primeiras mulheres a se propor, com sucesso, uma vida independente e livre. Foi uma mulher que escolheu e determinou seu destino afetivo, existencial, literário, profissional e político. Foi uma mulher que viveu de e para o ofício de escrever.

O resultado foi o reconhecimento de sua obra e de sua atuação ainda em vida. Suas obras foram traduzidas para os mais diversos idiomas e lidas em quase todos os pontos do mundo. Quando poderia ela pensar que *O quinze*, escrito à luz de velas no casarão de sua família, seria traduzido em todas as línguas europeias, chegando mesmo, em 1978, até o Japão, pelas mãos da Editora Shinsekaisha? Quando a pequena Rachel, que se escondia atrás do pseudônimo Rita de Queluz, sonharia receber os mais importantes prêmios da língua portuguesa, comendas oficiais e o título de doutora *honoris causa* de diversas universidades brasileiras?

Em 1991, os direitos de publicação de sua obra, antes pertencentes à Editora José Olympio, foram leiloados e ficaram com a Siciliano, que por eles pagou a quantia de 150 mil dólares.

O primeiro romance publicado por essa nova editora – que seria seu último – foi *Memorial de Maria Moura*, pelo qual recebeu prêmios importantes, como o prestigioso e internacional Prêmio Camões e o Prêmio Juca Pato, ambos em 1993.

Além dos prêmios, a obra de Rachel mereceu adaptações cinematográficas e televisivas. *Dôra, Doralina* foi adaptado para o cinema com direção de Perry Salles. Em 1980,

As três Marias transformou-se em telenovela, e, em 1992, *Memorial de Maria Moura* foi minissérie de grande sucesso da TV Globo.

A partir de 1998, a obra de Rachel torna-se mais e mais reflexiva. É dessa época sua autobiografia, *Tantos anos*, escrita a quatro mãos com sua irmã Maria Luiza, companheira inseparável, a quem chamava de filha – a filha que não pôde ter junto a si ao longo da vida.

Em 2000, publica outra obra de traços memorialistas: *Não me Deixes*, na qual conta histórias de sua fazenda no Ceará e revela suas receitas culinárias prediletas. "Não me Deixes" foi o nome com o qual se batizou a fazenda que herdou de seu pai e onde construiu uma casa com Oyama. Foi lá que, segundo ela, viveu os dias mais felizes de sua vida.

Rachel de Queiroz morreu aos 92 anos em seu apartamento no Leblon, no Rio de Janeiro, no dia 4 de novembro de 2003.

BIBLIOGRAFIA

ROMANCE

As três Marias. Rio de Janeiro: José Olympio, 1939; 18. ed., São Paulo: Siciliano, 1997.

Caminho de pedras. Rio de Janeiro: José Olympio, 1937; 12. ed., São Paulo: Siciliano, 2004.

Dôra, Doralina. Rio de Janeiro/Brasília: José Olympio/ INL-MEC, 1975; 10. ed., São Paulo: Siciliano, 1997.

João Miguel. Rio de Janeiro: Schmidt, 1932; 15. ed., São Paulo: Siciliano, 2004.

Memorial de Maria Moura. São Paulo: Siciliano, 1992; 15. ed., Rio de Janeiro: José Olympio, 2004.

O galo de ouro. In: *O Cruzeiro*, Rio de Janeiro, 1950 (folhetim publicado em 40 edições); 1. ed. em livro: Rio de Janeiro: José Olympio, 1985; 3. ed., São Paulo: Siciliano, 1993.

O quinze. Fortaleza: edição da autora (impressão pelo Estabelecimento Graphico Urania), 1930; 2. ed., São Paulo: Cia. Editora Nacional, 1931. 75. ed., Rio de Janeiro: José Olympio, 2004.

Obra reunida. Prefácio de Carlos Vilaça. Rio de Janeiro: José Olympio, 1989. 5 v.

CRÔNICA

100 crônicas escolhidas. Rio de Janeiro: José Olympio, 1958.

A donzela e a moura torta. Rio de Janeiro: José Olympio, 1948.

As menininhas e outras crônicas. Rio de Janeiro: José Olympio, 1976.

As terras ásperas. São Paulo: Siciliano, 1993.

Cenas brasileiras. São Paulo: Ática, 2003.

Existe outra saída, sim. Fortaleza: Edições Demócrito Rocha, 2003.

Falso mar, falso mundo. Rio de Janeiro: Arx, 2002.

Mapinguari. Rio de Janeiro: José Olympio, 1964.

O brasileiro perplexo. Rio de Janeiro: Editora do Autor, 1964.

O caçador de tatu. Seleção e prefácio de Herman Lima. Rio de Janeiro: José Olympio, 1967.

O homem e o tempo (reedição de *Mapinguari*). São Paulo: Siciliano, 1995.

O jogador de sinuca e mais historinhas. Rio de Janeiro: José Olympio, 1980.

Um alpendre, uma rede, um açude. São Paulo: Siciliano, 1994.

TEATRO

A beata Maria do Egito. Rio de Janeiro: José Olympio, 1958; 3. ed. (In: *Obra reunida)*. Rio de Janeiro:, José Olympio, 1989.

Lampião. Rio de Janeiro: José Olympio, 1953; 4. ed. (In: *Obra reunida)*. Rio de Janeiro: José Olympio, 1989.

Teatro. São Paulo: Siciliano, 1995.

MEMÓRIAS

Não me deixes. Rio de Janeiro: Siciliano, 2000.

Tantos anos (com Maria Luiza de Queiroz Salek). Rio de Janeiro: Siciliano, 1998.

LITERATURA INFANTOJUVENIL

Andira. São Paulo: Siciliano, 1992.

Cafute & pena-de-prata (com ilustrações de Ziraldo). Rio de Janeiro: José Olympio, 1986; 9. ed., São Paulo: Siciliano, 1996.

Memórias de menina. Rio de Janeiro: José Olympio, 2003.

O menino mágico. Ilustrações de Gian Calvi. Rio de Janeiro: José Olympio, 1967; 21. ed., São Paulo: Siciliano, 1997.

O nosso Ceará (com Maria Luiza de Queiroz Salek). Fortaleza: O Povo, 1994.

Xerimbabo. Rio de Janeiro: José Olympio, 2002.

DIVERSOS

Seleta. Organização de Paulo Rónai; notas e estudos de Renato Cordeiro Gomes. Rio de Janeiro: José Olympio, 1973; 22. ed., Rio de Janeiro: José Olympio, 1991.

Discursos na Academia (com Adonias Filho). Rio de Janeiro: José Olympio, 1978.

TRADUÇÕES

Romances

AUSTEN, Jane. *Mansfield Park*. Rio de Janeiro: José Olympio, 1942.

BALZAC, Honoré de. *A mulher de trinta anos*. Rio de Janeiro: José Olympio, 1948.

BAUM, Vicki. *Helena Wilfuer*. Rio de Janeiro: José Olympio, 1944.

BELLAMANN, Henry. *A intrusa*. Rio de Janeiro: José Olympio, 1945.

BOTTONE, Phyllis. *Tempestade d'alma*. Rio de Janeiro: José Olympio, 1943.

BRONTË, Emily. *O morro dos ventos uivantes*. Rio de Janeiro: José Olympio, 1947.

BRUYÈRE, André. *Os Robinsons da montanha*. Rio de Janeiro: José Olympio, 1948.

BUCK, Pearl. *A promessa*. Rio de Janeiro: José Olympio, 1946.

BUTLER, Samuel. *Destino da carne*. Rio de Janeiro: José Olympio, 1942.

CHRISTIE, Agatha. *A mulher diabólica*. Rio de Janeiro: José Olympio, 1971.

CRONIN, A. J. *A família Brodie*. Rio de Janeiro: José Olympio, 1940.

______. *Anos de ternura*. Rio de Janeiro: José Olympio, 1947.

______. *Aventuras da maleta negra*. Rio de Janeiro: José Olympio, 1948.

DONAL, Mario; CHAMBOM, Marie. *O quarto misterioso e Congresso de bonecas*. Rio de Janeiro: José Olympio, 1947.

DOSTOIÉVSKI, Fiodor. *Humilhados e ofendidos*. Rio de Janeiro: José Olympio, 1944.

______. *Recordações da casa dos mortos*. Rio de Janeiro: José Olympio, 1945.

______. *Os demônios*. Rio de Janeiro: José Olympio, 1951.

______. *Os irmãos Karamazov*. Rio de Janeiro: José Olympio, 1952. 3 v.

DU MAURIER, Daphne. *O roteiro das gaivotas*. Rio de Janeiro: José Olympio, 1943.

FREMANTLE, Anne. *Idade da fé*. Rio de Janeiro: José Olympio, 1970.

GALSWORTHY, John. *A crônica dos Forsyte*. Rio de Janeiro: José Olympio, 1946. 3 v.

GASKELL, Elisabeth. *Cranford*. Rio de Janeiro: José Olympio, 1946.

GAUTHIER, Théophile. *O romance da múmia*. Rio de Janeiro: Edições de Ouro, 1972.

HEIDENSTAM, Verner von. *Os carolinos*: crônica de Carlos XII. Rio de Janeiro: Delta, 1963.

HILTON, James. *Fúria no céu*. Rio de Janeiro: José Olympio, 1944.

LA CONTRIE, M. D'Agon de. *Aventuras de Carlota*. Rio de Janeiro: José Olympio, 1947.

LOISEL, Y. *A casa dos cravos brancos*. Rio de Janeiro: José Olympio, 1947.

LONDON, Jack. *O lobo do mar*. Rio de Janeiro: Edições de Ouro, 1972.

MAURIAC, François. *O deserto do amor*. Rio de Janeiro: Delta, 1966.

PROUTY, Oliver. *Stella Dallas*. Rio de Janeiro: José Olympio, 1945.

REMARQUE, Erich Maria. *Náufragos*. Rio de Janeiro: José Olympio, 1942.

ROSAIRE, Forrest. *Os dois amores de Grey Manning*. Rio de Janeiro: José Olympio, 1948.

ROSMER, Jean. *A afilhada do imperador*. Rio de Janeiro: José Olympio, 1950.

SAILLY, Suzanne. *A deusa da tribo*. Rio de Janeiro: José Olympio, 1950.

VERDAT, Germaine. *A conquista da torre misteriosa*. Rio de Janeiro: José Olympio, 1948.

VERNE, Júlio. *Miguel Strogoff*. Rio de Janeiro: Edições de Ouro, 1972.

WHARTON, Edith. *Eu soube amar*. Rio de Janeiro: José Olympio, 1940.

WILLEMS, Raphaelle. *A predileta*. Rio de Janeiro: José Olympio, 1950.

Biografias e memórias

BUCK, Pearl. *A exilada:* retrato de uma mãe americana. Rio de Janeiro: José Olympio, 1943.

CHAPLIN, Charles. *Minha vida* (caps. 1 a 7). Rio de Janeiro: José Olympio, 1965.

DUMAS, Alexandre. *Memórias de Alexandre Dumas, pai*. Rio de Janeiro: José Olympio, 1947.

TERESA DE JESUS, Santa. *Vida de Santa Teresa de Jesus*. Rio de Janeiro: José Olympio, 1946.

STONE, Irwin. *Mulher imortal* (biografia de Jessie Benton Fremont). Rio de Janeiro: José Olympio, 1947.

TOLSTOI, Leon. *Memórias*. Rio de Janeiro: José Olympio, 1944.

Teatro

CRONIN, A. J. *Os deuses riem*. Rio de Janeiro: José Olympio, 1952.

COLABORAÇÕES

Brandão entre o mar e o amor. Com José Lins do Rego, Graciliano Ramos, Aníbal Machado e Jorge Amado. São Paulo: Martins, 1942; 2. ed., Rio de Janeiro: Record, 1985.

Elenco de cronistas modernos (Rachel de Queiroz, Carlos Drummond de Andrade, Clarice Lispector, Fernando Sabino, Manuel Bandeira, Paulo Mendes Campos, Rubem Braga). Rio de Janeiro: Sabiá, 1971; a partir da 5. ed., Rio de Janeiro: José Olympio, 1976.

Histórias do acontecerá (Rachel de Queiroz, Álvaro Malheiros, André Carneiro, Antônio Olinto, Clóvis Garcia, Dinah Silveira de Queiroz, Leon Eliachar, Zora Seljan). Rio de Janeiro: GRD, 1961.

Luís e Maria (cartilha de alfabetização de adultos). Com Marion Vilas Boas Sá Rego. São Paulo: Lisa, 1971.

Meu livro de Brasil (Educação Moral e Cívica – 1º grau), v. 3-5. Com Nilda Bethlem. Rio de Janeiro: José Olympio/Fename-MEC, 1971.

Nove elas são (crônicas de Rachel de Queiroz, Maria Eugênia Celso, Emi Bulhões de Carvalho, Dinah Silveira de

Queiroz, Lygia Fagundes Telles, Ondina Ferreira, Leandro Dupré, Lasinha Luís Carlos, Francisca Barros Cordeiro). Rio de Janeiro: Freitas Bastos, 1957.

O mistério dos MMM (Rachel de Queiroz, Viriato Corrêa, Dinah Silveira de Queiroz, Lúcio Cardoso, Herberto Sales, Jorge Amado, José Condé, Guimarães Rosa, Antonio Callado e Orígenes Lessa). Rio de Janeiro: Gráfica O Cruzeiro, 1962; 2. ed., Rio de Janeiro: Edições de Ouro, [s. d.].

PREFÁCIOS E NOTAS EM LIVROS

ALENCAR, José de. *Iracema – Ubirajara.*
______. *Perfis parlamentares I.*
ANÍSIO, Chico. *O enterro do anão.*
BANDEIRA, Manuel. *Estrela da vida inteira.*
BRONTË, Emily. *O morro dos ventos uivantes.*
BUTLER, Samuel. *Destino da carne.*
CAFÉ FILHO. *Do sindicato ao Catete* (in *Caminho de pedras).*
CAMPOS, Moreira. *O puxador de terço.*
CARVALHO, José Cândido de. *O coronel e o lobisomem.*
COARACY, Vivaldo. *Paquetá.*
COSTA Filho, Odylo. *A faca e o rio.*
DRUON, Maurice. *O menino do dedo verde.*
GALSWORTHY, John. *A crônica dos Forsyte.*
JARDIM, Luís. *Proezas do menino Jesus.*
JOACHIM, Erich. *Isto é Brasil.*
MACEDO, Joaquim Manuel de. *A moreninha.*
MEIRA, Sílvio. *Os náufragos do Carnapijó.*
MELVILLE, Herman. *Moby Dick.*
PALMÉRIO, Mário. *Vila dos confins.*
REGO, José Lins do. *Eurídice.*
______. *Menino de engenho.*
SUASSUNA, Ariano. *A pedra do reino.*
TÁVORA, Juarez. *Uma vida e muitas lutas* (v. 3).

LIVROS TRADUZIDOS PARA OUTROS IDIOMAS

Para o alemão

Das Jahr 15 (O quinze). Tradução de Ingrid Schwamborn. Frankfurt: Suhrkamp, 1978.

Die drei Marias (As três Marias). Tradução de Ingrid Führer. Munique: DTV, 1994.

Para o francês

Dôra, Doralina. Tradução de Mario Carelli. Paris: Stock, 1980.

Jean Miguel (João Miguel). Tradução de Mario Carelli. Paris: Stock, 1984.

L'année de la grande sécheresse (O quinze). Tradução de Jane Lessa e Didier Voïta. Paris: Stock, 1986.

Maria Moura (Memorial de Maria Moura). Tradução de Cécile Tricoire. Paris: Éditions Métailié, 1995.

Para o inglês

The three Marias (As três Marias). Tradução de Fred P. Ellison. Austin: University of Texas Press, 1963.

Dôra, Doralina. Tradução de Dorothy Scott Loos. Nova York: Avon Books, 1984.

Para o japonês

Kambatsu (O quinze). Tradução de Kazuko Hirokawa. Tóquio: Shinsekaisha, 1978.

Lampião. Tóquio: [s. n.], 1964.

DOCUMENTÁRIO

Um alpendre, uma rede, um açude. Direção de Eliane Terra e Karla Holanda. Rio de Janeiro/Ceará: [s. n.], 1995.

ADAPTAÇÕES

Para o teatro

A beata Maria do Egito. Direção de José Maria Monteiro, Teatro Serrador, Rio de Janeiro, 1958; direção de Íris Gomes da Costa, Teatro José de Alencar, Fortaleza, 1997.

Lampião. Direção de Sérgio Cardoso. Teatro Leopoldo Fróes, São Paulo, 1953.

Para audiolivro

O quinze. Adaptação de Adriana Porto, direção acústica de Márcio A. Castorino, narração e interpretação de Jorge Ramos e direção geral de Arnaldo Niskier. Rio de Janeiro: Centro de Memória da Academia Brasileira de Letras, 1997.

Para o cinema

Dôra, Doralina. Adaptação e direção de Perry Salles, 1981.

Para a televisão

As três Marias (novela). Adaptação de Wilson Rocha. Rede Globo, 1980.

Memorial de Maria Moura (minissérie). Adaptação de Jorge Furtado e Carlos Gerbase. Direção de Roberto Farias, Mauro Mendonça Filho e Denise Saraceni. Rede Globo, 1994.

CD

Rachel de Queiroz: historinhas e crônicas. Leitura por Arlete Salles. Rio de Janeiro: ABL, 1999. ("Os imortais", v. 1).

VÍDEO

Rachel de Queiroz. Direção de Araken Távora. São Paulo: Work Vídeo-IBM, 1996.

OBRAS DE REFERÊNCIA

Livros

ACIOLI, Socorro. *Rachel de Queiroz*. Fortaleza: Demócrito Rocha, 2003.

BARBOSA, Maria de Lourdes Leite. *Protagonistas de Rachel de Queiroz*: caminhos e descaminhos. Campinas: Pontes, 1999.

BRUNO, Haroldo. *Rachel de Queiroz:* crítica, bibliografia, biografia, seleção de textos, iconografia. Rio de Janeiro/ Brasília: Cátedra/INL-MEC, 1977.

BLOCH, Adolfo et al. *Rachel de Queiroz*: os oitenta. Rio de Janeiro: José Olympio, 1990.

DE FRANCESCHI, Antônio F. (Org.). *Rachel de Queiroz*. São Paulo: Instituto Moreira Salles, set. 1997. (Caderno de Literatura, 4).

GOMES, Renato Cordeiro. *Rachel de Queiroz* (seleta, incluindo 417 notas e dois estudos). Rio de Janeiro: José Olympio, 1976.

LIRA, José Luís. *No alpendre com Rachel*: ensaio biográfico de Rachel de Queiroz. Fortaleza: Cidadania, 2003.

NERY, Hermes Rodrigues. *Presença de Rachel*. Ribeirão Preto: Funpec Editora, 2003.

PINTO, Cristina Ferreira. *O Bildungsroman feminino*: quatro exemplos brasileiros. São Paulo: Perspectiva, 1990.

Estudos em livros e revistas

ADERALDO, Mozart. História abreviada de Fortaleza e crônicas sobre a cidade amada. Fortaleza: Casa José de Alencar, 1998. (Alagadiço novo).

ADONIAS FILHO. A beata Maria do Egito. *A leitura*, Rio de Janeiro, n. 12, 1958.

______. O romance *O quinze*. In: QUEIROZ, Rachel de. *O quinze*. 7. ed. Rio de Janeiro: José Olympio, 1966. p. 10-6.

______. Rachel de Queiroz. In: ______. *O romance brasileiro de 30*. Rio de Janeiro: Bloch, 1969. p. 83-93.

AMADO, Gilberto. Prefácio. *100 crônicas escolhidas*. Rio de Janeiro: José Olympio, 1958.

ANDRADE, Almir de. *Aspectos da cultura brasileira*. Rio de Janeiro: Schmidt, 1939.

ANDRADE, Mário de. In: ______. *O empalhador de passarinho*. São Paulo: Martins, [s. d.]. p. 115-9 (reeditado em QUEIROZ, Rachel de. *Obra reunida*. Rio de Janeiro: José Olympio, 1989. v. 2, p. VII-XI).

ATHAYDE, Tristão de. Rachel. In: ______. *Meio século de presença literária*. Rio de Janeiro: José Olympio, 1969.

AZEVEDO, Sânzio de. Dez ensaios de literatura cearense. Fortaleza: Casa de José de Alencar, 1985. (Alagadiço novo).

BANDEIRA, Manuel. Louvado para Rachel de Queiroz. In: *Estrela da vida inteira*. Rio de Janeiro: José Olympio, 1970.

CÂMARA, José Bonifácio. *Personas*: notas de um bibliófilo cearense. Fortaleza: Casa de José de Alencar, 1999. (Alagadiço novo).

CANDIDO, Antonio. *Formação da literatura brasileira*. Belo Horizonte: Itatiaia, 2000. v. 1-2.

CANDIDO, Antonio; CASTELO, José Aderaldo. Rachel de Queiroz. In: ______*Presença da literatura brasileira*. 6. ed. Rio de Janeiro/São Paulo: Difel, 1977. v. 3, p. 115-6.

CASTELO, José Aderaldo. Um romance de emancipação. In: QUEIROZ, Rachel de. *As três Marias*. 5. ed. Rio de Janeiro: José Olympio, 1970. p. VIII-XI.

COURTEAU, Joanna. *Dôra, Doralina*: the sexual configuration of discourse. *Chasqui*: revista de literatura latino-americana. Williamsburg, 20 maio 1991.

COUTINHO, Afrânio. *A literatura no Brasil*. 3. ed. revista e ampliada. Rio de Janeiro: José Olympio, 1986.

COUTINHO, Afrânio; SOUSA, J. Galante de. *Enciclopédia de literatura brasileira*. São Paulo: Global, 2001. v. 2.

ELLISON, Fred P. *Brazil's New Novel*. 1954.

GRIECO, Agrippino. Estudos. In: ______. *Gente nova do Brasil*. Rio de Janeiro: José Olympio, 1948.

GURGEL, Ítalo. *Uma leitura íntima de Dôra, Doralina*: a lição dos manuscritos. Fortaleza: Casa de José de Alencar, 1997. (Alagadiço novo).

HOLLANDA, Heloisa Buarque de. A roupa da Rachel. *Revista de Estudos Feministas*. Rio de Janeiro: Imago, n. 0, 1992.

______. O ethos Rachel. In: DE FRANCESCHI, Antônio F. (Org.). *Rachel de Queiroz*. São Paulo: Instituto Moreira Salles, set. 1997. (Cadernos de Literatura, 4).

GOTLIB, Nadia Batella. Las mujeres y "el otro": tres narradoras brasileñas. *Escritura*: revista de teoria y crítica literarias. Caracas, jan.-dez. 1991.

GUINSBURG, Jacó. Três romances que vencem o tempo. *Revista brasiliense*. São Paulo, maio-jun. 1958 (reeditado em: ______. *Motivos*. Rio de Janeiro: Conselho Estadual de Cultura, 1964. p. 61-4).

LANDIM, Teoberto. Dôra, Doralina. Fortaleza: Demócrito Rocha, 1999. (Fascículo vestletras).

______. *Seca*: a estação do inferno. Fortaleza: Casa de José de Alencar, 1992. (Alagadiço novo).

LANDIM, Teoberto; FELDMAN, Helmut (Orgs.). *Literatura sem fronteiras*. Fortaleza: Casa de José de Alencar, 1990. (Alagadiço novo).

LIMA, Cícero Franklin de Alencar. Apontamentos biográficos. *Revista Itaytera do Instituto Cultural do Cariri*. Crato, n. 3, 1962.

LIMA, Herman. Rachel de Queiroz. In: QUEIROZ, Rachel de. *Obra reunida*. Rio de Janeiro: José Olympio, 1989. v. 4, p. XV-XXV.

MONTEIRO, Adolfo Casais. Um romance que não envelheceu. In: *O romance*: teoria e crítica. Rio de Janeiro:

José Olympio, 1964; p. 223-5 (reeditado em: QUEIROZ, Rachel de. *O quinze*. 15. ed. Rio de Janeiro: José Olympio, 1972. p. 17-9).

MONTENEGRO, Olívio. Estudo. In: ______. *O romance brasileiro*. 2. ed. Rio de Janeiro: José Olympio, 1953.

NOGUEIRA, Olinda B. *O Lampião de Rachel de Queiroz*. [S. l.]: [s. n.], 1979.

PEREZ, Renard. Biografia. In: ______. *Escritores brasileiros contemporâneos*. Rio de Janeiro: Civilização Brasileira, 1960.

RAMOS, Graciliano. Caminho de pedras. In: *Linhas tortas*. São Paulo: Martins, 1962. p. 140-2 (reeditado em: QUEIROZ, Rachel de. *Obra reunida*. Rio de Janeiro: José Olympio, 1989. v. 1, p. LXII-LXIV).

REYNOLDS, C. Russell. The Santa Maria Egipciaca motif in modern Brazilian letters. *Romance-Notes*, Chapel Hill, n. 13, 1971.

RIBEIRO, João. Estudos sobre *João Miguel*. *Revista da Academia Brasileira de Letras*. Rio de Janeiro: José Olympio, 1952.

RÓNAI, Paulo. Estudo. *Revista Brasileira de Cultura*. Rio de Janeiro: MEC, out.-dez. 1971.

______. Rachel de Queiroz ou a complexa naturalidade. In: QUEIROZ, Rachel de. *Obra reunida*. Rio de Janeiro: José Olympio, 1989. v. 4, p. VII-XIV.

SCHMIDT, Augusto Frederico. Uma revelação. *As novidades literárias, artísticas e científicas*. Rio de Janeiro, n. 4, 1930.

SCHUMAHER, Schuma (Org.). *Dicionário de mulheres do Brasil*. Rio de Janeiro: Jorge Zahar Editor, 2000.

SECRETARIA de Cultura e Desporto do Estado do Ceará. *Rachel*: de Rita de Queluz a Rachel de Queiroz. II Feira Brasileira do Livro de Fortaleza. 16-21 abr. 1996.

SOUZA, José Bonifácio. *Quixadá e a Serra do Estevão*. Fortaleza: Casa de José de Alencar, 1997. (Alagadiço novo).

Dissertações e teses

ARAÚJO, Antônio Augusto Pessoa de. *Rachel de Queiroz: Dôra, Doralina* – texto e contexto. Dissertação (Mestrado em Literatura Brasileira) – Universidade de Brasília, Brasília, 1988.

COSTA, Maria Osana de Medeiros. *Ideologia e contra-ideologia na obra de Rachel de Queiroz*. Dissertação (Mestrado em Literatura Brasileira) – Pontifícia Universidade Católica, Rio de Janeiro, 1973.

MENDES, Marlene Carmelinda Gomes. *Edição crítica em uma perspectiva genética de* As três Marias, *de Rachel de Queiroz*. Tese (Doutorado em Literatura Brasileira) – Universidade de São Paulo, São Paulo, 1996.

Artigos de jornal

AIDAR, José Luiz. *Galo de ouro* em tempos de broa de milho. *Folha de S.Paulo,* 17 nov. 1985.

ALMEIDA, Magda de. Rachel de Queiroz, confidente do País. *O Estado de S. Paulo,* 15 jul. 1989.

ANDRADE, Mário de. Rachel de Queiroz. *Diário Nacional*. Rio de Janeiro, 14 set. 1930 (reeditado em: *Táxi e crônicas no* Diário Nacional. Estabelecimento de texto, introdução e notas de Telê Ancona Lopez. São Paulo: Duas Cidades, 1976. p. 251-2).

BECHERUCCI, Bruna. Rachel de Queiroz: escrevendo histórias do cotidiano. *Jornal da Tarde*. São Paulo, 14 dez. 1985.

BRUNO, Haroldo. Rachel de Queiroz: a propósito da nova edição de *As três Marias*. *O Estado de S. Paulo,* 10 mar. 1974.

CAMBARÁ, Isa. A velha senhora na Academia. *Folha de S.Paulo,* 17 abr. 1977.

CUNHA, Cecilia. Vida literária em formação. Rachel 90 anos. *O Povo,* Fortaleza, 2000.

FARIA, Octavio de. O novo romance de Rachel de Queiroz. *Boletim de Ariel,* São Paulo, 1932.

FERRAZ, Geraldo Galvão. A sinhazinha que virou cabra-macho. *O Estado de S. Paulo,* 15 ago. 1992.

HOUAISS, Antonio. *Memorial de Maria Moura. Jornal do Comércio.* Rio de Janeiro, 6 out. 1992.

LINS, Letícia. Antes de tudo, uma dama do sertão. *O Globo,* Rio de Janeiro, 17 set. 1994.

LUCAS, Fábio. Aspectos literoculturais da obra de Rachel de Queiroz. *Leitura,* São Paulo, 12 dez. 1993.

MAGALDI, Sábato. *A beata Maria do Egito. O Estado de S. Paulo,* 24 maio 1958.

MARTINS, Maria. A saga da rainha bandida. *O Globo,* Rio de Janeiro, 25 fev. 1992.

MARTINS, Wilson. Primeira-dama. *O Estado de S. Paulo,* 13 maio 1989 (reeditado em: *Pontos de vista.* São Paulo: T. A. Queiroz, 1996. v. 12, p. 381-3).

MOCARZEL, Evaldo. Rachel de Queiroz faz 80 anos, e *O quinze*, 60. *O Estado de S. Paulo,* 15 nov. 1990.

______. Cangaceira de Rachel de Queiroz tem ares nobres. *O Estado de S. Paulo,* 4 nov. 1991.

PÓLVORA, Hélio. *Dôra, Doralina. Jornal do Brasil.* Rio de Janeiro, 26 mar. 1975.

REBELLO, Gilson. Rachel, viagem à própria memória. *O Estado de S. Paulo,* 3 nov. 1985.

SALLES, Cecília Almeida. Toda a arte de Rachel. *Jornal da Tarde,* São Paulo, 12 set. 1992.

SCALZO, Nilo. Uma escritora autêntica. *O Estado de S. Paulo,* 5 ago. 1977.

SECCO, Carmen Lucia Tindo. *O quinze* e o papel da mulher. *Minas Gerais, Suplemento Literário,* Belo Horizonte, 31 out. 1982.

VILLAÇA, Antônio Carlos. *Dôra, Doralina,* a volta ao romance após 36 anos. *Jornal do Brasil,* Rio de Janeiro, 19 abr. 1975.

VILLAÇA, Nísia. Uma senhora invulgar. *Jornal do Brasil,* Rio de Janeiro, 2 maio 1992.

Artigos de revista

ANDRADE, Mário de. Rachel de Queiroz – *João Miguel*. *Nova*. São Paulo, 15 dez. 1932.

CASTELLO, José Aderaldo. Rachel de Queiroz e o romance do Nordeste. *Anhembi*. São Paulo, abr. 1958.

CARRASCO, Walcyr. Cabra-macho e sinhazinha. *Veja*, São Paulo, 2 set. 1992.

GAMA, Rinaldo. A grande dama do sertão. *Veja*, São Paulo, 15 set. 1994.

MONTELLO, Josué. Rachel de Queiroz: a mulher entra para a Academia. *Manchete*, Rio de Janeiro, 20 ago. 1977.

RIBEIRO, Leo Gilson. O menino mágico. *Veja e leia*, São Paulo, 15 out. 1969.

SÁ, Jorge de. Um texto vigoroso. *Fatos*, São Paulo, 25 nov. 1985.

Entrevistas

Rachel de Queiroz. *Jornal do Comércio*, Rio de Janeiro, 14 mar. 1970. Entrevista a Ary Quintella.

Rachel de Queiroz sob palavra. *Revista do Livro,* ano XIII, n. 42, 1970. Entrevista a Paulo César Araújo.

Rachel faz o que pode. *IstoÉ*, São Paulo, 17 ago. 1977. Entrevista a Alice Munerat.

Um romance de meio século. *Jornal do Brasil*, Rio de Janeiro, 11 out. 1980. Entrevista a Beatriz Bonfim.

Rachel: 70 anos. De fardão e prestações pagas. *Jornal da Tarde*, São Paulo, 16 nov. 1980. Entrevista a Edla van Steen (reeditado em: Rachel de Queiroz. In: *Viver & escrever*. Porto Alegre, L&PM, 1981. v. 1, p. 179-93).

Rachel de Queiroz: uma canção de amor a Israel. *Manchete*, Rio de Janeiro, 27 ago. 1983. Entrevista a Arnaldo Niskier.

Rachel de Queiroz. *Shopping News – City News*, São Paulo, 6 nov. 1983. Entrevista a Moacir Amâncio.

Os desencantos de Rachel. *Jornal da Tarde*, São Paulo, 14 jan. 1989. Entrevista a Hermes Rodrigues Nery.

Rachel de Queiroz: a escritora conta como concebeu *O quinze* e fala sobre seu novo livro, *Memorial de Maria Moura*. *Folha de S.Paulo*, 14 set. 1991. Entrevista a Marilene Felinto e Alcino Leite Neto.

Rachel foge de Maria Moura. *O Globo*, Rio de Janeiro, 18 jun. 1994. Entrevista a Bruno Casotti.

A doce anarquia de 65 anos de literatura. *O Globo*, Rio de Janeiro, 26 mar. 1995. Entrevista a Daniela Name.

Rachel espera o século 21 para dar aos leitores outro romance. *O Estado de S. Paulo*, 14 jun. 1995. Entrevista a José Castello.

É preciso romance. *Veja*, São Paulo, 2 out. 1996. Entrevista a Gérson Camarotti.

Heloisa Buarque de Hollanda, nascida em Ribeirão Preto, SP, é escritora, professora de Teoria Crítica da Cultura da UFRJ, coordenadora do Programa Avançado de Cultura Contemporânea, Diretora da Aeroplano Editora Consultoria Ltda. É autora de muitos livros, entre eles *Impressões de viagem, Cultura e participação nos anos 60, Pós-modernismo e política. O feminismo como crítica da cultura, Guia poético do Rio de Janeiro* e *Asdrúbal trouxe o trombone: memórias de um trupe solitária de comediantes que abalou os anos 70.*

ÍNDICE

100 CRÔNICAS ESCOLHIDAS
(*Obra reunida*, v. 4, J. Olympio, 1989)

O CAÇADOR DE TATU
(*Obra reunida*, v. 4, J. Olympio, 1989)

O HOMEM E O TEMPO
(*74 crônicas escolhidas*, Siciliano, 1995)

AS TERRAS ÁSPERAS
(*96 crônicas escolhidas*, Siciliano, 1993)

FALSO MAR, FALSO MUNDO
(*Falso mar, falso mundo,* Arx, 2002)

COLEÇÃO MELHORES CRÔNICAS

Machado de Assis
Seleção e prefácio de Salete de Almeida Cara

José de Alencar
Seleção e prefácio de João Roberto Faria

Manuel Bandeira
Seleção e prefácio de Eduardo Coelho

Affonso Romano de Sant'Anna
Seleção e prefácio de Letícia Malard

José Castello
Seleção e prefácio de Leyla Perrone-Moisés

Marques Rebelo
Seleção e prefácio de Renato Cordeiro Gomes

Cecília Meireles
Seleção e prefácio de Leodegário A. de Azevedo Filho

Lêdo Ivo
Seleção e prefácio de Gilberto Mendonça Teles

Ignácio de Loyola Brandão
Seleção e prefácio de Cecilia Almeida Salles

Moacyr Scliar
Seleção e prefácio de Luís Augusto Fischer

Zuenir Ventura
Seleção e prefácio de José Carlos de Azeredo

Rachel de Queiroz
Seleção e prefácio de Heloisa Buarque de Hollanda

Ferreira Gullar
Seleção e prefácio de Augusto Sérgio Bastos

Lima Barreto
Seleção e prefácio de Beatriz Resende

Olavo Bilac
Seleção e prefácio de Ubiratan Machado

Roberto Drummond
Seleção e prefácio de Carlos Herculano Lopes

Sérgio Milliet
Seleção e prefácio de Regina Campos

Ivan Angelo
Seleção e prefácio de Humberto Werneck

Austregésilo de Athayde
Seleção e prefácio de Murilo Melo Filho

Humberto de Campos
Seleção e prefácio de Gilberto Araújo

João do Rio
Seleção e prefácio de Edmundo Bouças e Fred Góes

Coelho Neto
Seleção e prefácio de Ubiratan Machado

Josué Montello
Seleção e prefácio de Flávia Vieira da Silva do Amparo

Gustavo Corção
Seleção e prefácio de Luiz Paulo Horta

Marcos Rey
Seleção e prefácio de Anna Maria Martins

Álvaro Moreyra
Seleção e prefácio de Mario Moreyra

*Odylo Costa Filho**
Seleção e prefácio de Cecilia Costa

Raul Pompeia
Seleção e prefácio de Claudio Murilo Leal

Euclides da Cunha
Seleção e prefácio de Marco Lucchesi

Maria Julieta Drummond de Andrade
Seleção e prefácio de Marcos Pasche

Rubem Braga
Seleção e prefácio de Carlos Ribeiro

*Artur Azevedo**
Seleção e prefácio de Orna Messe Levin e Larissa de Oliveira Neves

*Elsie Lessa**
Seleção e prefácio de Alvaro Costa e Silca

*Rodoldo Konder**

*França Júnior**

*Antonio Torres**
Seleção e prefácio de Claudio Murilo Leal

*Marina Colasanti**
Seleção e prefácio de Marisa Lajolo

*Luís Martins**
Seleção e prefácio de Ana Luísa Martins

**PRELO*

COLEÇÃO MELHORES POEMAS

Castro Alves
Seleção e prefácio de Lêdo Ivo

Lêdo Ivo
Seleção e prefácio de Sergio Alves Peixoto

Ferreira Gullar
Seleção e prefácio de Alfredo Bosi

Mario Quintana
Seleção e prefácio de Fausto Cunha

Carlos Pena Filho
Seleção e prefácio de Edilberto Coutinho

Tomás Antônio Gonzaga
Seleção e prefácio de Alexandre Eulalio

Manuel Bandeira
Seleção e prefácio de Francisco de Assis Barbosa

Cecília Meireles
Seleção e prefácio de Maria Fernanda

Carlos Nejar
Seleção e prefácio de Léo Gilson Ribeiro

Luís de Camões
Seleção e prefácio de Leodegário A. de Azevedo Filho

Gregório de Matos
Seleção e prefácio de Darcy Damasceno

Álvares de Azevedo
Seleção e prefácio de Antonio Candido

Mário Faustino
Seleção e prefácio de Benedito Nunes

Alphonsus de Guimaraens
Seleção e prefácio de Alphonsus de Guimaraens Filho

Olavo Bilac
Seleção e prefácio de Marisa Lajolo

João Cabral de Melo Neto
Seleção e prefácio de Antonio Carlos Secchin

Fernando Pessoa
Seleção e prefácio de Teresa Rita Lopes

Augusto dos Anjos
Seleção e prefácio de José Paulo Paes

Bocage
Seleção e prefácio de Cleonice Berardinelli

Mário de Andrade
Seleção e prefácio de Gilda de Mello e Souza

Paulo Mendes Campos
Seleção e prefácio de Guilhermino Cesar

Luís Delfino
Seleção e prefácio de Lauro Junkes

Gonçalves Dias
Seleção e prefácio de José Carlos Garbuglio

Haroldo de Campos
Seleção e prefácio de Inês Oseki-Dépré

Gilberto Mendonça Teles
Seleção e prefácio de Luiz Busatto

Guilherme de Almeida
Seleção e prefácio de Carlos Vogt

Jorge de Lima
Seleção e prefácio de Gilberto Mendonça Teles

Casimiro de Abreu
Seleção e prefácio de Rubem Braga

Murilo Mendes
Seleção e prefácio de Luciana Stegagno Picchio

Paulo Leminski
Seleção e prefácio de Fred Góes e Álvaro Marins

Raimundo Correia
Seleção e prefácio de Telenia Hill

Cruz e Sousa
Seleção e prefácio de Flávio Aguiar

Dante Milano
Seleção e prefácio de Ivan Junqueira

José Paulo Paes
Seleção e prefácio de Davi Arrigucci Jr.

Cláudio Manuel da Costa
Seleção e prefácio de Francisco Iglésias

Machado de Assis
Seleção e prefácio de Alexei Bueno

Henriqueta Lisboa
Seleção e prefácio de Fábio Lucas

Augusto Meyer
Seleção e prefácio de Tania Franco Carvalhal

Ribeiro Couto
Seleção e prefácio de José Almino

Raul de Leoni
Seleção e prefácio de Pedro Lyra

Alvarenga Peixoto
Seleção e prefácio de Antonio Arnoni Prado

Cassiano Ricardo
Seleção e prefácio de Luiza Franco Moreira

Bueno de Rivera
Seleção e prefácio de Affonso Romano de Sant'Anna

Ivan Junqueira
Seleção e prefácio de Ricardo Thomé

Cora Coralina
Seleção e prefácio de Darcy França Denófrio

Antero de Quental
Seleção e prefácio de Benjamin Abdalla Junior

Nauro Machado
Seleção e prefácio de Hildeberto Barbosa Filho

Fagundes Varela
Seleção e prefácio de Antonio Carlos Secchin

Cesário Verde
Seleção e prefácio de Leyla Perrone-Moisés

Florbela Espanca
Seleção e prefácio de Zina Bellodi

Vicente de Carvalho
Seleção e prefácio de Cláudio Murilo Leal

Patativa do Assaré
Seleção e prefácio de Cláudio Portella

Alberto da Costa e Silva
Seleção e prefácio de André Seffrin

Alberto de Oliveira
Seleção e prefácio de Sânzio de Azevedo

Walmir Ayala
Seleção e prefácio de Marco Lucchesi

Alphonsus de Guimaraens Filho
Seleção e prefácio de Afonso Henriques Neto

Menotti del Picchia
Seleção e prefácio de Rubens Eduardo Ferreira Frias

Álvaro Alves de Faria
Seleção e prefácio de Carlos Felipe Moisés

Sousândrade
Seleção e prefácio de Adriano Espínola

Lindolf Bell
Seleção e prefácio de Péricles Prade

Thiago de Mello
Seleção e prefácio de Marcos Frederico Krüger

Affonso Romano de Sant'anna
Seleção e prefácio de Miguel Sanches Neto

Arnaldo Antunes
Seleção e prefácio de Noemi Jaffe

Armando Freitas Filho
Seleção e prefácio de Heloisa Buarque de Hollanda

Mário de Sá-Carneiro
Seleção e prefácio de Lucila Nogueira

Luiz de Miranda
Seleção e prefácio de Regina Zilbermann

Almeida Garret
Seleção e prefácio de Izabel Leal

*Ruy Espinheira Filho**
Seleção e prefácio de Sérgio Martagão

*Sosígenes Costa**
Seleção e prefácio de Aleilton Fonseca

**Prelo*

COLEÇÃO MELHORES CONTOS

Lygia Fagundes Telles
Seleção e prefácio de Eduardo Portella

Breno Accioly
Seleção e prefácio de Ricardo Ramos

Marques Rebelo
Seleção e prefácio de Ary Quintella

Moacyr Scliar
Seleção e prefácio de Regina Zilbermann

Machado de Assis
Seleção e prefácio de Domício Proença Filho

Herberto Sales
Seleção e prefácio de Judith Grossmann

Rubem Braga
Seleção e prefácio de Davi Arrigucci Jr.

Lima Barreto
Seleção e prefácio de Francisco de Assis Barbosa

João Antônio
Seleção e prefácio de Antônio Hohlfeldt

Eça de Queirós
Seleção e prefácio de Herberto Sales

Luiz Vilela
Seleção e prefácio de Wilson Martins

J. J. Veiga
Seleção e prefácio de J. Aderaldo Castello

João do Rio
Seleçã e prefácio de Helena Parente Cunha

Ignácio de Loyola Brandão
Seleção e prefácio de Deonísio da Silva

Lêdo Ivo
Seleção e prefácio de Afrânio Coutinho

Ricardo Ramos
Seleção e prefácio de Bella Jozef

Marcos Rey
Seleção e prefácio de Fábio Lucas

Simões Lopes Neto
Seleção e prefácio de Dionísio Toledo

Hermilo Borba Filho
Seleção e prefácio de Silvio Roberto de Oliveira

Bernardo Élis
Seleção e prefácio de Gilberto Mendonça Teles

Autran Dourado
Seleção e prefácio de João Luiz Lafetá

Joel Silveira
Seleção e prefácio de Lêdo Ivo

João Alphonsus
Seleção e prefácio de Afonso Henriques Neto

Artur Azevedo
Seleção e prefácio de Antonio Martins de Araujo

Ribeiro Couto
Seleção e prefácio de Alberto Venancio Filho

Osman Lins
Seleção e prefácio de Sandra Nitrini

Orígenes Lessa
Seleção e prefácio de Glória Pondé

Domingos Pellegrini
Seleção e prefácio de Miguel Sanches Neto

Caio Fernando Abreu
Seleção e prefácio de Marcelo Secron Bessa

Edla van Steen
Seleção e prefácio de Antonio Carlos Secchin

Fausto Wolff
Seleção e prefácio de André Seffrin

Aurélio Buarque de Holanda
Seleção e prefácio de Luciano Rosa

Aluísio Azevedo
Seleção e prefácio de Ubiratan Machado

Salim Miguel
Seleção e prefácio de Regina Dalcastagnè

Ary Quintella
Seleção e prefácio de Monica Rector

Hélio Pólvora
Seleção e prefácio de André Seffrin

Walmir Ayala
Seleção e prefácio de Maria da Glória Bordini

*Humberto de Campos**
Seleção e prefácio de Evanildo Bechara

*Nélida Piñón**
Seleção e prefácio de Miguel Sanches Neto

*PRELO

"Louvo Rachel, minha amiga,
Nata e flor de nosso povo.
Ninguém tão Brasil quanto ela,
Pois que, com ser do Ceará,
Tem de todos os Estados
Do Rio Grande ao Pará.
Tão Brasil quero dizer
Brasil de toda maneira
— brasílica, brasiliense,
brasiliana, brasileira."

Manuel Bandeira

"Raro tenho surpreendido em nossa língua prosa mais... prosística, se posso me exprimir assim. O ritmo é de uma elasticidade admirável, muito sereno, rico na dispersão das tônicas, sem essas periodicidades curtas de acentos que prejudicam tanto a prosa, metrificando-a, lhe dando movimento oratório ou poético. As frases se movem em leves lufadas cômodas, variadas com habilidade magnífica. Talvez não haja agora no Brasil quem escreva a língua nacional com a beleza límpida que lhe dá Rachel de Queiroz. Estou apenas exaltando a limpidez excepcional desta filha do luar cearense."

Mário de Andrade

"A liberdade está no centro de sua criação, no romance, na crônica, na dramaturgia. Como substância de uma vida. A busca da liberdade. Essa procura incessante de uma alma inquieta, parecida com a de Teresa D'Ávila."

Antônio Carlos Villaça

"A designação de crônica, elástica, encobre contos, perfeitos em sua estrutura concisa; perfis de tipos esquisitos e de indivíduos singulares, vistos como sátira ou ternura igualmente contagiosas; divertidos flagrantes cariocas, reveladores da graça sutil e do espírito galhofeiro da cidade que a escritora adotou; exatas imagens do Ceará, sua terra natal, legítimos documentos de ecologia, de folclore, de psicologia regional; meditações sob a forma de conversa leve, em que, amoralista, sem ilusões e sem fé, mas conservando o amor das criaturas, lhes ensina a difícil arte de viver e a, mais difícil ainda, de morrer. Nenhuma delas escrita para tirar uma moralidade, todas com uma mensagem a transmitir."

Paulo Rónai

"Nessa força da terra, principalmente da sua terra do Ceará, sem deixar de ser uma criatura de múltiplas raízes universais, aflorantes tanta vez em ressonâncias ecumênicas, está justamente o seu caráter fundamental, a marca de sua mais patente individualidade artística, o barro específico de onde vem a forma, o calor, a cor e a vida, não raro o impacto da sua criação na simplicidade da sua fala e nas revelações de seu puro instinto feminino."

Herman Lima

GRÁFICA PAYM
Tel. (11) 4392-3344
paym@terra.com.br